Joe Thomas

BRAZILIAN PLAYBOY

Traduit de l'anglais
par Jacques Collin

ÉDITIONS DU SEUIL
57, rue Gaston-Tessier, Paris XIXe

Titre original : *Playboy*

ISBN 978-2-02-156983-4

www.seuil.com

BRAZILIAN PLAYBOY

Du même auteur

Brazilian Psycho, Seuil, 2023
Points, 2024

À Martha Lecauchois

Sommaire

Note de l'auteur

Bien que reposant sur des faits, ceci est une œuvre de fiction. Des noms, dates, organisations… ont été modifiés pour cette raison. Un post-scriptum et un glossaire de portugais brésilien sont placés à la fin de ce volume.

***Playboy**, n., portugais brésilien, argot : jeune homme riche*

Le Brésil est le seul pays où, en plus des prostituées qui jouissent,
des maquereaux qui sont jaloux et des dealers
qui sont accros, les pauvres votent à droite.
Tim Maia

Malédiction sur les deux maisons !
William Shakespeare, *Roméo et Juliette*

Brésil,
qui paye pour que nous en soyons là ?

São Paulo, 2015 : l'année de la chèvre

Nem fodendo, cara. Ça, foutre non, aucune chance. C'est l'année du serpent.

Le Serpent ? La présidente Dilma Rousseff. La cheffe. La grande sachem. La marxiste la plus mieux. La *presidenta*, comme elle se nomme elle-même. Ça brûle.

La rumeur prétend qu'elle écrème le système de dessous-de-table de la société pétrolière publique Petrobras comme une véritable oligarque russe. Tout pouvoir corrompt, après tout.

Salope aux poches pleines.

Ouais, l'année du serpent.

Le Serpent ? La présidente Dilma Rousseff. Le petit prodige de Lula. La dirigeante du Parti des travailleurs. L'équilibriste de la fragilissime coalition de centre gauche. Un équilibre qui, pendant des années, a été maintenu par des moyens fort contestables.

On ne l'aime pas, à São Paulo.

Enfin, certains, si…

Article d'Eleanor Boe
dans le magazine en ligne *OLHA !*, 16 mars 2016

QU'EST-CE QUE L'OPERAÇÃO LAVA JATO,
L'OPÉRATION LAVAGE EXPRESS ?

(Et pourquoi cette affaire de corruption menace-t-elle spécifiquement de renverser le gouvernement ?)

Tout cela a débuté en mars 2014, par une enquête fédérale de routine sur une affaire de blanchiment d'argent via une station-service équipée d'un poste de lavage automatique à Brasília, la capitale du pays. Deux ans plus tard, un demi-million de personnes envahissaient les rues pour réclamer la destitution de la présidente Dilma. Comment cela a-t-il pu arriver ? Et que va-t-il se passer maintenant ?

L'élément déclencheur fut la découverte de l'achat illégal d'une Land Rover par Alberto Youssef - un blanchisseur d'argent d'envergure, déjà condamné et extrêmement influent - au profit de Paulo Roberto Costa, l'un des dirigeants de Petrobras, l'une des plus grandes sociétés pétrolières du monde, une société qui concentre un huitième de tous les investissements au Brésil, et emploie des centaines de milliers de personnes dans la construction, les chantiers navals et le raffinage à travers tout le pays.

Et cet achat a mené les enquêteurs à la découverte d'un vaste système de dessous-de-table dans lequel Petrobras surpayait chacun de ses contrats avec un cartel d'entreprises de BTP, cartel qui, une fois son activité garantie, reversait un pourcentage de chaque contrat sur des comptes offshore. Les commissions, comme l'ont montré les documents divulgués, étaient incorporées aux contrats eux-mêmes, ce qui rendait la partie criminelle de l'activité beaucoup plus difficile à repérer.

Jusqu'ici, rien qui ne sorte du modèle standard d'une affaire de corruption traditionnelle.

Toutefois, les choses pourraient changer. La semaine dernière, le 8 mars, Marcelo Odebrecht, PDG du conglomérat international de BTP Odebrecht, a été condamné à dix-neuf ans de prison pour corruption, blanchiment d'argent et association de criminels. Et il n'a pas l'air de vouloir se laisser faire. Afin d'obtenir une réduction de peine, il aurait accepté de révéler à la justice toute l'étendue de son système de pots-de-vin. Ainsi que les noms de tous les hommes politiques - et partis - qui en ont bénéficié.

La semaine dernière, nous en avons vu les premiers résultats : les appels à la destitution de Dilma. Dimanche, nous en verrons le pendant, comme des centaines de milliers de personnes prévoient de manifester en sa faveur, pour sa défense.

Sans préjuger du reste, il semble déjà que les ramifications de ce scandale aillent très loin. Et la question que beaucoup de gens se posent est de savoir ce qui est réellement le plus important : la vision idéologique et la politique gouvernementale effective, ou la certitude d'une absence totale de corruption dans un pays où elle est considérée comme systémique.

Sur ce point, le Brésil, visiblement, est divisé.

São Paulo

20 mars 2016

Le truc, chez les Paulistanos riches ou déjà bien à l'aise
– et c'est l'une des rares choses que vous, Anglais,
réussissez nettement mieux –, c'est que, la première fois
qu'ils trouvent un boulot, ils n'ont pas l'habitude de l'autorité,
ils ne savent pas comment répondre à un supérieur,
comment se tenir dans un environnement professionnel.
À São Paulo, votre premier job, c'est votre carrière.
On voit rarement les rejetons des classes moyennes travailler
dans un bar ou un restaurant pendant leurs études,
ou accepter un petit boulot pendant les vacances pour se faire
un peu d'argent de poche. Alors, quand, à vingt-cinq ans,
ils obtiennent leur premier emploi, ils ne savent pas comment
se conduire. Ils croient qu'ils sont arrivés. Moi, j'imposerais
à tous les Paulistanos des classes moyennes ou supérieures de bosser
un mois chez McDonald's. Ce serait déjà un bon début.

Camilla, trente-quatre ans, enseignante

Leme était assis au comptoir, baguettes suspendues en l'air. Il se trouvait dans la gargote à wontons d'un Chinois sympathisant de la police, au fin fond de Japantown. Il n'était plus en service, et très heureux de ne plus l'être.

Il inclina sa bouteille de bière chinoise vide en direction de la serveuse, qui lui en apporta une autre. La télé était allumée, son à zéro. La police militaire, en tenue antiémeute, calmait les perturbateurs au canon à eau sur l'Avenida Paulista, à moins de quinze minutes à pied de là.

« Quelle élégance dans le geste, hein, Mario ? » dit le Chinois, une main sur l'épaule de Leme.

Leme venait chez le Chinois depuis des lustres. Il avait vécu juste de l'autre côté de l'Avenida Vinte e Três de Maio, à Bela Vista. Bixiga, comme les gens du cru appelaient ce quartier : la vessie de São Paulo. Son vieux bandait pour le canard laqué et l'emmenait chaque dimanche festoyer. Tous les autres finissaient le week-end dans des cantines italiennes, mais Leme choisissait un oiseau rôti bien gras et regardait le Chinois le découper à la machette. Les vieilles habitudes, *né ?*

Leme fit un signe de la tête en direction de la télé. « De quel bord sont ceux-là ? demanda-t-il.

– Eh bien, il est probable que la nature de l'affaire tient plus du goût du conflit que de l'idéologie. »

Leme sourit. Il pensa à Renata, son épouse défunte. C'était son genre de commentaire.

« Mais, poursuivit le Chinois, nous allons incessamment voir défiler les manifestants pro-Dilma, et ce gros manouche crétinoïde de Lula va proférer quelques contrevérités politiques. » Il s'interrompit, but une gorgée de sa propre bière. « Alors je dirais que ces jeunes hommes qui se font rectifier le crâne par les *militars* sont anti-Dilma – qu'ils en soient bénis. »

Leme s'esclaffa. Il avait oublié. La manifestation allait lui poser des problèmes pour rentrer chez lui. Depuis ses démêlés d'il y a quelques années, il ne mélangeait plus alcool et conduite, de crainte de prêter le flanc au mauvais *militar*. Il avait prévu de traverser Paulista et de descendre à travers Jardins jusqu'à ce qu'il soit fatigué de marcher, puis de finir en taxi. Mais cela changeait tout.

« Donc, tu n'es pas fan ? demanda Leme, en ne plaisantant qu'à moitié.

– De Dilma ? Putain non ! répondit le Chinois. La *puta* n'a pas une once de dignité. Une pouffiasse gaucho acariâtre qui est plus riche que Dieu ? Non, *senhor*. J'emporte mon allégeance politique ailleurs. »

Leme grimaça. Hocha lentement la tête. « C'est ton droit en tant que citoyen, mon ami.

– Oui, je connais mes droits, répondit le Chinois. N'oublie pas, jeune homme, que je suis un pur produit du São Paulo des années soixante-dix. Tout comme ton père. » Il sourit. « Alors, comme tu peux l'imaginer, je connais mes droits. »

Leme leva sa bière, et ils entrechoquèrent leurs bouteilles. « Dilma en est le produit aussi », dit-il.

Le Chinois rumina cela. « Oui, je suppose. C'était une époque indigne qui a affecté bien des jeunes esprits. Mais tout de même, elle a du mal à cesser de nous le rabâcher. Tu sais qu'ils l'ont torturée quand elle a *commencé* à parler ? » Il marqua une pause, fit un grand sourire. « C'était la seule façon de la faire taire ! »

Le Chinois explosa de rire.

Leme cilla. Il sourit. *Fazer o que, né ?* se dit-il. *Qu'est-ce que je peux y faire ?* Les *Paulistanos* de la vieille école ont leurs raisons de se méfier de l'émergence de la gauche.

Il se demanda ce que Renata penserait de tout ceci. Il savait où elle aurait passé son après-midi. C'est ce qui le décida.

Il goba un ravioli-crevette. Vida le reste de sa bière. Jeta quelques billets sur le comptoir.

« *Ciao*, dit-il. Je vais aller voir ce que le manouche et la pétasse ont à dire pour leur défense. »

Il se leva et quitta le restaurant. La clochette tinta lorsqu'il referma la porte derrière lui. Il tourna à gauche. De l'autre côté de la rue, un homme pivota sur sa droite, contempla la vitrine d'un supermarché japonais. Son bras était plié au coude. Il jeta un rapide coup d'œil par-dessus son épaule, tout en parlant au téléphone. Son regard parut se diriger vers Leme. Une illusion ? Leme ralentit, dévisagea l'homme, ne le reconnut pas – du moins pas de dos.

Ce n'est pas la paranoïa qui vous tue, se dit Leme. Il conserva un pas lent. Il ne revit pas l'homme au téléphone.

*

Leme atteignit l'Avenida Paulista vingt minutes plus tard. C'était un océan de tee-shirts rouges. De casquettes de baseball rouges bon marché. De ballons rouges. Par putain de tonnes. Et quelques drapeaux noirs menaçants. Pour rappeler que les problèmes n'étaient jamais bien loin. La cohue estudiantine habituelle, sous son épais nuage de hasch. Pas mal d'ouvriers, des hommes secs au cuir tanné ; des femmes souriantes qui dansaient. Des habitants des immeubles sécurisés partis pour se faire un restau dans la foulée – ce qu'il regretta un peu d'avoir pensé, aussitôt après. Quelques âmes charitables des classes moyennes – le monde dans lequel évoluait Renata –, comme on pouvait s'y attendre. Des hordes d'anarchistes teigneux avec leurs slogans de métalleux et leurs bandanas. Rien de particulier. La foule gaucho standard, classique, question participants.

Il acheta une canette de bière à un marchand ambulant qui portait une glacière, remonta lentement le flot en visant le bâtiment du MASP, le musée d'art de São Paulo. Dans le contexte, ses pattes d'araignée rouge surdimensionnées collaient parfaitement. Même les musées étaient du côté de Dilma, aujourd'hui.

Il y avait des pancartes partout.

Cœur vaillant : Il n'y aura pas de coup d'État

Le Chinois aurait adoré celui-là, se dit Leme.

Il y avait des pancartes avec des photos d'un Lula faisant une grimace de défi, *2018* ornant sa poitrine.

Soutien total

Leme observa les pancartes. Toutes étaient marquées d'un #. Antonia, sa petite amie, avait tenté de lui expliquer ce que signifiait ce # il n'y avait pas une semaine.

« Il n'y a rien de plus rasoir qu'un homme d'âge mûr qui vilipende la bêtise du monde moderne », avait-elle dit. Elle avait décrit leur salon d'un geste du bras. « Un atavisme analogique dans un monde numérique. Comme c'est original. »

Il en avait ri.

La révolution n'est plus qu'à un clic de là, se dit-il. *It's just a kiss away, it's just a clic away.* Il sourit. On va y mettre un peu de Jagger-Richards, *entendeu ?*

Il trouva son propre petit slogan : *Vai tomar no coup*. Toute la magie du bilinguisme, ce jeu de mots. *On va te le mettre dans le… coup d'État.* Il allait devoir un peu le retravailler.

Il se faufila à travers la foule, sur le côté sud de l'avenue. Cela formait un putain de contraste pertinent, les tours des grandes corporations flanquant une manifestation anticapitaliste. Ou pro-démocrate. Ces jours-ci, tout était tellement en noir et blanc qu'il était difficile de faire la différence.

Antonia avait prévenu : pas de délicatesse, pas de fesse.

Ou, comme le Chinois adorait le répéter : *No barley, no parlay.* C'est-à-dire : « Tu veux bavarder, on va les aligner. »

Il y eut un mouvement de foule. Leme fut repoussé contre le centre commercial Conjunto Nacional. La grille était baissée. Un gardien regardait à travers. Tu as bien choisi ta place, mon gars, pensa Leme.

Puis un autre homme attira son regard, lui aussi juste de l'autre côté de la grille. Leme, sourcils froncés, se tendit. C'était le type qu'il avait vu en sortant de chez le Chinois – sans le moindre doute. Une coïncidence ?

Ce n'est pas la coïncidence qui vous tue.

Il l'observa de biais, version panoramique. C'était lui, incontestablement. Mal rasé, cheveux sales, petite moustache immonde, pâleur de cadavre, maigre comme un clou, agité.

Leme se tourna pour que le type ne voie pas son visage et fouilla ses souvenirs.

Il fit mine de s'intéresser à la même chose que les autres.

Il se tourna de nouveau pour toiser ce gars. Et lui était là, à côté de lui, avec juste la grille entre eux deux. Leme pouvait sentir son haleine lourde.

Bingo. Il le connaissait de vue. Son partenaire dans la *Polícia Civil*, l'inspecteur Lisboa, le connaissait. Son ami journaliste Silva le connaissait.

« Vous vous souvenez de moi ? demanda le type. Courez pas, soyez sympa, *né ?* »

Leme sourit, ne le regarda pas. Il se mit sur la pointe des pieds et tendit le cou. Ah, Lula était sur la scène. Il ne pouvait pas voir grand-chose d'autre, par-delà une chemise rouge tachée qui lui barrait la vue.

Les taches de sueur étaient *menaçantes.*

« Je me souviens de toi. Le Gros João. Une grosse blague, ça. Tu es encore plus sec que dans mon souvenir. Pourquoi est-ce que tu me suis ?

– J'ai quelque chose pour vous.

– Quoi ?

– Un tuyau. Un truc que vous avez envie de voir. »

Leme acquiesça. Ce type était un mouchard standard, une balance qui bossait pour de la menue monnaie. Il l'avait déjà vu une fois, deux fois, peut-être trois, au fil des années. Jamais directement, jamais face à face. C'était nouveau.

OK.

« Et quoi, je suis censé te dédommager pour ton déplacement ? demanda Leme.

– Pas nécessairement, c'est déjà fait. J'ai juste un message à vous transmettre.

– De la part de qui ?

– Ça ne fait pas partie du deal. »

Leme se tâta. Lisboa, Silva répondaient de lui. Ça suffisait.

« D'accord, balance la sauce.

– Vous voyez, ce petit parc louche, sur la Praça Alexandre de Gusmão ? »

Leme hocha la tête.

« Vous pourriez avoir envie d'aller y jeter un œil. Genre, *maintenant.* »

Leme fronça les sourcils. « C'est ça, le message ?

– Tirez pas sur le messager, chef. »

Leme se tourna. Le rat avait mis les voiles.

Leme laissa cela mûrir un temps.

Ce n'est pas la curiosité qui vous tue.

Il se décida. Il pouvait y aller en vitesse, attraper son taxi d'un côté comme de l'autre.

Leme s'écarta un peu plus, saisit au passage une phrase symbolique qui craquait à travers une sono insuffisante : *La démocratie est la seule façon de permettre aux gens de participer aux décisions du gouvernement.*

Leme se demanda ce que cela avait à voir avec les accusations de détournement de fonds publics et de corruption.

Il jeta sa canette et s'écarta de l'artère principale.

*

Leme s'enfonça à travers Jardins en direction du parc. Il connaissait une station de taxis, là-bas, où il y aurait des voitures libres, malgré la manif. Des têtes de mule de la vieille école, pas fans du Serpent.

Le quartier était calme comme un dimanche. Paulista n'avait pas vraiment débordé jusque-là. Des rues transversales crasseuses. Des emballages de fast-food et des canettes vides balayées par le vent. Des chiens efflanqués qui s'empiffraient. Un groupe d'étudiants ivres se déchaînèrent sur eux en riant. Leurs lourds coups de botte brisèrent des côtes. Les chiens glapirent et gémirent. Les étudiants shootèrent des canettes et déguerpirent, en chantant.

Leme les suivit à distance, comme ils descendaient Alameda Santos. Ils dépassèrent l'hôtel *Intercontinental*, puis tournèrent vers la place, et le parque Tenente Siqueira Campos au-delà. Leme se dit qu'il allait le longer et choper un taxi sur Peixoto ou Azevedo, si la station était vide. La nuit, le parc était le rendez-vous des tox et des *noias* – des crackeurs paranoïaques –, des clodos et des maniaques sexuels. Le soir venait. Leme se demanda ce qu'était exactement ce tuyau. Une histoire de merde bonne pour les Mœurs, se dit-il.

Ce ne sont pas les suppositions qui vous tuent.

Les étudiants traversèrent la rue en tournoyant, bras écartés, comme un défi ivre à la circulation automobile.

Même s'il n'y avait pas une voiture.

Toute la ville semblait vouloir éviter la pute en chef, aujourd'hui, pensa Leme.

À part l'essaim de gauchos juste devant lui.

Il s'intéressa à l'option taxi. Pas un seul tax alentour. Les étudiants s'étaient rassemblés autour de la clôture du parc. Il les observa. Ils riaient et se balançaient des vannes les uns aux autres.

Ils s'étaient assis sur un cyclomoteur posé contre le portail.

Leme les scruta.

Il y avait quelque chose qui n'allait pas.

Bah, laisse tomber, se dit-il. Je ne suis pas en service. Ce n'est pas mon problème, non, *senhor*, pas aujourd'hui.

Reste à l'écart.

Juste des gosses qui déconnent.

Puis, un cri : « *Caralho, bicho !* Mec, fais gaffe ! »

Et un autre : « *Puta, que isso ?* Putain, qu'est-ce qu'i' se passe ? » Une voix différente, plus profonde. Une injonction : « On se casse, grave ! *Embora pentelho !* Roule ! On dégage ! *Vamos, vamos !* »

Les étudiants sursautèrent.

Les étudiants s'écartèrent.

Les étudiants virevoltèrent, filèrent à hue et à dia.

Leme regarda.

Deux hommes en tee-shirt noir et cagoule noire sautèrent sur le cyclomoteur et descendirent la place à contresens, poignée dans le coin. Puis remontèrent Jaú en sens interdit.

Leme regarda. Sérieusement.

Plaque d'immatriculation noircie.

Leme attendit.

Rien.

Il scruta la rue des deux côtés.

Rien.

Il tendit l'oreille.

Des bruits de manif. Des voix cassées et des acclamations.

Il examina tous les immeubles alentour à hauteur du premier étage, et les boutiques au rideau baissé.

Rien. Aucune lumière apparente.

Il traversa la rue.

Et il vit pourquoi les étudiants avaient été aussi pressés de filer. Au pied de la clôture, dépassant de sous un buisson…

Un corps.

Leme prit son téléphone et commença à taper le numéro d'urgence.

En même temps, il contempla le corps.

Un gosse. Une chemise rose ensanglantée. Les manches relevées. Un jean élégant. Des mocassins de cuir noir. Pas de chaussettes.

Leme cessa de pianoter.

Il mit un genou à terre. Regarda de plus près.

Des blessures à la poitrine. Le visage intact.

Joli garçon. Quel âge ? Vingt et quelques. Difficile à dire plus exactement, ces temps-ci. Une chemise rose.

Pas de chaussettes.

Aha.

Le gosse était riche. Type *playboy*.

Absolument pas le genre de cadavre qui échoue normalement sur ces grèves. Leme avait besoin de la cavalerie, version illico presto.

Il se releva, se tourna, téléphone à l'oreille.

Un gyro bleu-rouge.

Merde.

« Bonjour », dit un membre de la police militaire de São Paulo à l'air particulièrement vicieux.

Ces gars n'aimaient pas les gens comme Leme, le côté *Polícia Civil* des choses, les *inspecteurs*. Leur reprochaient de ne pas vouloir se salir les mains. N'aimaient pas leur côté cérébral et propre sur eux. En gros, les voyaient comme une bande de putain de lopettes.

Le *militar* avait une lueur sadique dans les yeux.

« Et quel putain de merdier a-t-on donc là, le vieux ? demanda-t-il.

– Oh, mollo sur le vieux, hein », répondit Leme.

Leme appuya sur la touche pause et leva les mains.

Article d'Eleanor Boe
dans le magazine en ligne *OLHA !*, 20 mars 2016

CENT MILLE PARTICIPANTS À LA MANIFESTATION PRO-DILMA

L'Avenida Paulista a viré au rouge hier après-midi, comme cent mille personnes l'envahissaient pour afficher leur soutien à la présidente Dilma, confrontée à des appels à destitution.

Un peu plus tôt dans la journée, la police militaire avait dispersé des rassemblements de manifestants anti-Dilma. Elle avait eu recours à la force de façon limitée, lacrymogènes et canons à eau, et l'avait justifié, selon un communiqué rendu public tard hier au soir, par l'éventualité d'affrontements violents entre factions politiques rivales.

Dans le même temps, le Tribunal suprême fédéral décide de suspendre la nomination ministérielle de Lula.

Les détracteurs de Dilma allèguent qu'en décidant de nommer son mentor ministre dans son gouvernement, elle tente de fait d'interrompre les poursuites liées aux accusations de blanchiment d'argent portées contre lui, accusations qu'il nie avec la dernière vigueur.

Nombre de manifestants agitaient des drapeaux rouges, pour défendre le Parti des travailleurs. Les témoignages de soutien les plus inventifs incluaient des pancartes représentant Lula en culturiste, pour faire pendant à la manifestation anti-Dilma tenue tout juste deux jours plus tôt, et au-dessus de laquelle flottaient deux poupées gonflées à l'hélium de Dilma et Lula en tenue de prisonniers.

Lula, en chemise rouge, s'était adressé à la foule sous des tonnerres d'applaudissements. « Il n'y aura pas de coup d'État contre Mme Rousseff », a-t-il lancé, déchaînant acclamations et poings levés. Lorsqu'il a eu quitté le podium, la manifestation s'est muée en fête de rue, avec chants, danses, et slogans pro-PT (Parti des travailleurs).

Les récentes manifestations nationales contre la corruption ont appelé à la destitution de Dilma pour « faute de gestion économique » et pour son implication supposée dans le vaste scandale de corruption impliquant la société pétrolière publique Petrobras.

Dilma nie toute malversation.

(À suivre)

Première partie

DÉBILOS

Même jour, même endroit

São Paulo, 20 mars 2016

Ma famille est une institution, en politique. J'en ai vu des membres être arrêtés, et accueillir plus tard un ancien président du Brésil en quête de soutien. Des gens qui ne me connaissaient pas pensaient avoir le droit de me juger quand ce n'était pas le cas. Ma famille voulait que je sois quelqu'un que je n'étais pas. São Paulo fait partie de ma famille ; ma famille fait partie de São Paulo. Nous avons participé à en faire ce qu'elle est. Nous avons aidé à construire cette ville, à construire son infrastructure. Parfois, je porte sur São Paulo un regard ambivalent ; certaines choses doivent être faites pour faire la différence, politiquement, qui ne sont pas forcément très jolies. On dit qu'on ne choisit pas sa famille ; moi, je ne changerais pas la mienne.

Marina, dix-neuf ans, étudiante

Junior

Mollo sur le vieux ?

Bon sang, l'impudence de ce type. *L'expression* sur le visage de ce gars. De sacrés *bolas*. Ce connard se fait choper à côté d'un cadavre par deux *militars*, et il a la *garra* et la présence d'esprit de prendre ça à la légère.

Peut-être pas le truc le plus judicieux à faire, ceci dit, pensa le plus jeune des deux, Junior. Maintenant, le vieil Assis l'avait dans le nez, et il n'y avait personne nulle part, et ils pouvaient facilement en faire un scénario à la *in flagrante delicto*.

Bang bang, et voilà : les médailles, les honneurs et *tutti quanti* – il faut juste s'assurer que les balles sont au bon endroit.

Junior regarda la rue. Assis passait les menottes au gars.

« Tu vas nous dire ce que tu foutais là, bonhomme ? » demanda Assis.

Le gars sourit. Agita négativement la tête.

Assis fit signe à Junior. Indiqua le corps d'un geste du menton. « Jette un coup d'œil », dit-il.

Junior fit ce qu'on lui avait demandé. Il mit des gants et examina le macchabée. Il pouvait voir que c'était un gosse, d'à peu près le même âge que lui – peut-être quelques années de plus. Difficile à dire, comme la mort nivelle un peu les choses. Un genre de gosse différent, par contre. Caucasien, déjà. Richement vêtu.

Le corps n'était pas très bien caché. Quelques feuilles, deux ou trois branches presque jetées, apparemment. Mais on était au fond du parc et la déclivité était suffisamment forte pour qu'il ne soit pas trop facile à voir non plus, ceci dit. Genre, peut-être qu'on l'avait fait rouler le long de la colline jusque dans les arbres – une bonne couverture – puis passé de l'autre côté de la clôture. Il y avait une sorte d'immobilité dans l'air. Junior pouvait entendre la manif, mais la distance ne faisait que rendre cette immobilité plus lourde encore.

Le parc était désert. Rien de surprenant. Il l'était normalement à ce moment de la journée, le crépuscule. Les gens respectables partaient bien longtemps avant que n'arrivent les tox et les *noias*, les pervers et les dépravés. Une petite rangée pourrave de gitons mineurs suce-bites étaient disponibles pour ceux que cela intéressait. Ainsi que des chattes de fugueuses au rabais pour les pédophiles peu regardants, avait entendu dire Junior.

Il en faut pour tous les goûts.

Ce que ce gars était venu faire là, Junior n'en savait foutre rien, mais il supposa que ce ne devait pas être bien beau. Il avait l'air de pouvoir se payer beaucoup mieux.

« Des papiers ? » tonna Assis.

Junior palpa le cadavre. Ce n'était pas la première fois qu'il le faisait, et c'était plus difficile que de fouiller les poches d'un vivant, en fait. On ne disait pas *raide mort* pour rien. Il n'était pas légiste, mais ça ne devait pas faire très longtemps que le gosse avait claqué.

Dans les poches, il trouva :

Cigarettes – Marlboro rouge

Briquet – un Zippo en or

Clés – maison et voiture

Portefeuille – Louis Vuitton, marron

Dans le portefeuille, il trouva :

NADA.

Pas un radis. Mais il était vieux, usagé, et récemment vidé, se dit Junior.

« *Então ?* demanda Assis.

– Rien, *senhor*, répondit Junior.

– Du cash ?

– Nan.

– Dommage. »

Junior fronça les sourcils. Assis poursuivit : « Les gosses riches se font dépouiller, ils se font trucider. Classique. » Il attrapa sa radio.

Junior la ferma.

« Ça se passe toujours comme ça ? » demanda le gars.

Assis lui lança un regard furieux. « Je t'ai demandé ton avis, je suis sûr ? »

Le gars sourit. « Parce que c'est un choix bien étrange, que de prendre les papiers et les cartes de crédit de ce pauvre connard, ainsi que son cash, puis de bien reboutonner son manteau pendant qu'on y est. Un peu risqué, *entendeu ?* Quelque chose d'incriminant, peut-être ? »

Assis ne dit rien. Junior vint flanquer le gars, se demanda si Assis allait perdre son sang-froid. Junior tapota son revolver, écarta un peu les jambes.

Assis reprit sa radio. Assis aboya des ordres.

Junior la ferma. L'air s'allégea, se rafraîchit, comme l'épais soleil, jusqu'ici violent, hostile, se couchait.

Quelques instants plus tard, un SUV *militar* arriva. Un collègue, Edu, en jaillit. Assis fit monter le gars à l'arrière.

« Vous deux, vous restez avec le macchab'. Il y a des gens qui vont venir. »

Le moteur du SUV ronfla, crissa, rugit.

« Sale affaire », dit Edu en indiquant le cadavre d'un signe de la tête.

Junior soupira. « *Pois é*, dit-il.

– Que s'est-il passé ?

– Pas la moindre idée, mon vieux. On a trouvé ce type à côté de lui. » Junior indiqua de la main l'endroit où s'était arrêté le SUV. « Il n'y avait même pas de signe apparent de la façon dont il s'est fait dessouder. Il n'a pas l'air trop abîmé, à dire vrai. »

Edu sourit jusqu'aux oreilles. « *Ce type ?* Tu ne l'as pas reconnu ? »

Junior agita négativement la tête. « Ça, non. *Nem fodendo, cara.* » *Foutre non, aucune chance.*

« La descente à Paraisópolis, il y a deux-trois ans. Tu étais un bleu, genre le vrai débutant. Tu conduisais, je crois. Ce type était un pote du Grand Carlos. Un connard de la *Polícia Civil*, mais j'ai oublié son nom. »

Junior se remémora la descente. Il s'en souvenait bien. Il avait à peine regardé ce type. Avait senti que quelque chose n'allait pas, dans cette histoire, quelque chose dans lequel il valait mieux ne pas mettre les pieds. Toutes ses alarmes avaient sonné, une histoire personnelle, une planche pourrie.

« Assis est au courant, tu crois ? demanda Junior.

– *Meu*, je n'en doute pas une seconde, renâcla Edu. Ce bon vieux Carlão. Il va devoir démêler un sacré merdier. »

Junior agita la tête. S'esclaffa – tristement.

Le gyro bleu-rouge du SUV *militar* éclaira le crépuscule en s'éloignant.

*

Junior fit travailler ses mâchoires – trois chewing-gums neufs, pour faire baisser la tension.

Ils se tenaient des deux côtés du corps. Les motos, gyrophares allumés et sirènes muettes, les flanquaient chacun.

Junior plissa les yeux comme le ciel s'obscurcissait. Il renifla l'air, fit un signe de la tête en direction du haut de la colline et de Paulista.

« Ces connards feraient mieux de ramener leurs culs avant la fin de la manif », dit-il.

Edu se tourna pour le regarder. « Bah, ne panique pas. Ils vont arriver incessamment sous peu, c'est sûr. »

Junior acquiesça. Le fait était qu'il était nerveux. Deux *militars* au-dessus d'un cadavre pendant une manifestation de gauche ? Ils seraient mieux ailleurs, au soleil, sans le putain de moindre doute, se dit-il. Leur genre n'était pas exactement le plus populaire chez la centaine de milliers de branleurs qui se trouvaient juste un peu plus haut. Armes automatiques ou pas, ce n'était pas une position enviable.

« Tu sais quoi ? » dit Junior.

Edu grimaça, l'air faussement demeuré. « Non. Quoi ?

– Ha ha, ouais, très drôle. C'est une joie de travailler avec toi. Tu le sais, ça ? »

Edu s'esclaffa. « Ah, ne fais pas ta mijaurée. S'il te plaît. Continue. Dis-moi ce que je devrais savoir. »

Junior acquiesça, prit une longue inspiration. « OK, dit-il. Quelque chose d'étrange. Au sujet du corps. » Il lui tourna le dos. « Assis m'a dit de le fouiller, d'accord ? Alors j'ai vérifié son portefeuille. Pas d'argent, pas de papiers, nada, *entendeu ?*

– Oui, répondit Edu. Je te suis, vieux. C'est très compliqué.

– OK, mais je n'y ai pas pensé, sur le coup. Il n'avait pas de téléphone. »

Edu soupira. « Fils, il s'est fait dépouiller. *Pronto.* Ou alors, il a cherché un truc bien louche et il a fait une bêtise. Ou son putain de petit ami en a eu marre de son petit cul geignard et l'a descendu lui-même. » Edu agita négativement la tête. « Un téléphone ? Évidemment qu'il n'y avait plus de putain de téléphone. »

Junior, échaudé. « D'accord, on se calme. C'était juste une idée.

– Un bon conseil, répliqua Edu. Quand nos gars vont arriver, tes idées, tu te les gardes. Tu es avec nous depuis, quoi, quatre ans ? »

Junior acquiesça.

« Alors tu ne sais pas encore comment ces choses peuvent évoluer.

– Qu'est-ce que ça veut dire ?

– Ça veut dire, *amigo*, que tu observes et que tu apprends, *entendeu ?* »

Junior passa d'un pied sur l'autre. Il entendit une sirène.

« De toute façon, si tu peux entendre ça, c'est qu'ils seront là dans une seconde. Alors, tiens-toi droit et fais bonne figure. C'est moi qui parlerai. »

Le véhicule d'intervention s'arrêta et deux gars en uniforme descendirent par l'arrière avec une civière.

La portière côté passager s'ouvrit et un officier supérieur sortit une jambe. Il observa les lieux comme si cela le consternait et le dégoûtait, comme s'il s'agissait d'un affront personnel, comme si ce n'était rien d'autre qu'une monumentale perte de temps, pour lui, et que quiconque ayant la moindre relation avec tout ceci était tout autant une monumentale perte de temps, pour lui – et pour tout le monde.

Junior connaissait ce genre d'homme.

L'officier balança son autre jambe à l'extérieur et se dirigea vers eux à la John Wayne, avec une lenteur mortelle, des jambes de cow-boy, les deux mains sur la boucle de son ceinturon, juste en dessous d'un ventre bien mérité, occupant l'espace, catégorique, provoquant, l'air de dire, « Ouaip ! Ma bite est exactement aussi grosse que ma démarche le suggère, ça vous pose problème ? »

Ouais, Junior connaissait ce genre d'homme : un fier-à-bras, un vrai matamore.

Le matamore prit une profonde inspiration, releva le bas de son pantalon. « Bon, les zozos, dit-il. C'est quoi, ce merdier, hein ? Racontez. »

Il regarda ailleurs. Les derniers rayons de soleil se reflétèrent dans ses Aviator réfléchissantes.

Edu se lança. « Junior, ici présent, et Assis, ont repéré un personnage qui agissait de façon suspecte. Ils sont intervenus et ont découvert le corps. Assis a appréhendé le suspect, a appelé un groupe tactique d'intervention, et a placé le suspect en détention. Mes ordres étaient d'attendre avec Junior l'arrivée du second groupe.

– Et nous voilà », dit le matamore.

Il claqua des doigts et souffla quelque chose aux deux hommes en uniforme. Ceux-ci firent rouler le corps sur la civière, l'arrimèrent, le couvrirent, puis le hissèrent à l'arrière du véhicule. Puis ils inspectèrent la zone et, satisfaits de voir qu'il n'y avait rien d'autre, firent un signe de tête au grand homme et remontèrent dans le véhicule.

« Bien. Vous deux, vous pouvez reprendre vos activités.

– Mais... » commença Junior.

Le matamore grimaça. « Mais quoi, jeune homme ?

– Je...

– J'espère que tu n'es pas en train de remettre mes méthodes en question, fiston.

– Non, je...

– L'insubordination est une accusation grave, jeune homme, *tá entendendo ?*

– Oui, je... »

Le matamore se redressa de toute sa hauteur et cracha. Il les dévisagea tous les deux. Junior baissa les yeux.

« Maintenant, vous allez tous les deux reprendre vos putain d'activités. Et quand vous ferez ça, vous réfléchirez longuement et sérieusement à la putain de façon dont vous avez pu vous permettre de remettre en cause un officier supérieur, quand ledit officier *supérieur* se charge de désamorcer et régler une situation potentiellement délicate et même, oui, dangereuse. Vous pigez, mes choux ? »

Ils hochèrent tous les deux la tête.

« Et donc, qu'allez-vous faire ?

– Reprendre nos activités, Monsieur », répondit Edu.

Le matamore sourit. « Bon garçon. »

Il tourna les talons et repartit vers le véhicule, encore plus lentement, pensa Junior, que lorsqu'il s'était dirigé vers eux.

Cela parut durer cinq minutes.

« Joli coup, tête de nœud », dit Edu.

Junior ne répondit pas. Ce qu'il pensait : *Ce n'est pas une scène de crime ?*

« Allez, reprit Edu. Cassons-nous, hein, avant que quelque chose d'autre ne tourne mal. »

Et Junior ne put trouver aucun argument raisonnable à lui opposer.

*

Junior était assis sur son lit, chez lui.

Il pouvait entendre ses sœurs et sa mère dans la cuisine, en bas du couloir, se disputant pour on ne sait quelle raison pendant qu'elles cuisinaient. Il pouvait sentir les oignons et l'odeur pesante des haricots qui mijotaient avec le porc. Il avait faim. Il jouait avec les boules de son rosaire.

Il entendit le rugissement de son père qui rentrait. Des rires. Il se figura son père soulevant du sol d'abord sa mère, puis ses deux sœurs, dans une étreinte d'ours, les couvrant de baisers, son casque tombé à ses pieds, sa salopette orange de cantonnier nouée à sa taille, sa veste graisseuse, son souffle lourd de bière et de cachaça bon marché.

Ne juge pas, Junior, se dit-il. La plupart des gens n'ont pas cette chance.

Un cri – sa mère. « Junior ! *Vamos jantar, filho !*

– J'arrive, maman », clama-t-il. « Une seconde, hein ? » ajouta-t-il en lui-même.

Il considéra les deux textos une dernière fois avant d'aller dîner. Un d'Assis, un d'Edu. Il ne savait pas trop qu'en penser, principalement parce qu'il semblait qu'il n'y avait rien à en penser.

Il relut d'abord celui d'Edu :

cara, foi legal hoje, né ? C'était vraiment cool. Joli coup. Tu t'en es bien sorti.

Cela ne ressemblait pas du tout à Edu, même dans son meilleur jour, et encore moins après les commentaires déplacés qu'il avait faits devant le matamore.

Il passa au message d'Assis :

Aujourd'hui n'était pas simple, mais tu t'es bien tenu et tu as bien réagi à la situation. Tu as fait un bon boulot. Ta part est faite. Repose-toi. Demain est un autre jour.

Il éteignit son téléphone. Son père ne le tolérait pas, à table.

Roberta

Idiota, pensa Roberta. *Idiota !* C'était bien lui, ça. Tout à fait lui ! Et c'était bien elle, aussi – et cela la rendait encore plus furieuse que ce que *lui* avait fait. *Pourquoi ne réussissait-elle jamais à se contrôler ?*

Un jour, elle avait entendu quelqu'un dire : « Elle avait beaucoup de cordes sensibles et lui beaucoup de doigts pour en jouer. » C'était *exactement* ça.

Et pour *chaque* putain de dispute qu'ils avaient jamais eue. Tout ce qu'elle avait dit, c'était qu'il n'y avait plus de débat, que cette histoire de destitution *prétendait* être un débat, mais que c'était en fait l'exact opposé, que cela *fermait* le débat en polarisant le pays, en divisant les familles, les amis, les collègues. C'était eux et nous, maintenant, et ça, ce n'était pas ce que sont la démocratie et la politique, ce qu'elles devraient être ; nous ne méritions plus la démocratie que nous avions gagnée, et Dilma a eu sa part de responsabilité dans ce qui nous avait menés là, mais maintenant, qui sait, *né ?* Et elle est soit un serpent prêt à mordre, soit une femme terriblement blessée par une société plus misogyne, conservatrice et rétrograde que jamais.

« Calme-toi », était tout ce qu'il avait répondu, mais avec cette petite grimace méprisante qui l'avait fait sortir de ses gonds.

Les derniers mots qu'elle lui avait adressés : « Va donc rejoindre tes potes *playboys* débilos et fous-moi la paix, espèce de *machista filho da puta* », sur quoi elle était partie furibarde, et il n'y avait aucune chance qu'elle essaie de le retrouver, mais elle avait fait l'erreur de lui confier son téléphone, parce qu'elle n'avait pas voulu emporter de sac à main par peur des voleurs, et que la robe qu'elle portait était un rêve de *ladrão*, de pickpocket.

Alors maintenant, quoi ? Attendre que Lula monte sur scène et fasse son discours ? Écouter sa déclaration de soutien à Dilma toute seule ? Ou chercher à retrouver son collectif universitaire – ils ne pouvaient qu'être là, évidemment, et elle réussirait probablement à repérer leur banderole ? Ou rentrer à la maison et se lamenter. Un peu de fierté, Roberta. Un peu de fierté. Ne laisse pas l'homme-enfant te casser le moral. C'est *lui* qui devrait être en train de te chercher *toi*.

Reste.

Oui, se dit-elle. Elle le verrait plus tard, oui : ce connard allait bien se pointer à la porte de chez elle avec sa démarche arrogante et un faux air de contrition qui la ferait hurler intérieurement, mais qui la ferait rire, aussi, et le remettrait dans ses petits papiers – ce *connard*.

Oui, *reste*. Elle décida de rester.

*

Elle avait besoin d'observer la manifestation depuis le ciel, ou du moins de prendre un peu de hauteur, pour voir si les drapeaux et banderoles étaient reconnaissables, et si elle pouvait retrouver ses amis. Elle traversa Paulista en louvoyant à la hauteur du centre commercial Conjunto Nacional, se faufila à travers les masses de corps serrés qui se balançaient au rythme de la musique, et progressa tout en reculant dans le temps grâce aux sifflets et aux trompes. Une fois de l'autre côté, elle monta les escaliers de l'immeuble Santander et s'assit tout en haut. Elle se dit que, si elle cherchait avec trop d'ardeur, elle ne les verrait jamais. Alors, elle se roula une cigarette. Remonta ses lunettes jusqu'au sommet de son crâne. Ferma les yeux tout en inhalant avidement, et le tabac, sec et rêche, lui racla la gorge. Le soleil vibra, pulsa, projeta sa chaleur par incréments sur son visage, une chaleur qui s'intensifia comme elle l'absorbait, se détendait et laissait les sons et l'excitation de la journée s'intégrer dans le décor, en admettant leur présence, mais sans les laisser affecter ses sensations et sa quiétude.

Putain d'Antonio, se dit-elle après quelques instants de sérénité, une sérénité de trop courte durée, précisément parce qu'elle avait conscience de vivre quelques instants de sérénité. Pendant un moment, elle s'était servie d'une appli de méditation, mais elle n'avait pas voulu payer l'abonnement après les dix leçons de l'essai gratuit, alors elle essayait de s'en souvenir et de les refaire toute seule, une fois de temps en temps. Mais peut-être que, en y repensant, finit-elle par conclure, la plus grande manifestation politique de ces dernières années n'était pas l'endroit le plus propice à l'accomplissement de la pleine conscience.

L'appli était exactement le genre de choses qu'Antonio brocardait, ce trou du cul. Son arrogance ne connaissait absolument aucune limite : une conscience immaculée, une tête claire, et une transcendance innée lui étaient prédestinées, supposa-t-elle. Lorsque l'on avait été élevé dans la certitude que tout ce que l'on fait est parfait, alors on ne réalisait jamais que l'on pouvait avoir eu tort. Pas tout à fait un manque d'empathie, mais pas loin.

« La culpabilité, c'est bon pour les catholiques et les pauvres, avait-il plaisanté un jour, avant d'ajouter : D'ailleurs, c'est probablement un pléonasme.

– Tu peux bien l'habiller de termes académiques, mon vieux, avait-elle répondu. Le sentiment de base reste profondément insultant. »

Elle se posait parfois la question de savoir s'ils étaient faits l'un pour l'autre. « Qu'est-ce que ça *signifie*, même, "*Faits* l'un pour l'autre" ? » avait-il demandé un jour qu'ils en parlaient. Il avait marqué un point : elle n'avait su que répondre. « Est-ce que nous sommes faits l'un pour l'autre ? » avait-il poursuivi d'un air songeur. « Faits ? *Faits*. Un terme bien étrange, quand on y pense, *né ?* » Il avait souri, posé sa main sur sa joue. « Je crois que nous sommes *bons* l'un pour l'autre. »

Il lui arrivait d'être totalement désarmant, de voir au plus profond d'elle, de discerner la meilleure version d'elle, et elle voyait alors la meilleure version de lui, et elle se convainquait que sa frime de *playboy* était exactement cela, une fanfaronnade, acquise et non innée, et qu'elle était capable de supporter les moments suffisamment rares où cela l'horripilait.

Elle passa la foule au crible, à la recherche des drapeaux rouge et vert que son collectif universitaire agiterait. Il y aurait la bande habituelle, tous étudiants en maîtrise ou en doctorat de sciences politiques ou de la même nébuleuse, la plupart étant, comme Roberta, en stage dans des ONG.

« Tous très *Universidade de São Paulo*, *querida* », avait dit

Antonio la première fois qu'il en avait rencontré certains lors d'une conférence, en développant le nom entier pour ajouter une couche de paternalisme alors que personne n'appelait la fac autrement qu'*USP*.

« Oui, avait-elle acquiescé dans la cour où se tenait le cocktail de la réception, et tes potes *playboys* avec leurs polos pastel sont très TAAP, *entendeu ?*

– Des stéréotypes, partout. » Il l'avait regardé avec un sourire lupin. « Qui aurait pu s'en douter ? » Il s'était rapproché, le bras appuyé à l'arbre, par-dessus sa tête.

Elle l'avait embrassé, alors ; et cela avait réglé le problème. Il embrassait vraiment très bien.

*

Elle les repéra.

Les drapeaux étaient imposants, libellés d'un « *USP pra Dilma* », et il y avait une âpreté dans le groupe qui scandait ses slogans en dessous qui les faisait sortir du lot.

Cela, et un nuage de marijuana assez épais pour assommer le plus acharné des fumeurs de Bahia. Roberta sourit et dévala les marches, en se dirigeant vers le plus grand des drapeaux. Après quelques minutes de contorsions aberrantes et d'expulsions à travers des espaces trop étroits pour elle, après avoir comprimé ses omoplates et serré ses bras contre elle, après avoir évité autant que faire se pouvait de toucher quiconque et d'être touchée par qui que ce soit, elle les rejoignit.

« *E aí, menina !* » piailla Lis, une amie de Roberta, lorsque celle-ci lui attrapa l'épaule. « Comment vas-tu ? Où étais-tu passée ? Tu traînais avec les potes d'Antonio, *né ?* »

Roberta s'esclaffa. « Juste lui, mais ce *malandro* m'a foutue en rogne, alors je suis toute à toi, *querida*.

– *Ta, ta ótimo*. C'est super. Monica est là, quelque part. Malô, aussi. Manu, par là, *tá vendo*, tu la vois ? Et Ellie, tu sais ? La *gringa* journaliste ? Elle va passer aussi. »

Roberta vit Manu et fit un signe de tête. « Et les discours ? » Elle indiqua la main de Lis du doigt. « File-moi ça, tu veux ? » Elle avait fumé un peu plus tôt avec Antonio, une chose qu'il faisait rarement, une chose qu'elle avait l'impression qu'il faisait *pour elle*, et elle se sentait bien d'en remettre une couche.

Lis lui passa le joint. « Ah, ils vont les faire bientôt, je crois, *né ?* Mais ce n'est pas ça qui compte, de toute façon. Il fallait une démonstration de force, *não é ?* Ce qui est important, c'est que nous *sommes là*. Que nous sommes *tous* là, *entendeu ?*

« *Tá certo, cara.* »

Le niveau sonore augmenta et Roberta tendit le cou pour voir pourquoi. Il y avait des acclamations et des poings tendus, et des bras levés et croisés pour évoquer la faucille et le marteau, la solidarité. C'était de cela qu'il s'agissait, Lis avait raison.

« Je veux dire, poursuivit-elle, ces réquisitoires contre Dilma ne peuvent pas tenir, *sabe ?* Des vieux Blancs de droite, corrompus, qui l'accusent de, genre, quoi, *né ?* De *corruption ?* Qu'ils aillent se faire enculer, tu vois ce que je veux dire ?

« *É isso aí* », répondit Roberta. C'est exactement ça. Elle en convenait – évidemment, qu'elle était d'accord –, mais ils avaient eu ces discussions un million de fois, et elle se sentait un peu plus décontractée après quelques taffes, et son esprit, pour être honnête, s'éloignait de la politique pour dériver vers Antonio, et elle était *là*, n'est-ce pas, et lui aussi, *quelque part*, et n'était-ce pas ce qui *importait* ?

Elle avait conscience que Lis et leurs amis criaient quelque chose, même si elle n'était pas certaine de ce que cela pouvait être ; et soudain cela n'eut plus d'importance, et tout ressemblait un peu trop à la manif contre la Coupe du monde quelques années plus tôt, et vraiment, quelle différence y avait-il, entre crier « J'emmerde la FIFA » et « J'emmerde Temer » ? Fondamentalement, c'était la même chose : « J'emmerde l'élite » – et pourtant, au moins une bonne douzaine de ceux qui étaient tout près d'elle faisaient partie de cette élite, ou du moins leur famille, au moins leur grand-père paternel ou autre, et oui, Antonio aussi, mais *il était là*.

Il était là.

Et cela voulait dire quelque chose. Elle attrapa le bras de Lis. Il fallait qu'elle s'en aille. Il le fallait.

« *Oi*, Lis, je crois que je vais filer.

– Tu t'en vas ? Ah, *vai*. Pourquoi ?

– Je ne me sens pas bien. » Elle montra le joint du doigt. « Il m'a un peu amochée, *entendeu ?* »

Lis sourit. « C'est bon, ma belle, décarre. » Elle décrivit son entourage immédiat d'un geste du bras. « Ce n'est pas le monde qui manque, ici. »

Après une accolade, Roberta s'enfonça dans l'agglomérat dense dressé derrière elle, contourna comme elle le put une masse d'étudiants d'une université privée, se fraya un chemin à travers un groupe de cantonniers en salopette orange et casque blanc qui descendaient des bières avec une sombre efficacité, passa une bande de femmes de service hilares qui s'esclaffaient tête en arrière, en roulant des hanches, et se retrouva de l'autre côté de la rue, et Lula parlait, et elle ne savait pas trop ce qu'elle allait faire.

*

Elle remonta vers Paraíso, où elle habitait. Il lui semblait soudain capital de rentrer chez elle. Elle savait qu'elle pouvait être une plaie, et Antonio savait qu'il pouvait l'être aussi. Cela faisait deux ans qu'ils étaient ensemble. Ils se faisaient rire l'un l'autre.

« Des rires et des orgasmes, avait-il dit un matin de week-end. C'est une combinaison redoutable. »

Ça l'était, effectivement. C'était à peu près à cette époque qu'elle avait commencé à comprendre réellement le terme *enivrant*.

« C'est la culture haute-basse, *querido*, avait-elle dit. Philosopher et sucer, *entendeu ?* »

Il avait ri. « Une alimentation équilibrée.

– Nourrissant, n'est-ce pas ?

– C'était quoi, déjà, la blague ? Le cerveau, mon deuxième organe favori. » Elle sourit au souvenir de cette discussion. Ses amis étaient ses amis, et l'on ne peut pas échapper à son passé, et vraiment, sa loyauté envers eux était admirable, et c'était une qualité dont il ne manquait vraiment pas, loin de là. Ce n'était pas juste un jeune nanti, coureur de jupons, à l'évidence. Et puis, ses amis pouvaient être de bonne compagnie, et ils s'étaient souvent bien…

« *Oi*, Roberta ! Roberta ! »

Elle releva les yeux, et les amis d'Antonio étaient là, une dizaine de mètres plus haut. Elle sourit, secoua la tête, s'efforça d'éclaircir son cerveau ralenti par la dope, sourit de nouveau et figea cette expression pour la suite. Elle allait être sympa.

« *E aí*, dit-elle. Comment vous allez, tous, hein ? »

Le gars qui avait crié son nom, Alexandre, plissa les yeux. « Tu n'es pas avec Tônico ?

– Non, je croyais qu'il était avec vous. »

Le bruit de la foule crût, comme quelqu'un hurlait des slogans à travers la petite sono.

« Ah, répondit Alexandre. Je vais l'appeler.

– S'il te plaît. Cet idiot est parti en emportant mon téléphone. »

Alexandre colla son portable contre son oreille et leva un doigt pour lui faire signe de se taire.

Roberta grinça des dents.

Il écarta son téléphone de son oreille et regarda l'écran d'un air interrogateur.

« *Então ?* demanda Roberta.

– *Nada*. Ça n'a même pas sonné. » Alexandre fronça les sourcils. « Hum, ajouta-t-il.

– Bah, eh bien, peut-être qu'il n'y a plus de signal, avec autant de monde, *né ?*

– Ouais, j'imagine. »

Alexandre tritura son téléphone, et ni l'un ni l'autre ne parlèrent durant un temps. Roberta resta patiemment immobile, en attendant qu'il en ait fini.

« Quand tu réussiras à l'avoir, dit-elle, dis-lui que je suis à la maison, *certo ?*

– Oui, bien sûr, sourit-il. Tu vas préparer le dîner, c'est ça ? Gentille fille. »

Roberta agita négativement la tête, mais s'aperçut qu'elle souriait malgré elle.

« Exactement, répondit-elle. Et dis-lui que, s'il traîne jusqu'à pas d'heure avec ses bons à rien fainéants de potes *playboys*, il pourra *s'asseoir* sur son putain de dîner. »

Sur ses mots, alors qu'Alexandre s'esclaffait, elle tourna les talons vers une rue transversale de Paulista et fila vers chez elle, impatiente – et même excitée – à l'idée de la soirée qui s'annonçait.

*

L'appartement de Roberta semblait encore plus vide qu'à l'habitude. Passer un moment au milieu d'une foule de milliers de personnes peut avoir cet effet sur votre studio maigrement meublé, même s'il est de bonne taille, avec son lit, ses piles de livres et son fauteuil à bascule en osier, que vous avez « emprunté » à vos grands-parents dans leur ferme, il y a tout de même quelques années. Elle mit de l'eau à bouillir sur la plaque chauffante et se jeta sous la douche, en s'offrant un soulagement immédiat à pouvoir se débarrasser de la crasse de la rue, de la fumée dans ses cheveux, et à laisser l'eau chaude tout emporter. Elle resta sous la douche ce qui lui parut être un bon moment, et lorsqu'elle en ressortit uniquement vêtue d'une serviette, ses cheveux frais et humides sur les épaules, la bouilloire sifflait furieusement – il s'était visiblement bien écoulé un certain temps. Elle avait déjà brûlé trois de ces bouilloires dans exactement les mêmes circonstances, ces dernières années. *Amor fati*, se dit-elle en souriant de sa vanité, l'acceptation de son destin, l'éternelle représentation nietzschéenne. Qui signifie, On n'apprend jamais, *querida*.

Elle se prépara une tasse de thé à la menthe, enfila un sweat-shirt, un pantalon de survêtement, ses chaussons et un épais bandeau, et réfléchit à ce qu'elle allait faire ensuite. Il était sept heures passées de peu, la lumière baissait, la chaleur se dissipait, et l'excitation de la journée qui, au tout début, avait paru trépidante et contenue comme les ressorts hélicoïdaux des fusils d'exploitants de *fazenda* que les ouvriers agricoles de ses grands-parents exhibaient pour effrayer les intrus, était maintenant retombée, et elle n'entendait plus sous ses fenêtres que quelques cris sporadiques, un feu d'artifice occasionnel, et les canettes vides et autres ordures entraînées par le vent.

Elle s'assit dans son fauteuil en osier, jambes repliées, chevilles croisées, et elle sirota son infusion, les deux mains autour de la tasse. Elle souffla doucement sur le thé, ferma les yeux et laissa son arôme et sa chaleur emplir son nez, un peu, réalisa-t-elle, à la manière des sempiternelles inhalations de sa mère, avec leur bol fumant et leurs lourdes vapeurs mentholées. Cela lui parut apaisant, propice à la méditation, et elle se concentra sur sa respiration, comme le lui avait enseigné l'appli, et elle s'efforça de laisser disparaître toute pensée interférant avec cet instant, avec sa conscience sensorielle, avec son appréciation sensorielle de ce qu'elle pouvait voir et sentir dans sa proximité immédiate, et un peu plus loin où, elle l'espérait, se trouvait Antonio, riant avec ses amis et se préparant à partir pour venir la rejoindre. L'idée lui vint que, puisqu'il avait son téléphone, il avait une excuse pour rester tard, et elle l'intégra, comprit d'où elle venait et pourquoi, refusa de se culpabiliser pour avoir eu cette idée, et la repoussa, la relégua à l'éther.

Des minutes s'écoulèrent.

Sa respiration s'apaisa lorsqu'elle se concentra de nouveau sur elle, en comptant jusqu'à dix après chaque exhalaison et en recommençant. Elle sirota son thé. C'était de la triche, elle le savait, que de boire du thé en œuvrant à l'accomplissement de la pleine conscience, mais elle s'était toujours dit que même les bouddhistes devaient fonctionner en mode multitâche, de temps en temps. Tout cet espace infini devait bien servir à quelque chose.

Elle cessa de compter et laissa son esprit vagabonder.

Elle vit le visage d'Antonio, souriant, la tête tournée pour la regarder, bronzé, les cheveux humides et salés, les épaules tannées, alors qu'ils étaient tous les deux assis côte à côte sur la plage de Camburi, à regarder les derniers surfeurs de cette fin d'après-midi, en partageant une bière fraîche et un joint, et en parlant de la suite des événements. Il y avait de cela dix-huit mois.

« Je n'aurais jamais imaginé que j'en viendrais un jour à prononcer ces mots terribles, “Où cette relation nous entraîne-t-elle ?” s'était-il esclaffé. Mais les voilà, je te les dis, je ne peux plus les retirer. »

Elle avait souri alors, comme elle souriait maintenant. « Mais c'est naturel, Tônico. Alors, ne panique pas, *querido*. Surmonte.

– En quoi est-ce naturel ?

– Six mois, *né ?* avait-elle poursuivi. Cela fait six mois que nous nous voyons. Nous avons eu nos hésitations, et nous les avons dépassées, *sabe ?* Alors maintenant, l'heure est venue de se sortir le doigt du cul et de se décider, *meu amor.* »

Il avait ri. « Quel romantisme, *né ?* »

Elle avait pris la bière de ses mains, l'avait posée dans le sable, et l'avait embrassé.

Oui, ils avaient eu leurs incertitudes, leurs flottements à la Gauguin, comme elle en viendrait plus tard à les appeler : *D'où venons-nous ? Que sommes-nous ? Où allons-nous ?*

« Tu te caches encore une fois derrière ta culture, ma douce, mais je vois ce que tu veux dire », avait-il répondu.

Ils en avaient conclu qu'où qu'ils aillent, ils iraient ensemble, au moins pour un temps.

Roberta laissa le souvenir s'étioler, rouvrit les yeux et prit une dernière inspiration.

Puis une autre.

Une vague de panique, de culpabilité s'empara d'elle, comme un coup de poignard dans le dos ; elle frissonna et se releva. Il n'était pas là. Pourquoi n'était-il pas là ? Peut-être que, cette fois, elle avait réellement merdé ? Peut-être qu'il avait été plus patient avec elle qu'elle ne l'avait réalisé, et que là, c'était, genre, *chega, querida,* ça suffit, *entendeu ?* Peut-être qu'elle n'était pas fondée à l'en blâmer, se dit-elle. Peut-être qu'elle l'avait fait fuir – c'était sa pire crainte : que son comportement, encouragé par son amour pour lui et nourri par sa nature inéluctable, fasse qu'il ne puisse plus l'aimer, qu'il ne puisse plus vivre avec elle.

« Tu savais comment j'étais quand nous nous sommes mis ensemble », lui disait-il quand ils n'étaient pas d'accord, quand ils se disputaient, ou quand ils discutaient d'un sujet potentiellement conflictuel.

C'était une affirmation suprêmement résolue : *Je suis moi et je ne changerai pas juste pour toi.* Elle le respectait, l'enviait et lui en voulait pour cela – et la vérité qu'elle connaissait était tout entière confinée dans cette affirmation. Oh oui, elle avait beaucoup de cordes sensibles et lui beaucoup de doigts, et il savait exactement quoi dire – ou ne pas dire – pour en jouer et accoucher d'un scénario dans lequel elle s'excusait, cherchait la réconciliation, s'efforçait d'arranger les choses, ce qui signifiait, évidemment, lui faire dire qu'il lui pardonnait et qu'il l'aimait.

Et il le lui disait – souvent. Il lui disait qu'il l'aimait chaque jour.

Elle sourit, apaisa son anxiété.

Qu'était-elle censée faire maintenant ?

Elle alluma la télé et se coucha, en espérant trouver un programme assez décérébré pour s'endormir, de façon que, lorsqu'il arriverait et la réveillerait, leur dispute ne soit plus qu'un lointain souvenir, peut-être même quelque chose de drôle étant donné le contexte, l'endroit où elle avait eu lieu, et qu'ils pourraient facilement s'entendre sur la façon de reprendre le cours de leur vie.

Elle bâilla et soupira, s'installa confortablement.

Mario

Leme se recula. Se mut de façon à donner un peu de mou à ses poignets. Le siège était dur, imprégné de sang jusqu'au trognon, à l'évidence. *On ne va pas pleurer un PCC*, le slogan officieux des *militars*. La clim' à fond. La sueur de Leme se glaça. Des frissons toxiques. Tout ça. Et la peur. La bière du Chinois qui dégageait de son organisme – et fissa.

« Eh mec ! dit Leme, enlève-moi ces menottes. Je te montrerai ma putain de plaque, et ça nous permettra d'accélérer un peu tout ça, *entendeu ?* »

Le *militar* renâcla. « Je sais qui tu es, bonhomme, et tes menottes sont bien là où elles sont. »

Intéressant, pensa Leme. Donc, il devrait s'agir de la clique de Carlão. Ce qui était soit un soulagement, soit une putain de source d'inquiétude.

Leme n'avait pas vu Carlos depuis des lustres. Plus depuis qu'ils s'étaient entendus pour aller chacun son chemin après l'incident avec Ellie et toute cette magouille d'achat de terrain frauduleux à Cracolândia. Carlos en avait tiré un bon paquet de *dinheiro*. Leme, lui…

… la paix de l'esprit.

Personne, dans les vraies hauteurs des sommets de Paraisópolis, n'avait appris qu'il avait fait partie de la bande de *militars* qui avait piétiné à mort le jeune dealer aux dents en or. Le jeune dealer aux dents en or que ce bon vieux Carlos avait certifié avoir été le tireur dans le meurtre de Renata. Elle avait été tuée par une *bala perdida*, une balle perdue, dans une fusillade entre la police militaire et les trafiquants de drogue du PCC, dans la favela de Paraisópolis où elle dirigeait un bureau d'aide juridique. La communauté la pleurait. La communauté était assez heureuse que la police fasse ce qu'il pouvait être nécessaire pour que justice soit rendue. Au moins la plupart, *dont* les anciens de la communauté, qui n'avaient rien rapporté aux cadors armés qui dirigeaient l'endroit. Et qu'est-ce que Leme en avait à faire, en fin de compte ? Cela l'avait troublé, au début. Il avait fait la chose qu'il ne ferait jamais, et bla-bla-bla.

Mais bon, *menos um*, comme ils disent en haussant les épaules : un méchant de moins, *entendeu ?*

Un jeune dealer s'était fait dézinguer, personne n'en avait rien à foutre. Mais...

Mais c'était une situation à la je-tiens-ma-langue, tu-tiens-ta-langue, et Leme ne faisait plus confiance à ce bon vieux Carlos. Pas pour un bras de fer. On ne l'appelait pas le Grand Carlos pour rien.

« Alors, dis-moi comment tu t'appelles, mec, demanda Leme. Histoire de rééquilibrer un peu la situation. »

Le *militar* s'esclaffa. « Tu t'es mis dedans tout seul, bonhomme. Et mon nom ne va pas y changer quoi que ce soit, *entendeu ?* »

Leme décida de suivre son conseil.

Leme espérait que leur destination était réglo.

Il n'avait pas l'ombre d'une chance, si ce n'était pas le cas.

Il revisionna le scénario :

Le Gros João, l'indic famélique, le suit depuis le gastos du Chinois jusqu'à la manif et lui file un tuyau...

Les *militars* trouvent Leme penché sur le cadavre...

Leme fait son malin, se fait mousser avec sa logique de flic et tout le tintouin...

Leme se fait flinguer sur l'air bien connu du *Il a essayé de nous la faire à l'envers*.

Une balle dans le dos. Un classique *militar* imparable.

Leme avait *vraiment* intérêt à espérer que leur destination était réglo. Et si elle l'était, il faudrait qu'il appelle Antonia. Elle n'était pas du genre à s'inquiéter, mais lui n'était pas du genre à découcher durant ses jours de repos non plus.

Et après cette magouille immobilière à Cracolândia et son implication...

... mineure, certes, et excusable, mais cela signifiait qu'elle avait eu un aperçu de la façon de penser de quelqu'un comme Carlão, et qu'elle pouvait le gérer, oui, qu'elle *l'avait* géré, et mieux que Leme ne l'avait jamais fait, mais elle le connaissait, maintenant, ainsi que d'autres types de son genre, et elle ne voulait pas que quoi que ce soit vienne menacer… eh bien, vienne *les* menacer :

Le fait était que tout s'était arrangé à la fin, et qu'ils avaient réellement vécu heureux, après.

« J'ai besoin d'une vidange, dit Leme. Je vais pouvoir ? »

Le *militar* s'esclaffa de nouveau. « Patience, mon beau. Tout vient à point, *entendeu ?* »

Leme repéra la direction qu'ils avaient prise : Lapa.

Ça pouvait tout aussi bien être bon que mauvais : il y avait des tonnes de bâtiments officiels, à Lapa. Mais trois pas de plus, et on entrait en pays bandit.

« Tu n'as qu'à te retenir, bonhomme », ajouta le *militar* en riant. Leme se dit qu'il n'avait pas trop le choix.

*

Leme arrêta de se demander quelle pouvait être leur putain de destination.

Et, devinez quoi ? Quelques instants plus tard, ils arrivèrent.

Ils s'enfoncèrent furtivement dans le parking d'un luxueux immeuble d'habitation de taille moyenne à Lapa, légèrement à l'écart de l'artère principale, non loin du bâtiment de la *Polícia Federal*, encore que cela ne voulait strictement rien dire, vu qu'il n'y avait que des bureaucrates, là-bas.

L'idée d'une résidence privée ne lui disait rien de bon. Mais le bâtiment était moderne, élégant, et on avait baissé toutes les vitres des *seguranças*, la phalange habituelle des agents de sécurité postés derrière leur verre pare-balles, alors il ne faisait aucun doute qu'ils savaient qu'il était là. Ces *seguranças*, n'avaient pas l'air gênés par le SUV *militar*…

Une béatitude monétaire, à l'évidence.

Une complaisance arriviste. La paie est bonne, et ce n'est pas pour le temps que ça prend… Pas de contrat : on est payé à *ne pas* faire quelque chose.

Alors cela ressemblait à du 50-50 question perspectives. Une probabilité pour laquelle Leme aurait signé tout de suite, une heure plus tôt.

*

Le connard sans nom éjecta Leme. Un plus jeune le flanquait.

Un ascenseur les emmena au huitième étage.

L'architecture habituelle des condos de luxe.

Un couloir étroit, un appart de chaque côté de l'ascenseur.

Sans Nom frappa une fois à la porte de droite. Il attendit une fraction de seconde, puis ouvrit. Leme repéra le numéro : 8B.

La *sala* s'ouvrit à eux. Des planchers de bois sombre, une table et quatre chaises à gauche, un canapé noir à droite, ainsi que deux fauteuils de cuir marron encadrant une cheminée. Une putain de cheminée, se dit Leme. Antonia avait des amis qui se servaient de la leur une fois par an. Ils sortaient leurs pulls à col roulé et le service à fondue qu'on leur avait offert pour leur mariage, et ils jouaient aux échangistes alpins sophistiqués pour une soirée. Leme avait bien aimé. Il n'était jamais resté assez tard pour glisser ses clés de voiture dans le bol à fondue vide, ceci dit.

Il y avait trois hommes sur le balcon. Tous en uniforme. Tous avec une arme à la ceinture. Tous imposants, larges au niveau de la ceinture, les épaules tirées en arrière, luttant pour se tenir droits.

Leme pouvait voir deux visages. Il ne reconnut ni l'un ni l'autre.

L'un des deux aperçut Leme et ses chiens de garde, et il fit un signe du menton en direction de la pièce. Le troisième se retourna. Le troisième homme agita négativement la tête en souriant.

Carlos.

Carlão. Le Grand Carlos.

Pas vraiment une surprise. Leme lui rendit son sourire. Ajouta un clin d'œil.

Pourquoi se gêner ? Il n'avait plus grand-chose à perdre, à ce stade. Autant finir en beauté, *entendeu ?*

Carlos revint à l'intérieur. Il toisa les deux *militars* qui encadraient Leme.

« Dégagez les menottes et dégagez tout court, *certo ?* » lâcha-t-il.

Le plus jeune ôta les menottes et tous deux saluèrent Carlão de la tête avant de détaler. Leme se détendit les mains.

Carlos hocha la tête et grimaça. « On aurait pu supposer que tu aurais les poignets un peu plus fermes, commenta-t-il. La cuisine. » Il tourna les talons et alla ouvrir une porte à l'autre bout de la pièce.

Leme décida de ne pas relever cette flétrissure de son amour-propre et alla le rejoindre.

Carlos avait la tête dans le frigo. Il en tira une bière qu'il lança à Leme. Il en prit une pour lui et ils ouvrirent tous les deux leurs canettes.

« *Saúde* », dit Carlos en levant sa canette.

Leme opina.

« Ça faisait un moment, reprit Carlos.

– Je t'ai manqué ? »

Carlos sourit. « Bien sûr, mon poteau. Je t'ai fait venir pour *matar saudades, entendeu ?* »

Matar saudades. Tuer la mélancolie. Leme avait toujours aimé cette expression. Mais entendre le mot « tuer » s'échapper des épaisses babines de ce bon vieux Carlão pouvait prêter à confusion.

« C'est exactement ce que je m'étais dit. On prend une bière, on se raconte ce qu'on devient, *né ?* On l'a bien mérité. »

L'expression de Carlos changea. Il marmonna : « Sale petit con arrogant.

– Pardon ?

– Tu as bien entendu. »

Ils finirent leur bière. Carlos rota et rouvrit le frigo. « Une autre ?

– J'ai le choix ?

– T'as pigé. »

Il jeta une autre canette à Leme. Ils burent longuement, sans parler, une minute ou deux. La bière donna à Leme une forme d'apathie d'après boulot, du genre je descends deux canettes en rentrant, avant même d'avoir dit bonjour à ma bourgeoise. Il se sentait bien, mais eut soudain la fringale.

« Un truc à grignoter, Carlão ? »

Carlos renâcla. « Rentre-toi ça dans le crâne, mon gars. C'est un refuge, ici, pas une putain de *padaria*.

– Un refuge ? Alors, l'endroit est sûr ?

– *Vamos ver, né, cara ?* » On verra bien.

Leme se sentit rassuré – un peu. Un refuge signifiait négociation, entente, protection. Et pas une exécution sommaire. Donc, autant commencer à réfléchir à la suite.

« Alors, c'est quoi, l'histoire, Carlão ? J'imagine que je ne suis pas là pour aider à l'enquête, *sabe ?*

– L'élite de la police », commenta Carlos. Il se tapota la tempe droite. « C'est qu'il y en a, là-dedans, *né ?* »

Leme s'esclaffa. « *Então* ?

– *Então*, répondit Carlos. Je t'ai fait venir pour me rappeler à ton bon souvenir, et pour te donner quelques infos que tu n'aurais pas trouvées tout seul, *certo ?*

– Pour me rappeler quoi, exactement ?

– Tu le sais très bien, *amigo*. »

Leme le savait très bien.

Cela faisait trois ans. Et deux, depuis cette magouille immobilière à Cracolândia. Le score était nul, pour l'instant : 2-2.

Ils se tenaient l'un l'autre pour la mort de Dents-en-or.

Leme tenait Carlão à sa merci à cause de l'arnaque sur les indemnités de relocalisation des résidents de Cracolândia, des valises de cash et de tout ce qui s'ensuivait.

Carlos avait à l'époque la mainmise sur le racket de tout Cracolândia – Crackville. C'était un quartier sans espoir, une zone de non-droit dans le centre-ville de São Paulo, où le crack était ouvertement vendu et consommé.

Mais Cracolândia faisait aussi partie du vieux centre colonial. Leme se souvenait de la façon dont son amie Ellie, jeune journaliste anglaise, avait décrit l'endroit, avec son regard d'étrangère. Vous approchez depuis la Praça Julio Prestes. Il flotte une odeur d'urine recuite par la chaleur. Des palmiers s'agitent éperdument dans le vent. Des petits groupes de visages sombres et défaits vont çà et là, des paroles s'échappant occasionnellement de leurs bouches édentées – soit des propositions, soit des sollicitations. Tout n'est que fenêtres aux vitres brisées et embrasures obscures et béantes, hommes et femmes crasseux et édentés. Groupes de femmes à l'abdomen distendu, qui caquettent, assises dans la rue. Hommes aux yeux morts, minces comme des triques, enroulés dans des couvertures sales, effondrés les uns sur les autres sur des canapés tirés sur le trottoir, sous les réverbères. Couples en haillons qui vont et viennent bras dessus bras dessous en marmonnant. Carlos nettoyait l'endroit de ses éléments les plus ignobles, les faisant disparaître, avait entendu dire Leme, afin que le centre-ville redevienne présentable aux yeux des visiteurs, à temps pour la Coupe du monde.

Et Carlos avait, par association, impliqué Antonia – son bureau d'aide juridique étant partie prenante du volet relocalisation du projet, et c'était par là qu'il tenait Leme.

Alors, match nul, et temps additionnel au pénitencier s'ils ne tenaient pas leur langue.

Une situation compliquée.

Ou pas, en fait : *Un service en vaut bien un autre* semblait demeurer la règle du jour. Jusqu'à aujourd'hui, du moins.

Ah.

Leme se dit qu'il tenait peut-être quelque chose.

« Et donc, dit-il en décrivant sa proximité d'un geste du bras, tout ça, c'est quoi ? Une sorte de renouvellement d'assurance ? »

Carlos sourit. « Tu es vraiment un petit malin, fiston, dit-il. Ce qu'il advient ensuite dépend entièrement de toi.

– Ça paraît peu probable.

– Eh bien, tu fais partie du tableau, mon pote ! À ce stade, on a un refroidi et un type, toi, qui tournait autour. » Il marqua une pause. « Nous, à la police militaire, nous sommes toujours reconnaissants lorsque l'un de nos homologues de notre pendant civil nous assiste dans une enquête. Ça a été un vrai soulagement, quand nous avons découvert que l'inspecteur Leme était déjà sur les lieux, faisait son travail, et se posait les bonnes questions d'investigation. » Il dévisagea Leme. « C'est l'une des deux façons dont cela peut tourner.

– Et l'autre ?

– Ne me fais pas rire. »

Leme acquiesça. « Tu sais qui était ce gosse ?

– Je t'ai dit de ne pas me faire rire. La nuit porte conseil. On te recontactera. Assis, en bas, va te ramener chez toi.

– Le charisme personnifié », dit Leme. Assis. Il mémorisa son nom.

Carlos s'esclaffa. « Oui, il a un charme fou. Maintenant, calte, hein ? »

Leme fit ce qu'on lui avait dit. Il allait disposer de quarante-cinq minutes dans la voiture pour décider de ce qu'il allait dire à Antonia une fois à la maison.

Putain, elle allait être ravie que ce bon vieux Carlão ait repris contact.

Article d'Eleanor Boe

Time Out São Paulo, 21 mars 2016

LA MANIFESTATION INFLUE MANIFESTEMENT SUR LE SEXE

Les couleurs du Brésil étaient le jaune et le vert. Plus maintenant. Ces jours-ci, c'est le noir et le blanc. Politiquement parlant, il n'y a plus une seule teinte de gris ; l'imaginaire érotique n'a jamais été moins pertinent dans un pays où, jusqu'ici, rien ne pouvait faire obstacle à la bonne vieille samba horizontale. Plus maintenant.

C'est *eux et nous* dans tous les domaines, *queridos*. Flirter est devenu une activité partisane ; Dilma divise. Tu laisses échapper un seul mot malencontreux à un premier rendez-vous, et tu n'emballeras pas ce soir, *senhor*. Oh ! on peut se permettre de mentir autant que l'on veut sur notre véritable situation relationnelle, sur notre boulot, l'endroit où nous vivons, que nous connaissons. Mais la politique ? Plus maintenant.

Les sympathisants de gauche, en fans éclairés de Dilma, ne pourraient même pas envisager de s'embarquer avec de quelconques membres de l'élite conservatrice appelant à sa destitution, quels que soient leurs charmes. L'enfer est d'un côté, le paradis de l'autre ! Il n'est plus question d'en douter.

Et la manifestation de mars l'a manifestement prouvé. Oui, il y avait de respectables quantités d'alcool pour l'irriguer, et l'air était… comment dire… pesamment enfumé. Mais je suis prête à parier que l'attraction sexuelle d'une majorité écrasante des relations qui se sont nouées - tant pendant la manifestation que durant la soirée - dépendait d'une communauté d'esprit et d'opinion solidaire, mais exclusive. Un rapide coup d'œil sur les réseaux sociaux vous le confirmera : en ce moment, un événement politique est un super endroit pour draguer.

En cette époque de noir et blanc, d'eux et nous. Familles et amis divisés, un pays *triste*, affligé par le manque de réflexion, de débat et de nuance politiques, par l'excès d'hostilité et de colère.

Il doit tout de même y avoir un bon côté, *né ?* Ou, comme l'exprimait l'une des pancartes que j'y ai vues :

Les libéraux progressistes font de meilleurs amants

Et, pour en être une moi-même, il n'y a vraiment pas besoin de mettre cette résolution au vote.

São Paulo, 21 mars 2016

Je suis fort privilégié. J'ai toujours eu une belle vie.
Mais tout ce que la vie m'a donné a été obtenu par la persévérance
et un désir inexpugnable d'atteindre mes objectifs… un immense
désir de victoire, et je veux dire de victoire dans la vie,
pas en tant que pilote. Pour tous ceux d'entre vous qui ont vécu
cela ou qui cherchent à l'obtenir, permettez-moi de dire que,
qui que vous soyez dans votre vie, que vous soyez au sommet
où à un niveau plus modeste, vous devrez faire preuve
d'énormément de force et de détermination, et tout faire
avec amour et une foi profonde en Dieu. Un jour,
vous atteindrez votre objectif et vous trouverez le succès.

Ayrton, décédé, pilote

Junior

Ils avaient l'habitude de sniffer dans les vestiaires avant d'aller bosser, à la grande époque.

C'était ce que Junior avait entendu dire. Ça les mettait en forme, et ils planaient à cent *miles* quand ils partaient faire respecter la loi, genre manière forte, en version musclée, coup de boule et matraque. Et puis, ça rééquilibrait les choses : les méchants avaient de la poudre jusqu'aux yeux, après tout.

Un peu de motivation colombienne, vous voyez ce que je veux dire ? C'était entériné par les plus hautes autorités, apparemment. Le quartier général du *2e BPChq Anchieta*, le deuxième bataillon de choc de la police militaire de São Paulo, se trouvait à Lapa, et Junior était arrivé tôt.

Il arrivait toujours tôt...

Il avait grandi dans le quartier : là, il était à quinze minutes de chez lui. Il repensa aux *militars* surgonflés, bien chargés, en chasse. Certains jours, ils faisaient un sacré foin, quand il était petit. Du grabuge. *Muito* boucan.

Ce matin, troublé par les événements de la veille, il s'était assis dans le vestiaire pour réfléchir à son rôle, son boulot. Il avait passé en revue ses responsabilités et ses attributions : le contrôle des troubles civils, la surveillance des lieux et événements sportifs, artistiques et culturels, et les patrouilles de la compagnie ROCAM (rondes ostentatoires avec appui moto).

Tandis qu'il demeurait assis là en attendant que les affectations du jour soient distribuées, il lui apparut que se charger d'un cadavre n'était absolument pas une chose dans laquelle il était censé se retrouver impliqué professionnellement.

Il s'était trouvé là dans une tout autre fonction. Pour les troubles civils, supposa-t-il...

... ou l'eût été, si les black blocs anarchistes s'étaient montrés. Il y en avait eu quelques-uns dans le bataillon qui s'était formé pour les affronter, venant les combattre face à face pour une fois, au lieu des actes de terrorisme sournois qu'ils pratiquaient plus généralement, lorsque personne ne regardait.

« Ça va être du traditionnel, aujourd'hui, fiston », lui avait dit Araken, un *militar* plus âgé. « Pierres et coups de poing, boucliers et matraques. Ça faisait longtemps qu'on n'avait pas eu une bonne baston. Il y a beaucoup trop d'armes à feu, avec le PCC. Je me sens d'aller me salir un peu les mains, si tu vois ce que je veux dire ? »

Junior n'avait pas répondu. Il n'aimait pas le fait qu'une semaine plus tôt, ils étaient venus pour la manif anti-Dilma, et que là, c'était ses partisans. Qu'est-ce que cela voulait dire ? S'il était l'instrument de l'État, alors que protégeait-il exactement ? Et qui ?

Et maintenant, pourquoi n'arrivait-il pas à se sortir du crâne le visage de ce jeune *playboy* ?

Qu'ils aillent tous se faire foutre.

Ce n'est pas ton problème, Junior, *seu filho da puta*, se dit-il, oublie ça.

La porte s'ouvrit d'un coup et alla claquer contre le mur.

Un léger écho moite. Des talons de bottes cliquetèrent sur le sol, lentement. Junior était seul ; quelqu'un venait le voir. Il se tendit…

Le vestiaire n'était pas connu pour être un endroit où l'on négociait les promotions, a priori.

Fais bonne figure.

« Junior, c'est ça ? dit Carlos. Tu te souviens de moi ? » Il sourit et tendit la main. « Ça fait une paye, *né ?*

– *Sim, senhor* », répondit Junior en se levant et en percevant la poigne avec laquelle Carlos lui serra la main.

« Une sacrée soirée, n'est-ce pas ? dit Carlos. Tu peux t'asseoir. »

Junior acquiesça et se rassit sur son banc. Sa première épopée, il y avait bien quatre ans de cela. Un dealer aux dents en or interrogé. Un inspecteur de la police civile. Il était allé manger un burger avec Carlos une fois que tout avait été terminé. Une sorte d'initiation.

Carlos sourit de nouveau. Il se dressa au-dessus de Junior, mit son pied gauche sur le banc à côté de lui, posa son coude gauche sur son genou. « Ces dernières semaines ont vraiment été intéressantes, dit-il. Le désordre civil fait qu'on bosse comme des damnés. Il est difficile d'avoir une quelconque vision d'ensemble, tu vois, politiquement parlant.

– *Sim, senhor* », répondit Junior. Il tenta de soutenir le regard de Carlos. Échoua.

« À ce stade, l'important, c'est de se souvenir de ce que nous faisons ici, *entendeu ?* »

Junior acquiesça.

« Notre rôle est de maintenir la paix, c'est tout. De nous assurer que les choses ne deviennent pas incontrôlables. Nous ne jugeons pas, nous ne prenons pas parti, *certo ?* Tout devient simple quand on envisage les choses de cette façon. C'est logique ? »

Junior acquiesça. « *Sim, senhor*, dit-il. C'est parfaitement logique. »

Carlos redescendit sa jambe du banc et pivota légèrement, fit rouler ses épaules encombrantes, tourna son cou de bouledogue d'abord à gauche puis à droite. Il était massif, ce bon vieux Carlos, corpulent...

Un gros corps. En interne, son équipe était surnommée les Gros Bras. Junior tressaillit, attendit.

Carlos poursuivit. « Tu auras peut-être reconnu le type que nous avons serré hier soir. Mario Leme, un inspecteur de la *Polícia Civil.* Oui ? »

Junior acquiesça.

Carlos pinça ses lèvres épaisses, grimaça, sourit de nouveau. « Je m'étais dit que ce serait peut-être le cas. C'est un vieil ami. Il est là pour nous aider, *entendeu ?* »

Junior acquiesça. « *Sim, senhor.* »

« La victime est un jeune homme à peine plus âgé que toi. Au mauvais endroit au mauvais moment, ce genre de crime. L'affaire est en de bonnes mains. » Carlos sourit de nouveau. « C'est réglé, *tà ligado ?* C'est classé, pour ce qui te concerne. Nous nous en chargeons avec ceux de la civile, maintenant. *Tá entendendo ?* »

Junior comprenait ce qu'il voulait dire. Carlos voulait dire...

Circulez, y a rien à voir.

Junior acquiesça. « Je comprends, *senhor*, dit-il.

– Bon garçon », dit Carlos en lui faisait un immense sourire et en hochant sa tête boursouflée. « Tu sais ce que tu dois faire, aujourd'hui ?

– Pas encore, *senhor*, dit Junior. J'attends les ordres.

– Bon garçon. Le fait est que, tout est un peu sens dessus dessous, pour l'instant, avec l'enquête sur des faits de corruption, tu vois, ce délire de *Lava Jato*. Sans compter toute cette histoire de destitution de Dilma. » Il sourit. « Aucune opinion officielle sur cette salope, évidemment. Mais tout le reste est un peu mis en veilleuse, sur le coup. Alors nous devons nous focaliser sur ce qu'on nous dit de faire, *entendeu ?* »

Junior acquiesça.

« Mais, serre les dents. Sois réglo, fiston, et une place dans mon équipe pourrait bien se libérer dans pas trop longtemps. » Il sourit de nouveau, les yeux dansants. « Les avantages d'une bonne paire d'yeux bien ouverts et d'une bonne paire de lèvres bien fermées, tu vois ce que je veux dire ? Je vais m'assurer que tu nous accompagnes pour aujourd'hui, *certo ?*

– *Sim, senhor.* »

Carlos tourna les talons et fit quelques pas vers la porte. « Tu es un bon gars, dit-il. C'est important, ça. » Il s'esclaffa. « Profite de ce petit moment de détente, jeune homme. On va t'appeler dans peu de temps. »

Junior ne dit rien. La porte se referma. Il expira. Ouais, se dit-il, il connaissait ses responsabilités et ses attributions. Et il savait ne pas devoir trop réfléchir au-delà de cela. Il allait falloir oublier ce *playboy* mort, qui qu'il ait été, et cet inspecteur de la *Polícia Civil* appelé Leme.

Encore qu'entre cette nuit à Paraisópolis, cette nuit-là, dans les hauteurs de la favela, et le lien qu'il pouvait y avoir avec les palabres d'hier, il ne faisait aucun doute qu'oublier tout ça allait être un putain de sacré boulot.

*

Une demi-heure plus tard : un SUV *militar*, Carlos à la gouverne. « *Então*, jeune homme, dit-il à Junior. On va mettre un coup de pression à quelques riches connards, aujourd'hui. Ça te convient ? »

Carlos dévorait un *mixto quente*. Il s'abreuvait d'un pichet de café fumant. La graisse dégoulinait de son sandwich jambon fromage. D'un revers de la main, il essuya le lait sur sa lèvre supérieure. Il déplaça sa masse sur le siège passager du SUV *militar* et fit un clin d'œil à Junior, qui s'assit à l'arrière, engoncé entre deux des gars de Carlos. Les Gros Bras.

« Tu vas apprendre sur le tas, fiston, aboya Carlos entre deux bouchées. C'est la meilleure école. » Il postillonnait des gouttelettes, des miettes.

« *Sim, senhor* », dit Junior d'un ton déterminé. Impassible derrière ses lunettes de soleil, le regard fixé droit devant.

Carlos s'esclaffa. « T'es un vrai bavard, *querido.* »

Ils agissaient visiblement dans le prolongement de la manifestation de la veille, allaient montrer les muscles aux provocateurs potentiels. Junior ne savait pas trop ce que cela signifiait, mais il s'en doutait. L'expression « riches connards » résonnait dans son crâne comme le long retentissement d'une cloche. Une cloche d'alarme, peut-être, songea-t-il. Le SUV se déplaçait à travers le trafic comme un requin. Les Gros Bras qui flanquaient Junior tenaient leurs armes automatiques à hauteur des vitres, montraient les dents. Ils traversèrent les beaux quartiers de la ville à fond, pointe-talon, pied au plancher.

Un flot d'images, de couleurs, aussi étrangères à Junior, dans les vies qu'elles représentaient, que l'Europe ou l'Afrique ou, en fait, n'importe quel endroit à l'extérieur du Brésil, à l'extérieur de São Paulo, à l'extérieur de *son* São Paulo…

Des immeubles bas, brun clair, en briques rouges ; des espaces verts ; des piétons en tenues de yachting élégantes, en chemise et veste, jeans bien taillés, chaussures noires brillantes, en tenues de sport en lycra noires brillantes, des chiens bien élevés trottant à leur côté ; des *chiens* en tenues élégantes ; des guérites vitrées aux portes peintes en vert ; des voitures bien garées, en rangées de noir, argent et blanc ; des employées noires, bonnes ou nourrices vêtues de blanc, tenant des enfants par la main, tandis que leurs pères et mères blancs discutaient avec d'autres pères et mères blancs, riaient, organisaient des dîners, et ce devant des écoles au coût faramineux ; des bonnes noires vêtues de blanc, portant des sacs de courses de supermarchés de luxe tandis que des hommes blancs et des femmes blanches marchent derrière elles ; des hommes blancs et des femmes blanches en tenues de ville et lunettes de soleil, assis en terrasse et servis à table par des serveuses noires et des serveuses blanches arborant d'élégants uniformes noir et blanc, buvant du café noir ou de l'eau gazeuse, parlant dans des téléphones noirs ou tapotant sur des téléphones blancs, montant dans des voitures noires conduites par des chauffeurs, des voitures qui ont l'air d'avoir été achetées dans les concessions étrangères qui bordent les rues avec leurs produits étrangers sophistiqués, des concessions qui hurlent leur message dans leur simplicité, des rangées de produits sophistiqués, étrangers et coûteux, des concessions dans lesquelles un homme comme Junior n'a pas sa place, dans lesquelles il n'a pas plus sa place que…

Dans lesquelles il n'a pas plus sa place que partout ailleurs, songea-t-il, partout ailleurs sinon chez lui.

Et même en roulant à travers ces quartiers riches dans un SUV *militar* avec des armes automatiques et durant une évidente démonstration de force, d'autorité, Junior était encore invisible. Les hommes et les femmes qui discutaient sur les trottoirs ne les remarquaient pas, et s'ils le faisaient, c'était avec une sorte d'expectative, un sens de la propriété : *Oh bien*, semblait signifier l'expression de leurs visages, *voilà les gens qui se salissent les mains pour nous protéger*.

« *Cinco minutinhos* », dit le conducteur à Carlos.

Les Gros Bras se sourirent l'un à l'autre. Ils sourirent en faisant un signe de tête à Junior.

Mais cinq minutes avant quoi ?

« Le jeune Junior est techniquement là pour observer, c'est tout, annonça Carlos. Je veux dire, *techniquement, sabe ?* Il ne nous appartient pas de fliquer chacun de ses mouvements, *entendeu ?* »

Le conducteur s'esclaffa. Les Gros Bras s'esclaffèrent. Carlos fit un clin d'œil, fronça les sourcils. Junior regarda droit devant lui, les yeux sur la route.

Ils s'arrêtèrent devant un bar d'Itaim. Nom : *Vaca Veia*. Clientèle : jeune, séduisante, professionnelle. Cash flow : conséquent. Tables à l'intérieur et en terrasse. Le coup de feu du déjeuner. D'autres venus prendre un verre. Des assiettes que l'on picore. Pas grand-chose à manger dessus, de l'avis de Junior. Des objets de collection sur les murs, ou en suspension depuis le plafond.

« *Vamos* », dit Carlos.

Ils descendirent tous les cinq, s'alignèrent devant le bar en formation : Carlão en tête, flanqué des Gros Bras, le conducteur et Junior déployés derrière.

Des têtes se tournèrent. Des têtes se dévissèrent depuis les tables. Des yeux échangèrent des regards. Des conversations cessèrent. Ses nerfs : en pelote. Ce que Junior ressentait était ambigu, et puissant. Ce sens du pouvoir, cette capacité à *impacter* : il aimait cela. Un temps, cela le *séduisit.*

Ils se tinrent là, attendirent d'avoir toute l'attention du bar. Une sacrée scène. Une sacrée performance. *São Paulo, c'est Shakespeare.* Junior avait entendu un quelconque lèche-bottes dire ça, à l'académie de police. Soudain, il comprenait la puissance d'une démonstration de force, la puissance d'un *spectacle.*

Carlos plastronnait. Il paradait. Il se *pavanait.* Il avait posé ses grosses mains sur ses grosses hanches, hissé son gros ventre, grimaçait et crânait. Un autre putain de John Wayne dans la cavalerie, se dit Junior.

Un autre matamore. Sauf que Carlos était bien plus dangereux. Ce n'était pas seulement pour la galerie. La tension crépitait. Elle empuantissait l'air.

Carlos grimaça. Il se prépara à parler. Silence.

Carlos scruta le bar. Ses yeux parcoururent les tables, survolèrent un couple qui se tenait par la main, un groupe d'hommes et de femmes vêtus d'élégantes tenues de bureau, un autre couple – mais ces deux-là ne se tenaient pas la main, ils étaient assis dans une posture plus austère, dos raides, visages tendus. Ses yeux passèrent sur un autre groupe de collègues, vêtus de semblable façon, et qui riaient. Ils observèrent tous ces gens, les yeux de Carlos, avant de se poser sur une tablée de trois jeunes hommes, séduisants, sains, bronzés, confiants ; trois jeunes hommes privilégiés vêtus de chemises de sport de marque et de shorts faits sur mesure, complétés de chaussures de voile, des chaussures avec des glands, mais pas de chaussettes ; trois jeunes hommes qui pouvaient sans le moindre doute être considérés comme des *playboys paulistanos* standards ; trois jeunes hommes qui…

« Puis-je me joindre à vous ? » demanda Carlos. Il fit un signe en direction de la chaise vide à leur table. « Est-ce qu'elle est prise ? »

Junior eut l'impression que le bar retenait sa respiration. « Non, vous pouvez la prendre », répondit l'un des jeunes hommes. « S'il vous plaît, joignez-vous à nous. » Le bar, avec un immense soulagement, exhala – à l'exception de la tablée des trois jeunes hommes que Carlos dominait maintenant.

Chacun des trois jeunes hommes réagit d'une façon différente à la situation, à l'intrusion, à Carlos. Le jeune homme qui avait parlé affichait un air de pure nonchalance, négligemment, paresseusement ; il arborait cet air comme un sweater jeté sur ses épaules et noué nonchalamment, négligemment, autour de son cou.

Carlos leva un bras, claqua des doigts, et siffla. Un serveur apparut. « Une autre tournée pour mes amis, dit-il, et la même chose pour moi. »

Carlos s'assit lourdement, pesamment. Il faisait face au jeune homme qui avait parlé. Le jeune homme à côté duquel Carlos était assis n'avait pas l'air aussi désinvolte et détendu que le premier.

En fait, se dit Junior, le garçon semblait faire dans son froc.

Carlos s'adressa à ce jeune homme nerveux. « J'ai comme dans l'idée que tu te demandes de quoi il s'agit, dit-il. À quoi, exactement, tu dois cet honneur et tout le toutim. »

Le jeune homme acquiesça et baissa les yeux vers la table. Ses mains se tordirent l'une l'autre, et la façon dont il les toisa donna l'impression à Junior que ce jeune homme nerveux les regardait comme un objet distinct, une chose dissociée de lui et de sa volonté, un élément totalement *étranger*.

Le serveur réapparut et largua quatre verres de bière sur la table. Sans traîner le temps de voir s'ils voulaient commander autre chose, il fila fissa.

Un brouhaha se reforma autour du bar. Les autres clients, fort embarrassés, préféraient ne pas voir le drame qui se nouait devant eux.

Junior les observa…
Ils n'avaient pas envie d'être là…
Mais personne ne voulait être le premier à partir.
Les Gros Bras mâchonnaient leurs chewing-gums. Ils se renfrognaient, regardaient tout le monde de travers. Ils faisaient de leur mieux pour laisser leur public dans l'expectative. Le conducteur s'était affalé, adossé à un réverbère, la main au côté, près de son holster, mais pas *trop* près ; donnant l'impression d'un cow-boy prompt à la détente, comme s'il ne lui manquait plus qu'une allumette entre les dents et une femme avec laquelle il flirterait, le visage impassible. Combien de fois avaient-ils fait ce genre de choses auparavant ? se demanda Junior. Serait-il, *lui*, capable de faire ce genre de choses, encore et encore ? Pourrait-il, *sciemment*, faire réellement ce genre de choses ?
Carlos plia sa bière en une longue goulée assoiffée. « *Puta que pariu !* s'exclama-t-il. Ça fait du bien ! » Il sourit à chacun des trois jeunes hommes tour à tour.
Aucun ne lui rendit son sourire.
Ils sirotaient leurs bières. Ils essayaient de ne pas se regarder entre eux. Junior, maintenant, suait à profusion. Même dans le quartier relativement vert qu'était Itaim, il y avait peu d'arbres, peu d'ombre, et le béton cuisait de tous les côtés.
Le lourd gilet pare-balles, les bottes, le poids des armes, les accessoires…
C'était déjà un entraînement en soi, par un tel temps.
Carlos parlait plus doucement, maintenant. Junior s'efforça de suivre la conversation, sans vraiment réussir. Le jeune homme confiant demeura confiant. Il buvait sa bière. Son langage corporel disait : C'est moi qui te fais une faveur, et ça me va, pas de problème, *entendeu ?* Le jeune homme nerveux s'agitait et se tortillait. Junior ne voyait pas suffisamment le troisième jeune homme, mais il participait à la conversation, s'y impliquait…
Puis tout se passa très vite.
Carlos posa sa main sur l'épaule du jeune homme nerveux – et ce n'était absolument pas un geste amical.
Les Gros Bras se hérissèrent.
Le conducteur retourna vers le véhicule.
Le troisième jeune homme recula sa chaise et détala.

Carlos aboya un ordre.

Les Gros Bras se précipitèrent à sa poursuite.

Le garçon réussit à parcourir une douzaine de mètres avant de faire ce qu'on lui disait :

Bras en l'air jambes écartées mains derrière la tête, fiston.

Carlos fit signe aux deux autres de se calmer et de reprendre leur putain de place assise, *entendeu*...

Il fit signe à Junior de les surveiller et, lentement, délibérément, il descendit la rue vers l'endroit où les Gros Bras l'attendaient.

Le bar eut un hoquet, puis se tut.

Les deux autres gars gardèrent leurs mains là où Junior pouvait les voir...

Ce n'était pas commun, que de mettre un coup de pression sur des *playboys* comme s'ils faisaient une descente dans une favela...

Carlos avait intérêt à savoir ce qu'il faisait, se dit Junior. On ne peut pas trop déconner avec ces gosses, on ne sait jamais avec qui leur vieux a pu aller à l'école.

Sur un ordre de Carlos, les Gros Bras fouillèrent le gars à corps. Ils sortirent son portefeuille. Carlos l'ouvrit, l'inspecta, balança les cartes – cartes de crédit, cartes de visite, carte de salle de gym, cartes de fidélité – une par une sur le trottoir. Ostensiblement, délibérément, il sortit le cash, le leva en l'air, et l'empocha.

Puis...

« Bingo », entonna Carlos. Entre le pouce et l'index, il souleva un petit sachet de quelque chose qui n'était résolument pas vendu au bar.

Le jeune homme, résigné, hocha la tête. Il tendit ses poignets. Carlos s'esclaffa.

Les Gros Bras le menèrent au SUV. Ils lui baissèrent la tête, le poussèrent à l'intérieur. Ils montèrent chacun d'un côté. Les portes claquèrent, le conducteur mit la sirène et la voiture démarra en trombe, en projetant des éclairs bleus et rouges.

Carlos sourit de nouveau, prit son téléphone et se mit à tourner tout en baragouinant...

Junior se cramponna.

Carlos finit son appel, attira l'attention de Junior d'un geste et lui fit signe d'aller s'asseoir à la table, avec les deux autres gars.

« Une autre tournée, clama Carlos en direction du serveur. *Rapido, né ?* » Il regarda les deux jeunes hommes. « Allez donc vous faire pendre ailleurs. Si j'ai besoin de vous parler, votre pote me dira comment vous trouver, *certo ?* »

Ils acquiescèrent. Le serveur revint. Carlos releva la tête. « On a changé d'avis, dit-il. Il n'y a plus que nous deux, finalement. »

Le serveur hocha la tête et plaça une bière devant Carlos et une autre devant Junior. Les deux jeunes hommes firent bruyamment crisser leurs chaises en les reculant, tant ils étaient pressés de mettre les voiles.

Le bar les regarda sortir. Il y eut un soulagement audible, et une peur tangible que ce ne soit pas totalement terminé.

« Santé. » Carlos leva son verre, le cogna contre celui de Junior. « Bois, dit-il. La voiture va revenir, nous n'avons pas beaucoup de temps. » Il sourit. Ses yeux scintillèrent. « Nous allons rentrer et avoir une petite discussion avec ce jeune Scarface, *entendeu ?* »

Junior but une gorgée de sa bière. Bon sang, pensa-t-il. Nous y voilà, finalement.

*

La salle d'interrogatoire zonzonnait. La salle d'interrogatoire confinée et mal aérée pétillait. Elle *pétaradait*. Carlos claqua sa main dans le mur comme un coup de tonnerre, fort, paume ouverte, à moins d'un pouce à droite de la tête du jeune homme.

Il avait apparu que le jeune homme s'appelait Gabriel.

Junior observait. Junior savait maintenant que le vieux de Gabriel était *quelqu'un*. Et c'était tout ce dont ils avaient besoin. Quelqu'un, en fait, qui n'allait pas apprécier que son fils se soit fait serrer pour possession de drogue. Mieux valait pour tout le monde que le jeune Gabriel ici présent fasse ce qu'on lui demandait de faire était l'esprit du petit discours introductif de Carlão, sa première *salvo*.

Junior apprenait.

« Maintenant, tu vas m'écouter, fiston », cracha Carlos, sa main droite toujours collée au mur, sa main gauche menaçant maintenant de se resserrer sur le cou du jeune Gabriel. « On ne va pas y mettre des plombes. Je t'ai chopé devant un bar entier de témoins, sans même parler de quatre de nos meilleurs *militars*, comme le jeune Junior, ici présent, parce que tu t'es enfui lors d'une discussion parfaitement civilisée – un refus d'obtempérer, même, pourrait-on dire –, et parce que, quand on t'a appréhendé et fouillé, on a découvert un joli paquet de coke premier choix, sans aucun rapport avec la merde jaunâtre et sulfureuse qu'on trouve dans les *bocas* de Paraisópolis ! »

Il s'écarta du mur. Fit signe à Gabriel d'aller se rasseoir à la table.

« La favela, je l'ai achetée à la favela. » Carlos agita négativement la tête. « Tu te fous du monde, fiston. »

Gabriel ne dit rien. Carlos s'assit face à lui et se pencha au-dessus de la table. Junior se figura son haleine fétide, sa langue âcre, ses pores exsudant le rance.

« En fait, Gabriel, je n'ai absolument rien à carrer de l'endroit où tu l'as trouvée. »

Gabriel parut déconcerté.

« Par là je veux dire que si tu ne fais *pas* ce que je te dis, on poursuivra le genre d'enquête oblique qui signifie que la personne qui t'a procuré cet échantillon d'une cocaïne coûteuse et d'une efficacité exquise est en fait, toi ! »

Carlos sourit. « Tu vois ce que je veux dire ?

– Vous êtes en train de dire que l'idée, c'est que si je fais quelque chose pour vous, tout ceci disparaît ? »

Carlos lui fit un clin d'œil. « Tu es un petit malin. »

Gabriel assimila tout cela.

« Évidemment, ajouta Carlos, si tu ne le fais pas, tout ça va foutrement empirer. »

Junior regarda comme Gabriel tâtait ses bijoux, un bracelet d'argent à son poignet gauche et une chevalière en or à sa main droite. L'expression sur le visage de Gabriel était quelque chose que Junior avait déjà vu auparavant dans ce genre de situation. C'était une forme de *compréhension* : il n'y a aucun choix à faire, rien ne dépend de vous. Voilà.

Gabriel acquiesça. « Que voulez-vous que je fasse, exactement ?

– Bon garçon », dit Carlos. Il se leva. « Nous savons que

les gars comme toi, les nantis, les gars qui sont allés dans des écoles internationales privées et dans des universités privées et qui travaillent maintenant comme avocats ou dans la finance et tout le toutim, vous vous connaissez tous, *certo* ? »

Gabriel acquiesça. « *Mais ou menos, sim, né ?* » dit-il. Plus ou moins, c'est vrai.

« OK. Bien. On dirait que tu as envie d'aider.

– *Sim*, j'en ai envie, ouais. »

Junior pensa à la façon dont il s'était lui-même plié aux demandes de Carlos, la façon dont il avait courbé l'échine – au moins intérieurement –, toujours conscient de qui il était, d'où il venait, une petite merde de la favela qui a eu un peu de chance, sans avoir droit aux négociations ni aux privilèges de ce Gabriel, même avec la violence de Carlos...

C'était quelque chose.

« Alors, écoute, dit Carlos. Nous pensons qu'au moins un gars de ton genre est manquant, peut-être même deux. *Certo ?* »

Gabriel acquiesça.

« Nous ne savons pas qui, ni pourquoi, ni où, mais nous pensons que c'est le cas. »

Junior saisit la façon dont Carlos avait changé de ton, de comportement...

Il feignait l'ignorance pour se mettre le gars dans la poche. Carlos donnait à Gabriel l'impression que c'était *lui*, Gabriel, qui allait leur faire une immense faveur, et que, de quelque façon, Gabriel était en fait le boss, ici.

« OK, dit Gabriel.

– Voici ma carte. » Carlos posa une carte de visite sur la table et la poussa du bout du doigt. « Tu vas m'appeler toutes les trois heures à partir de maintenant, avec toutes les nouvelles que tu glaneras, tout ce que tu trouveras. *Entendeu ?* »

Gabriel acquiesça.

« Tu te renseignes autour de toi, c'est tout. Tu ne parles de rien d'autre. Nous voulons juste savoir si quelqu'un n'est pas là où il devrait être, *tá ligado ?*

– De l'eau de roche.

– Mais tu m'appelles, compris ? La nuit, aussi. Un mot, *nada*, s'il n'y a rien. Nous parlerons si tu trouves quelque chose. »

La tension retomba. Leurs membres se détendirent.

« Une chose, demanda Gabriel. De quel calendrier parle-t-on, en gros ?

– Tu veux dire, quand seras-tu libéré de ce contrat qui t'oblige, et du danger d'être considéré comme un gros camé et un narco ? »

Gabriel sourit. « Oui, j'imagine que c'est ce que je voulais dire. »

Junior admira les couilles de ce gosse, son aplomb. Un sacré cran. Qui vient du fait que toute cette histoire repose sur un coup de bluff : s'il franchit la porte, il ne se passera plus jamais rien – légalement, s'entend. Donc, en gros, ils sont devenus partenaires. Ils travaillent ensemble, maintenant.

Carlos se leva. « Vieux, si on ne trouve rien d'ici la nuit prochaine dernier carat, il sera trop tard pour tout le monde. » Il se dirigea vers la porte. « Raccompagne-le, Junior, tu veux bien ? » dit-il.

Junior acquiesça. « *Sim, senhor.* » Il quitta le fond de la pièce pour se rapprocher de la table.

Gabriel entra le numéro de Carlos dans son téléphone. Une fois cela fait, il rempocha son mobile, grimaça. Il poussa la carte vers Junior.

Junior sortit un stylo. Il repoussa la carte vers Gabriel.

« Écris ton numéro dessus, *cara*, dit Junior. Vite. »

Gabriel lut l'expression du visage de Junior, comprit, acquiesça :

Il inscrivit des chiffres.

Junior empocha la carte.

« *Vamos, né ?* » dit-il, et ils quittèrent la pièce, la main de Junior sur le bras de Gabriel, sa poigne ferme sur le bras maintenant ramolli et épuisé de Gabriel, lequel poussa un putain de soupir de soulagement, un énorme soupir de soulagement lorsque la porte se referma bruyamment derrière eux alors qu'ils descendaient le couloir en direction de la lumière du soleil baignant l'entrée principale.

« Ce ne serait peut-être pas une bonne idée de prendre un taxi juste devant le bâtiment », dit Junior.

Roberta

Roberta s'éveilla.

Une bouffée de lui – juste l'instant avant que ses yeux ne s'ouvrent, son soin cheveux tout juste perceptible sur l'oreiller à côté du sien, et elle sourit et le serra contre elle, puis ses yeux s'ouvrirent effectivement et tout s'était évanoui et elle était seule.

Elle secoua la tête, secoua ce qu'il lui restait de sommeil, quitta le lit moitié en rampant, moitié en en tombant. Elle mit de l'eau à bouillir et prit une douche, le même rituel auquel elle se pliait chaque jour.

Sous la douche, elle avait décidé de ce qu'il fallait faire. À la base, elle avait besoin de son putain de téléphone – Dieu sait ce qu'elle avait pu manquer –, et elle avait besoin de passer par la fac récupérer son ordi portable ; et puis, il y aurait bien là-bas trois-quatre personnes qui sauraient quelque chose, qui auraient une idée d'où il pouvait foutre bien se trouver. De toute façon, cela lui permettrait déjà d'appeler son numéro à elle ou le sien : ce n'était pas la première fois qu'elle se lamentait sur l'incapacité de sa génération à mémoriser quoi que ce soit, à ne jamais disposer des moindres numéros de téléphone ou adresses mail sans un accès à ses carnets d'adresses électroniques. Putain de milléniaux, se dit-elle en riant : la génération sextos. C'était l'une des blagues d'Antonio. Il était marrant, ce bon Antonio. Ce bon vieil Antonio. Elle se sentit heureuse, soudain, de savoir qu'elle le verrait bientôt.

Elle prit sa voiture pour aller à l'université. Tout ressemblait distinctement à un lundi.

Une tête molle des joints qu'elle avait fumés la veille, une circulation zonzonnante, une aigreur à chasser, mais juste hors de portée, des rues jonchées d'ordures, quelques affichettes parsemées, des gazettes socialistes jetées çà et là. La ville, un lendemain de manif.

Elle descendit Jardins. Le calme d'un milieu de matinée, ce

qui signifiait que cela ne lui prit que vingt minutes de plus que cela n'aurait dû. Elle se faufila à travers des petites rues moins fréquentées, rejoignit l'Avenida Rebouças au niveau du centre commercial, traversa le pont et prit à droite, vers Butantã et l'USP. Elle ouvrit sa vitre quand l'air se fit moins lourd, se sentit immédiatement rafraîchie, de s'être éloignée du centre de quelques kilomètres.

Elle s'engagea dans le rond-point de la Praça Vincente Rodrigues. L'endroit était inhabituellement calme. Le plus souvent, elle le traversait au klaxon ; sa voiture, son staccato et ses secousses la possédaient ; elle était balancée d'un côté et de l'autre par le flot irraisonné et égoïste du trafic, accélérait, pilait, faisait de grands signes du majeur…

… pas aujourd'hui. Elle louvoya sur l'Avenida Afrânio Peixoto, franchit le deuxième des trois ronds-points avant le campus, puis accéléra, le bras gauche pendant par la fenêtre ouverte dans le soleil et le vent, descendit l'Avenida da Universidade.

Elle se gara devant le département des sciences éco. Il n'y avait quasiment aucune voiture alentour. Elle releva les yeux vers la tour de l'horloge de la place centrale, la Praça do Relogio, comme elle le faisait toujours.

Les habitudes, même en une journée comme celle-ci, une journée pleine d'incertitude, restaient tenaces. La tour l'avait toujours fascinée. Les deux faces de béton plates de ce rectangle saillant qui s'élevait tel un gratte-ciel au-dessus d'un bassin circulaire rempli d'une eau verdâtre et saumâtre ; ses ciselures à l'eau-forte, modernistes, mais indigènes ; et l'horloge elle-même, tout en haut, comme ajoutée après coup, si bien qu'il fallait plisser les yeux pour pouvoir lire l'heure.

Elle offrait un contraste frappant avec les boîtes de briques et de verre, basses et fonctionnelles, des départements, des salles de cours et des laboratoires de recherche. Pendant son premier cycle, le professeur d'économie politique de Roberta leur avait montré des photos des grands ensembles d'habitat social à New York et Londres, pour illustrer la différence entre les favelas des pays riches et les leurs ; mais de nombreux étudiants avaient été impressionnés par le fait que leur université n'en paraissait pas tellement différente.

Un temps, elle resta assise, moteur éteint, climatisation éteinte, vitre côté conducteur baissée, et elle ferma les yeux et s'abandonna à l'écoute des bruits alentour. Au loin, ténu, mais constant, le bourdonnement grave de la circulation du Marginal sur la berge de la rivière, qui entrait dans la ville, sortait de la ville, qui *étirait* la ville, semblait-il parfois ; plus immédiatement, le vrombissement et les claquements des câbles électriques qui alimentaient les labos des départements de médecine et de sciences des prochains bâtiments ; et à côté d'elle, l'espace qu'elle considérait comme lui appartenant était absolument désert.

Elle était calme, elle se le reconnaissait, mais il y avait quelque chose d'autre, quelque chose de persistant, qu'elle n'arrivait pas à identifier ; quelque chose qui lui serrait l'estomac et lui faisait plisser les yeux ; quelque chose qui avait un rapport avec l'impuissance, se dit-elle. Elle était fière de la façon dont elle avait géré la situation, hier ; de façon pragmatique et réaliste, étant donné qu'elle n'avait plus de téléphone, d'ordinateur, de moyen de contacter qui que ce soit, hormis en passant chez eux ; et elle était satisfaite d'avoir fait montre d'assez de sang-froid pour réussir tout cela sans panique, sans peur, sans trop d'anxiété devant l'incertitude ; devant, oui, se dit-elle, l'*impuissance*.

Elle hocha la tête trois fois à sa propre adresse et, en trois mouvements, remonta la vitre, attrapa son sac sur le siège passager et bondit hors de la voiture, la verrouilla d'un bip depuis l'extérieur tandis qu'elle marchait déjà vers le bâtiment des sciences éco et son casier d'étudiante.

Elle ne put s'empêcher de remarquer qu'il ne semblait y avoir absolument personne. Avait-elle oublié une sorte de jour férié, ou une grève ? Le bâtiment, lui aussi, paraissait bien vide, toutes lumières éteintes, presque abandonné dans la chaleur moite du matin.

Et pourtant, malgré la chaleur, malgré l'humidité entre ses omoplates, malgré la liquéfaction d'une partie de ses cuisses au contact des sièges de cuir de la voiture, elle frissonna en tapant les six chiffres du code d'entrée.

*

Une demi heure plus tard : Roberta se tenait, décontenancée, devant le bureau de la réceptionniste de la boîte qui employait Antonio. « Donc, ce que vous êtes en train de me dire, c'est que je ne peux pas poser de questions sur des employés si je n'ai pas préalablement pris rendez-vous ? »

La réceptionniste lui adressa un fin sourire. En fait, se dit Roberta, fin était un qualificatif trop généreux. Le sourire de cette femme était un simple trait fendu au couteau : à peine une admission de Roberta, de son existence, tout juste une reconnaissance de sa présence.

« Tout à fait. Je crois vous l'avoir dit au téléphone. »

C'était le cas, c'est vrai. À l'université, Roberta avait récupéré son ordi dans son casier, l'avait brièvement chargé, puis s'était employée à récupérer quelques numéros de téléphone, dont en priorité le sien et celui d'Antonio, facilement accessibles dans son appli de répertoire. Elle les avait retranscrits sur une feuille de papier. Puis elle était allée sur le Net et avait trouvé son numéro professionnel ; il était logique d'essayer de l'appeler là-bas si les portables étaient déchargés, même si elle ne l'avait jamais fait auparavant, même si elle n'avait jamais eu ce numéro ni, en fait, eu envie de l'avoir. Elle avait également noté l'adresse : ça allait probablement être sa prochaine destination.

« C'est ce que vous avez fait, évidemment, dit Roberta en souriant, quoique à contrecœur. Mais j'ai vraiment besoin de lui parler. C'est mon petit ami. Ne pourrait-on pas imaginer que je prends rendez-vous avec vous maintenant ? »

Le coup de téléphone s'était passé à peu près de la même façon. Après avoir noté ce qu'elle voulait, elle s'était rendue au secrétariat administratif du département de sciences éco. Il n'y avait personne. Elle n'avait pas croisé âme qui vive depuis son arrivée. Mais la porte n'était pas verrouillée et il y avait des téléphones. Elle avait essayé les deux numéros de mobile, et les deux étaient passés directement sur répondeur. Elle n'avait pas laissé de message. Personne ne le faisait plus, à part les parents. Elle ne s'était pas encore formé une opinion à ce sujet. Ça avait été une joie de recevoir un message d'un ami dont on voulait des nouvelles. Maintenant, c'était une corvée, veuillez appuyer sur la touche… ou était-ce vraiment une corvée ? Est-ce qu'on n'était pas simplement devenus encore plus impatients ? Quand des amis ne répondaient pas puis envoyaient un texto pour demander ce qu'elle voulait, cela la hérissait.

Pour l'instant, en tout cas, elle voulait parler à Antonio. C'était tout ce qui comptait.

« Je ne suis pas certaine que vous ayez tout à fait compris ce que veut dire prendre rendez-vous ? » dit la réceptionniste. Et ce sourire, encore, quoiqu'un soupçon plus joyeux, cette fois, peut-être de satisfaction d'avoir plaisanté, ou répliqué, ou produit un mot d'esprit.

Roberta jura intérieurement. « Pensez-vous que vous pourriez au moins me dire s'il est là ? » dit-elle, et de l'avoir dit – en le disant, déjà –, elle réalisa à quel point la question la faisait paraître pitoyable, ou vulnérable, ou désespérée, et elle se sentit à la fois minuscule, échaudée, mortifiée et enragée par l'ensemble de la situation.

La réceptionniste haussa un sourcil, son expression se fit lisse, ironique.

« S'il vous plaît. »

Son visage s'adoucit. « D'accord.

– Merci », répondit Roberta.

Elle était venue de l'université aussi vite que possible, rendue fébrile par la nervosité, le désarroi ou l'incertitude – elle ne savait pas trop laquelle ou, en fait, si dans son cas, elle pensait réellement qu'il y avait une quelconque différence entre les trois. Elle s'était attendue à voir des amis – peut-être même des amis à lui –, et avait espéré trouver un peu de compagnie, un peu de soutien, si ce n'était pas trop dramatique, et quelques conseils pratiques. En lieu de quoi, il semblait que tout le monde avait disparu, et elle n'avait aucun moyen d'en retrouver un seul à moins d'aller les chercher, ce qui était à peu près inimaginable, pas le genre de chose que ferait quelqu'un de sa génération.

Elle sourit d'un soulagement sincère lorsque la réceptionniste tripatouilla d'abord son ordinateur, puis l'écouteur de son casque. Elle se détourna de Roberta et parla à voix basse, hocha la tête, parla encore. Elle regarda Roberta et lui adressa un autre de ses sourires, mais celui-là n'était pas hostile, non, c'était quelque chose d'autre, quelque chose…

Roberta ne savait pas grand-chose du travail d'Antonio. Cela ne constituait pas une indication sur leur relation, ceci dit, encore que, en y repensant, si c'en était une, il s'agissait plutôt d'une bonne nouvelle. Il y avait plusieurs raisons pour lesquelles elle en savait si peu. La principale, lui semblait-il, était qu'Antonio était fondamentalement embarrassé de ce qu'il faisait, qu'il réalisait à quel point il avait choisi la facilité en prenant la voie école de luxe, université privée, puis haute finance, qu'il savait, oui, qu'il était en quête d'argent et de statut social, qu'il savait que c'était une approche superficielle de la vie, qu'il savait qu'il valait en fait mieux que cela, et qu'il n'en parlait donc que d'un ton ironique et dédaigneux. Et elle, réalisant tout cela, *comprenant* tout cela, et ne voulant pas donner l'impression de le juger ou de l'influencer, mais voulant qu'il s'améliore, qu'il devienne un homme *meilleur*, ne lui posait jamais réellement de questions et ne lui demandait jamais de détails, au-delà du tableau très général qu'il lui brossait du monde dans lequel il évoluait.

Oui, se dit-elle alors, c'était une bonne indication de leur relation ; ils n'avaient pas besoin d'en savoir tant que cela chacun sur le travail de l'autre.

Elle était doctorante et stagiaire dans une ONG ; lui travaillait dans une société financière privée petite, mais prestigieuse, un fonds spéculatif, se dit-elle. Ces choses n'étaient pas incompatibles. Pas le moins du monde.

« Et donc ? » demanda Roberta, en transpirant, maintenant que son corps s'était rafraîchi.

La réceptionniste avait toujours les yeux sur son écran. « Vous avez dit Antonio Neves, *né ?*

– Oui. »

Elle opina. « Il n'est pas là. Il n'est pas attendu avant jeudi. Son agenda indique qu'il est en congé. J'ai parlé à son supérieur, je… » Elle agita négativement la tête, adressa un regard implorant et compatissant.

« Vous êtes sûre ?

– Oui. »

Roberta acquiesça. « Des vacances… Oui, c'est logique, en fait, dit-elle. Absolument. Merci. Vous avez été très aimable. »

Elle sourit de nouveau, mais sentit qu'il y avait de la panique dans son sourire.

Elle s'écarta mollement du bureau, chancela quelque peu ce faisant.

« Je peux faire venir quelqu'un, si vous... »

Roberta s'éloigna, agita négativement la tête, vacilla, s'exclama : « Non, ne vous inquiétez pas, merci ! »

Elle tituba à travers les portes à tambour, sortit sous le soleil torride de midi, sonnée et solitaire.

*

Roberta jura intérieurement. Elle frissonna en buvant la tisane qu'elle avait réussi à commander dans le café en face du bureau d'Antonio, qu'elle avait réussi à commander sans fondre en larmes, sans embarrasser la pauvre fille qui l'avait servie avec un regard curieux, curieux, mais pas dénué de compassion, un regard, vraiment, et il lui avait fallu toute la force de sa volonté pour ne pas fondre en larmes, pleurer à gros sanglots...

Puis soudain, elle eut une idée.

En fait, se dit-elle, ce n'était pas tout à fait une idée en tant que telle, mais plutôt un déclic. Et un déclic foutrement simple, mais qui concernait une chose dont elle aurait été incapable d'avoir conscience vingt minutes plus tôt.

Elle n'avait pas son téléphone, mais elle avait son ordi, et donc accès à son mail. Et elle se trouvait dans un café qui avait le wi-fi. Quelle géniale millléniale.

Tu t'es offert des putain de vacances ? Sans me prévenir !? Putain de bâtard ! Je ne peux pas croire que tu aurais même envisagé *de faire ça ! Et tu as mon téléphone,* caralho. *J'en ai besoin. Tu ferais mieux de répondre – et vite.*

Envoyer ce message lui avait fait du bien. Mais en était-elle plus avancée ? Elle n'avait pas progressé d'un pas vers une solution, ou une conclusion, ou, putain de merde, je ne sais pas, se dit-elle, vers la *sérénité.*

Elle le relut. Elle le relut trois fois. Et elle réalisa alors autre chose.

Elle revit les mots qu'elle avait écrits : *Je ne peux pas croire que tu aurais même* envisagé *de faire ça.*

Un choix de termes intéressant, se dit-elle. Oui, elle pouvait le relire plus attentivement, et voir son indignation, sa colère, son incrédulité devant le fait qu'il ait pu se montrer aussi cavalier…

Je ne peux pas croire que tu aurais même envisagé *de faire ça.*

Mais, évidemment, une lecture attentive pouvait également se faire sous un angle psychologique et, lentement, à sa quatrième ou cinquième relecture, elle se rendit compte qu'elle avait utilisé les mots *Je ne peux pas croire que tu aurais même* envisagé *de faire ça* précisément parce qu'elle ne pouvait pas croire qu'il aurait même *envisagé* de faire ça, elle ne pouvait pas croire, elle ne *croyait* pas qu'il avait fait ça, elle ne croyait pas qu'il était parti en vacances sans elle, elle ne croyait pas qu'il partirait en vacances sans elle, et encore moins sans la prévenir…

Ce qui signifiait quoi, exactement ? se demanda-t-elle. Et là, elle fondit réellement en larmes.

Mario

Leme souriait avant même d'avoir ouvert les yeux.

Il était carrément aux anges, en fait…

Quelle mièvrerie ! Et c'était destiné à devenir un événement récurrent. Comment on appelle ça, déjà ? La volupté ? Arrêtez les presses, j'ai un scoop : l'homme est heureux de vivre avec sa petite amie.

Deux bruits : la douche et la télé de la cuisine…

Les routines du matin. Le bichonnage d'avant boulot, puis une séance de rattrapage des chimères que Globo propose comme information accompagnée d'un *pingado* – un café au lait sucré – et un petit *pão na chapa*, du pain frit dans une bonne dose de beurre. Le petit-déjeuner brésilien traditionnel.

Leme graillonna, s'éclaircit la gorge, renâcla comme un cheval. Ses lèvres bourdonnèrent. Il balança ses jambes hors du lit et entra d'un pas lourd dans la salle de bains. Antonia fredonnait quelque chose qui ressemblait à « Petit Bateau », ce qui lui fit chaud au cœur et élargit son sourire. Nu, il pissa, fort, pile dans la cuvette, sans les mains, le dos arqué, en grattant sa poitrine velue et en frottant ce qu'il restait de sommeil dans ses yeux ; c'était un vrai jet, un jet d'homme viril, et il prit grand plaisir à le produire pendant qu'Antonia se douchait.

« Mario, vraiment, *caralho* », avait-elle dit la première fois qu'elle l'avait vu le faire. Enfin, *glapi* la première fois qu'elle l'avait vu le faire. « Nous ne conservons plus aucun mystère ? »

Il avait ri. « Voilà ce que c'est que l'intimité, *querida.* Nous ne partageons rien de tout cela avec personne d'autre, après tout. »

Elle avait secoué négativement la tête, lui avait souri, et l'avait embrassé à travers la vitre de la douche, y imprimant la forme de ses lèvres et de sa bouche.

« Relève le siège, au moins », dit-elle.

Antonia chantonnait ; Leme rayonnait. Leme se pâmait. Il resta là un temps à la regarder, puis s'enveloppa dans son peignoir et alla dans la cuisine préparer le petit-déjeuner. Il voulait lui parler de ses règles. Mais il ne voulait pas lui parler de ses règles. Il ne voulait pas être ce genre de gars. Ils prenaient tous les deux sciemment moins de précautions. C'était une situation entendue et plaisante. Il voulait lui demander et il ne voulait pas lui demander. Plus que tout, son désir était qu'elle désire ce qu'il résultait de la réponse, quelle qu'elle soit.

Leme fit défiler les chaînes. Les infos de la télé :

La manifestation pro-Dilma, uniquement. Nombre de participants variable selon les chaînes. Lien avec *Lava Jato* implicite ou accentué. Comportement de la foule critiqué ou complimenté. Mais bon, personne ne semblait savoir grand-chose.

Rien sur le gosse. *Nada*…

Merci à foutrement personne pour ça.

Pas exactement une surprise, ceci dit. Il allait mettre son chapeau dessus, pour le moment – remiser tout ça dans une boîte.

C'était ça, vivre avec Antonia…

Quand il est avec elle, rien d'autre n'importe.

Leme lança la cafetière. Elle se mit à gargouiller. Il remplit le mousseur à lait, l'alluma. Il tourbillonna. Il balança une lourde poêle de fonte sur la plaque électrique. Elle accumula immédiatement de la chaleur. Il y mit un bloc de beurre, qui glissa et ramollit. Il trancha du pain rassis comme si c'était du bois, comme s'il le sciait. Il en lança deux tranches dans la poêle à travers la pièce.

Au fond du panier.

Il mélangea le café et le lait, retourna le pain et l'enfonça dans le beurre, la chaleur, puis mit la table sur le comptoir.

Les routines du matin.

Il avait été un temps où il commençait par préparer une boisson fort différente. Ou faisait passer son *pingado e pão com manteiga* avec un shot de *cachaça* et une cigarette…

Le petit-déjeuner traditionnel des travailleurs manuels et de ceux qui sont de service de nuit, ça.

Deux ans et demi qu'ils vivaient ensemble, maintenant. Il était pétri d'esprit domestique. Cela formait un contraste flagrant avec les camés, les pervers, les dégénérés, les flingueurs, les surineurs et la racaille encagoulée qu'il pourchassait et cravatait chaque jour au boulot…

Il n'était toujours pas sorti de l'ornière de la petite délinquance…

Et ce n'était pas une surprise. Non, *senhor*, vraiment pas une surprise, étant donné ses dernières mésaventures avec les huiles et les Gros Bras.

Mais cela lui allait. Et cela convenait aussi à son partenaire, Lisboa.

Une vie tranquille, c'était son but, rien de spectaculaire.

La messe est dite.

Antonia entra. Parfumée et habillée. Presque pas maquillée. Elle l'embrassa. Elle sourit. « Merci, mon chou », dit-elle.

Ils mangèrent et la télé jacassa.

Antonia l'indiqua d'un signe du menton. « Quelque chose ? »

Leme agita négativement la tête. « Comme-d'hab' et re-comme-d'hab', *entendeu ?* »

Il était arrivé la veille au soir et il n'était pas trop tard. Elle était sortie avec une amie et était rentrée peu de temps après. Ils étaient tous les deux émoustillés d'avoir un peu trop bu. Il avait été facile de mettre de côté ce qui était arrivé, de tout remiser dans une boîte. *Quand il est avec elle, rien d'autre n'importe.* De mettre Carlos et le cadavre du *playboy* dans une boîte. *Quand il est avec elle, rien d'autre n'importe.* De mettre les conséquences, pour un temps, dans une boîte. *Quand il est avec elle, rien d'autre n'importe.* Ils avaient partagé des restes et regardé les nouvelles, puis la moitié d'un film que Leme n'aurait pas été capable de reconnaître dans une rangée de suspects ce matin, si on le lui avait demandé.

Antonia mangea lentement. Elle but lentement. Elle regarda son café. Opina. Elle fit un signe du menton en direction de la télé, la bouche à moitié pleine de pain. « Tu sais ce que c'est, tout ça ? demanda-t-elle. J'y ai pensé toute la nuit. » Leme fronça les sourcils. « Bon, une partie de la nuit, se reprit-elle. C'est ce bon vieux *cafézinho*, mais à une échelle homérique. »

Le *cafézinho*, ce bon vieux pot-de-vin brésilien. Un petit café, un café sur le pouce, pour mettre de l'huile dans les rouages. La totalité du service public s'en alimentait. Pour faciliter le traitement, en des termes plus clairs. On ne peut même pas obtenir une carte d'identité sans graisser la patte de quelqu'un. *Cafézinho*. Un curieux euphémisme pour corruption systémique. Un diminutif, un mot mignon. Ils l'avaient fait tous les deux, se dit Leme. Et cela ne remontait pas à loin. Pour obtenir des documents et autres actes administratifs quand ils s'étaient installés ensemble.

Tout le monde le faisait. *Tout le monde*.

Leme grommela.

« Le fait est, *querido*, poursuivit Antonia, que cela arrive – et que c'est arrivé – parce que la perception générale est que tout – absolument *tout* – est corrompu. À partir de quoi tout *est* corrompu. Même si tu n'as pas besoin de payer un *cafézinho*, tu le fais quand même. Et pourquoi pas ? Cela accélérera peut-être les choses. Même si tous les autres l'ont fait aussi, si bien que la file est comme elle l'aurait été. Trop risqué de ne pas le faire, néanmoins, *né ? Lava Jato* est simplement une question d'échelle. »

À la télé : un immense projet de construction d'une raffinerie de pétrole. Un nom : Odebrecht.

Antonia mâchonna. Elle indiqua de nouveau le poste. « Une question de proportions, tu vois ? Tu imagines l'ampleur de ce projet ? Bien sûr que non. Ils se sont dit qu'ils s'en tireraient simplement parce que, comment diable qui que ce soit pourrait réellement appréhender les choses à une telle échelle ? La différence entre zéro et soixante millions de dollars est immense et foutrement évidente. La différence entre soixante et cent vingt millions, c'est que dalle. C'est ce que ces enculés se sont dit.

– Peut-être qu'ils ne s'en tireront pas si facilement.

– Ouais, peut-être, mais c'est parce qu'on ne sait pas encore l'étendue du merdier dont ils essaient de se sortir. »

Leme acquiesça.

Il leur resservit du café. Panacha leurs cafés de lait.

Quand il est avec elle, rien d'autre n'importe.

« Évidemment, ce ne sont pas les hommes d'affaires ni les *politicos* qui souffrent, sur le terrain, comme tu le sais bien.

– Il n'y a que les pauvres qui se font arrêter, renchérit Leme.

– Pas exactement ce que je voulais dire.

– Non ?

– Non. Je veux dire que l'économie est au fond du trou, le chômage au plus haut, les grands projets de construction sont gelés, précisément à cause de cette histoire. Petrobras a eu l'obligation de suspendre ses relations avec ses contractants habituels, ce putain de cartel, alors le pays souffre, à tort ou à raison, fin de l'histoire. Enfin, du moins, cela aggrave tout. La récession ne vient pas uniquement de là, mais tu vois ce que je veux dire.

– Han-han.

– D'où le retour de bâton. La semaine dernière et hier. »

Quand il est avec elle, rien d'autre n'importe.

Elle sourit. « C'est peut-être la première fois que l'économie est devenue politique, tu sais, au sens large. Je veux dire, la question que se pose le pékin moyen, c'est : *Où est passé tout notre putain de pognon ?* »

Leme s'esclaffa. « Bien vu.

– Qu'est-ce que Tim Maia disait, déjà ? »

Tim Maia. Le chanteur brésilien que Leme préférait par-dessus tout. Renata lui avait fait découvrir sa musique. Ses quatre premiers albums éponymes du début des années soixante-dix brillaient tout là-haut. C'était le héros de bien des gens, ce bon vieux Tim Maia.

Leme répondit : « Oh, tu sais que son docteur lui avait dit d'arrêter l'alcool, la drogue et la malbouffe pendant deux semaines, et que tout ce qu'il avait perdu, c'était une quinzaine. »

Antonia s'esclaffa. « Non, pas ça. Son histoire sur les pauvres et la droite.

– Ah », reprit Leme. Il y réfléchit. Sourit. « Il avait mis dans le mille. Ce qu'il avait dit, c'était que le Brésil était le seul pays où on avait des prostituées qui jouissent, des maquereaux jaloux, des dealers accros, et des pauvres qui votent à droite. Quelque chose de ce genre. »

Antonia acquiesça. « Ce bon vieux Tim Maia. Un jour, ça va arriver, j'en suis sûre. Toute cette histoire ne va pas bien se finir. » Elle enfila sa veste. « Bon, *querido*. On se voit ce soir ?

– Sans faute. »

Antonia sourit. Leme sourit. Puis elle partit et Leme se retrouva seul.

Quand il est avec elle, rien d'autre n'importe.

La nuit dernière lui revint avec la puissance d'un uppercut vicieux. Il secoua la tête, respira, opina, l'affronta ludiquement.

Il se repassa la bande :

Un tuyau fourni par un miteux, un *dedo-duro*, le prototype de l'indic, le Gros João…

Le bon vieux Carlão vient lui rappeler leur passé quelque peu douteux, qui doit quoi à qui, qui a fait quoi, et bla-bla-bla…

Le bon vieux Carlão le menace de le charger…

Pourquoi ?

Et qui était ce gosse ?

Si on lui faisait porter le chapeau, ce serait bien de savoir qui il est censé avoir refroidi, se dit Leme.

Il définit une ligne de conduite :

Une chose à la fois. D'abord, en parler à Lisboa. Puis retrouver le Gros João.

*

Leme n'était pas aux anges.

Et il était déconcerté. « Donc, ce que tu es en train de m'expliquer, dit-il à Lisboa, ce que tu me racontes, c'est qu'il n'y a aucun rapport ni enregistrement pour la journée d'hier, hormis quelques arrestations pour trouble sur la voie publique, deux saisies d'herbe et, quoi, une ou deux victimes d'*accidents de la route* ? »

Lisboa grimaça. « Je te dis ce qu'ils m'ont dit. Point final. »

Ils étaient assis dans une *padaria* juste passé le coin du bâtiment de la *Polícia Civil* dans lequel ils travaillaient, au pied de la colline de Jardins. Milieu de matinée, l'heure du second petit-déjeuner…

Un bock de bière et une assiette de pastels au fromage couverts de sauce piquante.

Lisboa appelait cela *l'ulcère jovial.* « Écoute, dit-il. Là, il ne s'agit que ce que savent nos gars. Si tu dis que les *militars* ont emporté un cadavre… »

Leme acquiesça.

« Eh bien, si c'est ce que tu dis, alors je ne suis pas certain que nos gars seraient nécessairement au courant. Voilà ce que moi, je dis.

– Et il n'y a eu aucune déclaration de personnes disparues ?

– Nan. *Nada*. Manque pas une saucisse. » Lisboa s'esclaffa. « Désolé, mais tu sais, il est probablement un peu trop tôt pour ça. »

Leme haussa un sourcil. Se dit : c'est vrai.

« Je veux dire, poursuivit Lisboa, tu disais que le gosse avait, quoi, la vingtaine ? Un *playboy* ? Ça ne fait même pas vingt-quatre heures. Qui va aller déclarer ça ? Même le plus crétin des connards supposerait encore que ce pauvre clown est passé sous les radars pour aller s'éclater un peu, *sabe ?* »

Leme jugea qu'il avait probablement raison.

Les disparus étaient nombreux, et déclarés rapidement dans l'ensemble ; généralement par une mère hystérique à un barrage de police dans la favela…

La peur de cette bonne vieille *bala perdida*. Ou d'un contrôle et d'une fouille injustifiés qui se seraient terminés par un refus d'obtempérer et un tir en légitime défense, dans le dos…

Mais pas dans cette tranche de population, pas avec un *playboy*.

On y craignait moins les événements malheureux. Quand l'un de ces garçons disparaissait, vous pouviez parier que le riche grand-père du gosse allait promptement recevoir un appel téléphonique, un appel du genre *Videz une partie substantielle de votre compte en banque et n'en parlez à personne.*

Mais là, il y avait un cadavre. Leme l'avait vu et il existait. Alors, où était-il passé ?

Ils s'étaient retrouvés dans la *padaria* afin de faire profil bas. Leme avait appelé Lisboa, lui avait dit de le retrouver là. Il lui avait fait un topo et Lisboa avait filé, était parti passer quelques appels, poser quelques questions…

Leme n'avait pas bougé, avait passé d'autres appels de son côté. Il avait essayé de trouver un moyen de mettre la main sur le Gros João. Le seul contact qu'il avait en plus de Lisboa était Silva, son vieux pote journaleux. Mais il ne répondait pas. Leme lui avait envoyé un texto sans équivoque.

« J'ai l'impression que les *militars* gardent le gosse au frais quelque part, dit Lisboa. La question est, pourquoi ? Et j'ai l'impression qu'on a trois scénarios de base possibles, ici, étant donné ton petit *bate papo* avec Carlos post-leurre et barbotage du corps. » Il s'esclaffa.

« Ce n'est pas très rassurant, mon vieux », dit Leme.

Pendant que Lisboa était parti se renseigner, Leme avait laissé dériver ses pensées, avait laissé son esprit entendre sa voix, celle de Renata. *Ça*, c'était rassurant, cette impression qu'aucun problème n'était insurmontable. C'était ce qu'elle lui disait : tu as réussi à surmonter ton deuil, tu peux tout faire, après ça. Il ne s'était pas remis de sa disparition : elle lui manquerait toujours. Mais il n'avait pas besoin de l'oublier : il avait surmonté la souffrance.

Il savait ce qu'elle aurait dit de toute cette histoire, d'une semaine de manifestations, de ce que cela signifiait…

Malédiction sur les deux maisons.

Ce genre de choses : de la colère face au manque d'argumentation. De la peur devant le manque de nuance. Elle parlait souvent de la faiblesse inhérente d'un système politique qui nécessite le vote des citoyens. Elle en était convaincue, et pensait qu'elle avait eu – qu'*ils* avaient eu – de la chance de ne pas subir cela à leur époque, qui remontait à, quoi, cinq-six ans, maintenant. Bon sang, à quelle vitesse les choses s'étaient normalisées !

Son point de vue : quand on vote, on vote pour quelqu'un. Et, dans un système alimenté par la peur et la division, qui compte sur la corruption et la rouerie pour conserver une majorité politique, il se présentera un jour ou l'autre un démagogue populiste, et que les promesses et la façon de gouverner de ce *quelqu'un* ressembleront vraiment beaucoup à celles de l'ancienne dictature militaire. Et qu'il est difficile de ne pas voter de cette façon quand on n'a rien, quand on est invisible et déprécié, bâillonné, marginalisé et sous-représenté…

Et les gens de ce genre sont foutrement nombreux, au Brésil.

Plus nombreux que nous, se dit Leme. Et il est difficile, aujourd'hui, de dire ce qu'est exactement *nous*. Il savait que Renata se serait inquiétée de la façon dont les choses tournaient ces temps-ci.

Et plus encore si elle avait su ce qu'il lui était arrivé rien qu'hier.

« OK, donc, trois options, si tu veux mon avis », dit Lisboa. Leme ouvrit la bouche pour parler. Lisboa leva une main ouverte. « Du calme, Mario. Je vais te dire ce que j'en pense, que tu me le demandes ou pas. »

Leme sourit. « *Então vai*, commenta-t-il. *Pode falar.* » Vas-y, fais comme tu le sens.

« La première : le cadavre est dans l'un des blocs réfrigérés des *militars*, à Lapa ou ailleurs, et ils font une autopsie, etc. Ils n'ont pas encore identifié ce pauvre connard, et ils ne sont pas certains de ce qu'il se passe, mais ils n'aiment pas la façon dont ça se présente.

– La scène du crime, dit Leme. Il n'y a pas de scène de crime.

– Peut-être pas, mais il fallait bien qu'ils dégagent le corps avant la fin de la manif. Ça paraît peut-être un peu limite, mais c'était tout de même jouable. »

Leme grommela.

« La deuxième : le corps n'est pas au frigo, ils avaient quelque chose à en faire, pour je ne sais quelle putain de raison, et ce n'est pas comme s'ils en avaient besoin d'un, vraiment, et notre *playboy* mort est enroulé dans un serpentin de pneus en feu quelque part dans la favela. »

Leme acquiesça. « Et le seul autre connard à être au courant, c'est moi.

– D'où le petit rappel de votre histoire commune antédiluvienne, et la menace de Carlos : ne te mêle pas de ça. C'est tout.

– C'est logique. Si je ne sais pas qui c'est, alors pourquoi poursuivre ? Mais cela n'explique pas pourquoi notre ami le Gros João m'a tuyauté.

– Ce qui m'amène au scénario numéro trois, qui est une combinaison des deux premiers, en ce qui concerne le cadavre : soit le gosse est dans un frigo, soit il est au fond d'un puits.

L'important, c'est que quelqu'un a voulu que tu le trouves. N'est-ce pas ? »

Leme acquiesça. « Ça y ressemble.

– Et ce quelqu'un savait que les *militars* étaient juste derrière. »

Leme ne dit rien.

« Ce qui t'introduit dans le tableau. Ils refroidissent le *playboy*, et c'est toi qui portes le chapeau. Et si tu ne plonges pas, tu restes une carte dans leur manche au cas où les choses tourneraient mal.

– Je suis quoi, une police d'assurance ? »

Lisboa sourit. « C'est peut-être la plus grande utilité que tu auras jamais eue.

– Tu sais, tes trois scénars sont un peu tous les mêmes. »

Lisboa s'esclaffa.

« La seule différence, c'est au bout de combien de temps je me fais mettre.

– C'est *ça*, le scénario, fiston. Soit Carlos est sérieux avec sa menace, soit il bluffe et ils vont te retomber dessus quand tu ne t'y attendras pas.

– Génial, dit Leme. Une putain de façon de commencer la semaine, hein ? »

Lisboa s'esclaffa. Il commanda d'un geste une autre tournée. « Ils ne peuvent rien faire tant qu'ils dissimulent l'information – et la putain de preuve, ne l'oublions pas – que ce jeune homme est mort. Tant que le gosse n'est même pas considéré comme disparu, *officiellement*, tu n'as rien à craindre.

– Et la solution est… ?

– Trouve qui est ce putain de gosse. Et ne traîne pas. »

Leme sourit. Son téléphone bipa. Silva. Un texto avec une adresse et une heure.

Ils vidèrent leurs bières. Ils se serrèrent la main, s'étreignirent. « Garde les oreilles et les yeux bien ouverts, dit Leme. Je vais voir Silva. »

Lisboa éclata de rire. « Batman et son putain de Robin. »

Leme le regarda partir. Son cœur se serra. Lisboa allait le protéger – comme il l'avait toujours fait. La famille.

Et Silva saurait peut-être ce qu'il y avait derrière toute cette histoire.

Après tout, si Leme était sûr d'une chose, c'était qu'il y avait bien quelque chose derrière.

*

L'adresse, dans le texto de Silva :

Un bar. Évidemment.

Et, lorsque Leme arriva :

Silva engloutissant un *bife a cavalo com fritas*. Évidemment. *Le bœuf du cow-boy*. Immense assiette, deux steaks pile au centre, recouverts par des œufs au plat, une île de cholestérol ceinte d'une mer de frites. Un vrai déjeuner. Silva s'abreuvant à un seau de rouge. Les lèvres violettes et gonflées. Son costume : miteux. Sa cravate : tachée de jaune d'œuf, sans que l'on puisse dire quand c'était arrivé. Elle avait probablement été propre, il y a de cela quelques années. Mais il y avait eu beaucoup de *bife a cavalo com fritas* depuis lors.

Leme sourit. Cela faisait longtemps. Il aimait bien Silva.

Silva releva les yeux lorsque Leme s'approcha de sa table, les rebaissa rapidement vers son assiette. Entre deux bouchées, il demanda : « *E aí, seu gayzão. Beleza ?* »

Leme secoua la tête, avec une sorte de sourire mi-réticent, mi-sincère.

Alors, tout roule, tantouze ?

Charmant. Leme s'assit. Le serveur s'approcha. Leme le renvoya d'un geste.

« Ce n'est pas gentil, mon vieux, dit Silva. Tu ne vas tout de même pas me laisser grailler tout seul, quand même ? »

Leme s'esclaffa. « Ça fait plaisir de te voir, Francisco. »

Silva fronça les sourcils. « J'en doute. Tu ne demandes à me voir que quand tu as un problème.

– Ah, ne sois pas comme ça, *querido*, répliqua Leme. Je ne crois pas que les visites de politesse aient jamais été ton truc. »

Silva marmonna. Il se concentra sur son assiettée dont le volume diminuait à vue d'œil. Il fit signe à la serveuse et commanda un autre verre de vin, et un pour Leme.

« Fais un effort, vieux. Vois ça comme un *cafézinho*. Comme si tu payais pour le temps que je te consacre. »

Parfaitement approprié, se dit Leme. « La tournée est pour moi, ajouta-t-il.

– Ne joue pas les effrontés. »

Ils trinquèrent et burent. C'était typiquement le genre de bar que Silva affectionnait : une brasserie traditionnelle sur la Rua dos Pinheiros, dans la côte, un peu avant le *turno* vers Vila Madalena.

À cette hauteur-là, tout était encore très basique : des bars aux coins des rues avec leurs habitués maussades, leurs auvents en plastique, leurs tables et chaises boiteuses, servant des hamburgers et des steaks tannés comme de la semelle, de la cachaça bon marché et des bières en bouteille glacées ; quelques restaurants-buffet bien éclairés, avec leurs marmites de *feijoada* de la veille et leurs légumes luisants de beurre. Un peu plus haut, des chaînes de restauration rapide branchées genre tacos, et des brasseries conceptuelles ; un restaurant français raffiné et des clubs avec orchestre où des hipsters de São Paulo jouent du Pink Floyd devant des hommes et femmes riches qui boivent des verres de Guinness à vingt réaux. La rue est un symbole : elle sépare le quartier chic qu'est Jardins du quartier hippie qu'est Vila Madalena. Elle en était devenue une sorte de combinaison : on affirmait quelque chose, lorsque l'on venait boire ici. Ou, au moins, à une certaine époque. Leme n'était plus vraiment au courant de ce genre de choses…

Et c'était une foutrement bonne chose, se dit-il.

« Tu vas bien ? demanda Leme.

– Parlons plutôt de ce qui t'amène, tu veux ? »

Leme s'autorisa un sourire. « D'accord. »

Silva termina son plat. Il toussa et alluma une cigarette. Il prit un cure-dents dans le distributeur sur la table et l'enfonça dans sa bouche. Cela avait l'air douloureux.

« Tu as toute mon attention, mon vieux, dit-il.

– Je vais aller droit au but », dit Leme. Il décida de ne pas faire chier. Silva et lui, ça remontait à très, très loin. Une longue histoire commune, un paquet de choses juridiquement douteuses faites ensemble, et une confiance mutuelle sans tache, alors ça aurait été leur faire perdre leur temps à tous les deux que de ne pas aller droit au but. La question était, comment y mettre les formes.

« La manif d'hier, dit Leme. J'ai entendu dire que le cadavre d'un jeune homme riche a été retrouvé non loin. Mais il n'y a jamais eu de rapport officiel. Alors, j'ai deux questions à te poser. »

Silva acquiesça. « *Vamos lá* », dit-il. *Vas-y, tente ta chance.*

Sa curiosité était piquée. Leme le déduisait de son langage corporel : il ne donnait pas l'impression qu'il allait s'endormir.

« Très bien, entama Leme. Donc, d'abord, y a-t-il quoi que ce soit que tu saurais et qui relierait un *playboy* avec ce foutu bordel politique ? Par cela, j'entends, évidemment, tout ce qui pourrait ne pas être légal. Ça va, jusque-là ? » Silva acquiesça. « Et ensuite, eh bien... Tu sais quoi ? Tenons-nous-en à la première question, pour l'instant.

– OK, répondit Silva. D'abord, je suppose que tu me poses la question parce que tu te dis qu'il y a de grandes chances que je sois moi-même plongé jusqu'aux couilles dans un merdier de ce genre ? »

Leme sourit. « Ah, *vai*, allons... Je me suis juste dit que tu en savais plus que moi, c'est tout.

– La flatterie te mènera loin, fiston, rétorqua Silva. Sinon, oui, j'en sais évidemment plus que toi.

– Alors, voyons ça, *então*. »

Silva acquiesça, se redressa. « La clé de tout, à l'évidence, c'est *Lava Jato* et la façon dont les choses évoluent. Je suis sûr que tu sais que ça a viré politique. Je suis sûr que tu sais que ce qu'il s'est passé cette année a entraîné cet état de choses. Et je suis sûr que tu sais qu'au départ, c'était une affaire de corruption et de blanchiment d'argent tout ce qu'il y avait de simple.

– Plus ou moins, *sabe ?* Je lis les journaux.

– Bravo ! C'est un art qui se perd. » Silva alluma une autre cigarette. « Enfin bon ; donc, tout cela a commencé comme commencent toutes les démarches criminelles de grande ampleur : avec de l'argent. Illégal, mal acquis. Et avec le besoin de le blanchir, d'accord ? Tu as déjà entendu l'expression "Suivez le putain de pognon" ?

« Oui. En fait, c'est même ta jeune collègue qui me l'a fait connaître.

– Ellie ?

– Ellie. »

Ellie. Eleanor Boe. L'amie *gringa* de Leme. Elle avait débuté en tant que stagiaire brouillonne annonçant les événements artistiques à venir dans une feuille de chou bilingue. Elle était devenue l'un des piliers du journalisme d'investigation et faisait partie de la nébuleuse de Silva. Plutôt efficace, aux dires de tous. Il ne l'avait pas vue depuis un moment. Leme lui avait sauvé la vie, il n'y a pas trop longtemps, racontait-elle à tous ceux qui voulaient bien l'entendre.

Plus ou moins, *sabe*, était ce que l'on pouvait dire de la véracité de la chose.

« Nous reparlerons d'elle plus tard, dit Silva. Maintenant, considère ceci : si tu comptes blanchir et rapatrier de l'argent sale, tu as besoin de sales types pour le faire pour toi – des malfrats, d'accord ? Au moins au début. C'est comme ça que ça commence. Les *doleiros* – les convoyeurs – qui font le ramassage et la livraison viennent tous des bas-fonds. Mais tout d'un coup, les choses ont changé.

– OK.

– Oui. Soudain, il a fini par y avoir tellement d'argent que plus personne ne savait quoi en faire. Une putain de station de lavage de voitures et quelques mules avec des liasses de billets sous film plastique scotchées sur le corps n'ont aucune chance de pouvoir se charger de telles sommes, *entendeu ?*

– Logique.

– Logique. Du coup, ils ont besoin d'avocats et de financiers pour organiser des affaires et des sociétés offshore pour sortir l'argent et le faire tourner s'ils veulent qu'il revienne.

– Ce qui signifie…

– Ce qui signifie que si, il y a à peine un peu plus d'un an, nous… – enfin, les gens comme toi – avions face à nous la lie de la société, maintenant, il va falloir se préoccuper de l'establishment. Ce que je pense, c'est que ton *playboy* mort était l'un d'entre eux. Quel âge m'as-tu dit qu'il avait ?

– Je n'en ai rien dit.

– Une idée ?

– Une petite vingtaine, apparemment. »

Silas réfléchit. « Ça colle. Probablement le bas de l'échelle des cadres moyens dans une société financière privée ou un cabinet d'avocats.

– Et il fait quoi, exactement ?

– Je n'en sais foutrement rien : je n'ai aucune idée de qui est – *était* – ce gosse, mais à mon avis, s'il a avalé son bulletin de naissance et que personne ne pipe mot, c'est qu'il était l'un de ces nouveaux *doleiros*, ces nouveaux convoyeurs.

– Une sorte de convoyeur virtuel ?

– Oui, pourquoi pas ? Une partie par le Net, une partie par les banques, une partie en cash, d'après ce que j'ai entendu dire.

– Vraiment ?

– Tu viens de parler d'Ellie. Elle vient juste de revenir de Londres, il y a deux-trois jours – et elle est sur quelque chose.

– Londres ? C'est un sacré investissement, pour un *pão duro* comme toi. » *Pão duro* : le pain dur, un grippe-sou.

Silva le fixa des yeux – ironique. « En vacances, *abruti*. Et c'est elle qui a payé. Comme tu le dis souvent, je ne tire pas au hasard dans une putain d'obscurité. Et puis, il ne s'agit que d'une intuition. Un fonds spéculatif, c'est tout, même s'il a un rapport avec São Paulo. Ça pourrait être n'importe quoi. Bon, elle est revenue. Tu peux tout aussi bien bouger ton putain de cul et aller lui demander toi-même. »

Leme sourit. « Batman et Robin », dit-il.

« Quoi ?

– Rien.

– Alors, quelle est ta deuxième question ? Je n'ai pas toute la journée. »

Leme sourit. « Comment je retrouve le Gros João ? »

Silva s'esclaffa – un rire sonore. « J'imagine que c'est urgent ? »

Leme acquiesça.

« Je vais lui passer un coup de fil sur-le-champ », dit Silva en tapant un numéro sur son téléphone.

« Brave garçon, répliqua Leme. Laisse-moi t'offrir ton déjeuner. »

Silva lui fit un clin d'œil et commanda une nouvelle tournée d'un geste de la main. « Salut mon gars », dit-il dans le téléphone. Il se leva et s'éloigna de la table. « J'ai besoin de te parler. »

Leme sourit. Ce bon vieux Silva.

Article d'Eleanor Boe
dans le magazine en ligne *OLHA !*, 21 mars 2016

SÃO PAULO, CAPITALE DU MONDE ?
UN CONTE DE DEUX CITÉS…

Je crains que non, chers lecteurs. C'est Londres qui emporte ce titre. São Paulo est la capitale de l'Amérique du Sud, de l'Amérique *latine*, je vous l'accorde, mais je reviens d'un voyage vers ma mère-patrie et, bon, Londres remporte la palme. Pardonnez ma chasse aux clics éhontée.

São Paulo fait passer Londres pour un village. Je l'ai déjà dit auparavant. Je l'ai déjà *écrit* auparavant. Les deux cités sont étonnamment ressemblantes. Elles ont en commun l'embourgeoisement et l'épuration sociale ; une élite politique sourde à la misère des déclassés ; l'effondrement récent et tragique d'un programme de logement social ; les agressions à l'acide ; la dichotomie entre un secteur de la construction en pleine expansion et une crise du logement croissante, avec des bâtiments de luxe habités par des fantômes. Et, tout comme à São Paulo, on s'y sent électrisé, politisé, important.

De retour dans mon ancienne ville, j'ai réalisé certaines choses sur ma nouvelle ville. Et d'abord, la vitesse à laquelle on s'habitue à la normalisation du crime, à sa menace. Chacun connaît quelqu'un qui a vécu une expérience terrible. Conduire dans la ville l'illustre bien : on relève sa vitre quand on s'arrête ; on grille les feux après une certaine heure de la nuit ; on vérifie constamment que la portière est bien fermée. Il m'a paru évident que la préparation au crime, ou sa prévention, c'est la même chose que vivre sous sa menace ; d'une façon ou d'une autre, cela devient rapidement une part banale de votre quotidien.

São Paulo existe dans un état de paranoïa exacerbée qui entraîne un taux de possession d'armes démesuré, une défiance de la police et un recours massif à la sécurité privée. Allez faire un tour en voiture dans n'importe quel quartier relativement aisé et vous verrez de hauts murs d'enceinte surmontés de barbelés, des gardiens, des équipes de sécurité, et des caméras partout. Que ce soit normal me terrifie. Et c'est devenu complètement normal.

À Londres, j'écoutais beaucoup de musique brésilienne, et tout particulièrement la chanson de Cazuza *O Tempo Não Pára - Le temps ne s'arrête jamais*. Cazuza est mort jeune, de complications liées au sida. Il reste le poète des déclassés. Son travail est discursif et trivial, prônant l'inclusivité et la tolérance. Il est indéfectiblement représentatif d'un mouvement alternatif grandissant qui rejette le népotisme et le capitalisme vulgaire de l'élite du pays. Les manifestations politiques des deux dernières semaines remettent en mémoire l'une de ses chansons, *Brasil*, et un vers spécifique :

Brasil, mostra tua cara, quero ver quem paga para a gente fiche assim.

(Brésil, montre ton visage, je veux savoir qui paye pour que nous en soyons là ?)

Ses paroles étaient, au départ, prémonitoires des premières années de démocratie dans la période post-dictatoriale, et elles reflètent maintenant un mécontentement croissant envers le système politique. Les Brésiliens sont nombreux à s'être lassés de la corruption endémique, des inégalités toujours plus marquées, de l'apathie générale devant les injustices sociétales. Un slogan est devenu récurrent : *O gigante acordou - Le géant s'est réveillé*. En portugais, le verbe *acordar* signifie *se réveiller* et, comme dans d'autres langues, ce *réveil* prend également la connotation de *prise de conscience*. Un couplet me revenait constamment durant ce retour aux sources :

Transformam o país inteiro num puteiro
Pois assim se ganha mais dinheiro...
(Ils transforment le pays entier en bordel
Parce que c'est comme ça qu'on fait plus de pognon...)

Plus tard, même jour, même endroit

São Paulo, 21 mars 2016

À São Paulo, on s'épanouit dans le chaos,
on se complaît dans la confusion – on est vivants !
Marcos, 44 ans, restaurateur

Le Brésil : tu l'aimes ou tu le quittes.
C'était le slogan nationaliste de la dictature militaire brésilienne.
Le régime était répressif, les médias étaient censurés
et l'on y pratiquait la torture, mais il était également populaire !
N'oubliez pas que nous avions été témoins du miracle brésilien,
une période de croissance économique impressionnante.
On pardonne beaucoup de choses quand on gagne de l'argent.
Le Brésil ressemble à une jeune démocratie. L'obligation légale
de voter est… je ne sais pas. Disons juste que l'héritage
de la dictature se fait profondément ressentir. Mais la jeunesse
de ma génération, celle des années soixante et soixante-dix,
a vu tous les musiciens du Tropicália en exil – Gilberto Gil,
Caetano Veloso, Chico Buarque –, et cela nous a donné espoir.
Ils avaient l'air de bien s'en sortir, et on s'est dit
qu'on pouvait s'en sortir aussi.
Clayton, soixante-six ans, retraité

Junior

Junior se tenait devant la porte de l'appartement où Gabriel lui avait dit de le retrouver, moins d'une demi-heure après avoir reçu son texto. Une adresse, une heure et une instruction :

Ne frappez pas

Il avait regardé Gabriel quitter le bâtiment et tourner à gauche. Junior avait attendu quelques instants, tourné à droite, fait le tour du pâté de maisons au petit trot, puis était reparti dans la direction d'où il était venu, sûr de savoir exactement où Gabriel allait atterrir. Junior connaissait le quartier – il avait grandi ici –, et il savait qu'il y avait un seul endroit alentour où Gabriel pouvait trouver un taxi :

Un petit arrêt de taxi informel dans une rue paisible, à côté d'un bar de quartier où buvaient debout des travailleurs pauvres et quiconque osait tenter de s'y faire servir…

Soit très peu de gens.

Junior avait été le plus rapide. Il avait vu Gabriel, téléphone collé à l'oreille, talons claquants, marcher avec une assurance qui l'avait étonné, étant donné que ce quartier n'était pas vraiment son élément.

Junior s'était dirigé droit sur lui. Gabriel, surpris, avait lâché son téléphone, puis avait tenté de le rattraper, l'avait envoyé voler devant lui, avait trébuché…

Junior l'avait agrippé par le revers et redressé.

« *Vamos, cara* », avait-il dit. *Viens.*

Junior avait entraîné Gabriel dans la ruelle qui partait du coin du bar. Personne ne leur avait prêté la moindre attention, ou personne n'avait eu envie de le faire. L'un ou l'autre. La ruelle côtoyait l'arrière de deux rangées d'habitations de fortune et était couramment utilisée pour des discussions discrètes, des livraisons anonymes, ou tout simplement comme raccourci entre les deux artères qui flanquaient cette poche résidentielle.

« Bon, ne perdons pas de temps, avait dit Junior. Qu'est-ce que tu sais, exactement ? »

Gabriel s'était mis à hyperventiler ; ce n'était plus un jeune nanti, juste un autre geignard fort mal barré. Junior l'avait toisé. Il était plutôt pathétique, Gabriel, à cet instant, plutôt désespéré, plutôt minable ; il était franchement dépassé. Et c'est à ce moment-là, alors qu'il regardait chouiner ce riche salopiau, que Junior avait compris pourquoi lui, Junior, faisait cela : il ne voulait pas que ce trou du cul s'en tire aussi facilement, c'était aussi simple que ça. Junior avait besoin de *s'assurer* que ce ne serait pas le cas. Ce pouvoir, dont Junior disposait temporairement – et il avait conscience qu'il s'agissait d'un pouvoir –, ce pouvoir sur un jeune homme dont toute l'existence était fondée sur le pouvoir, sur le fait d'être *au* pouvoir, ce pouvoir était grisant.

« Détends-toi, mon gars, respire, avait poursuivi Junior. Je ne vais pas te faire de mal. »

Gabriel avait acquiescé. Il avait dégluti, inspiré, expiré, s'était calmé…

« Bon, allez, on n'a pas toute la journée, *entendeu ?*

– Je ne sais rien, s'était défendu Gabriel. Je n'ai aucune idée de la raison pour laquelle votre chef m'a choisi. Je n'ai aucune idée de ce qu'il veut. Je vais juste faire ce qu'il a dit. Je jure que c'est tout. »

Junior avait tiré le visage de Gabriel plus près du sien. Il pouvait sentir l'amertume de la bière sur sa langue. Il pouvait entendre les raclements de gorge graisseux d'un fumeur, la sécheresse nasale d'un sniffeur de meth.

« Dis-moi la vérité. »

Gabriel avait tenté de reculer, de se libérer ; il avait levé une main…

Junior avait attrapé son poignet et l'avait collé dos à la grille qui courait derrière lui.

« Je vous dis la vérité ! S'il vous plaît, il faut me croire ! »

Junior avait pressé son front contre celui de Gabriel. « Je n'ai pas de temps à perdre, avait-il craché. Tu veux que je te boucle et que je te laisse moisir au trou ? Espèce de salopiau débilos de *playboy* de mes deux, tu ne vas pas faire long feu ici, c'est moi qui te le dis. Parle. »

Gabriel avait repris sa respiration. « Je suis sérieux. Je n'ai vraiment rien à vous dire. Qu'est-ce que j'étais censé faire ? On me fait chanter, et je ne sais pas pourquoi. Vous l'avez vu de vos yeux ! Allez, s'il vous plaît… »

Junior avait reculé d'un pas. Il avait dévisagé le gars…

Il n'avait pas l'air de mentir. Il avait l'air d'un connard pataud embourbé dans un merdier qui le dépassait de beaucoup, d'un petit garçon effrayé.

« D'accord, avait dit Junior en le lâchant. Descends cette ruelle. Dans une centaine de mètres, tu vas rejoindre une artère. Je te garderai à l'œil. Prends un taxi et file là où tu dois aller. Et tu m'appelles quand tu appelles mon boss, *certo ?* Tu as mon numéro. »

Gabriel avait acquiescé.

« Bien. Maintenant, calte. »

Gabriel ne se l'était pas fait dire deux fois : il avait disparu de la ruelle aussi vite qu'un cafard traverse la cuisine.

Junior avait fait le point.

Tout ce qui lui était venu à l'esprit, à cet instant, ça avait été qu'il fallait qu'il trouve l'identité du gosse mort. Et cela lui avait semblé être le seul *jeitinho*, le seul moyen qu'il avait de faire quelque chose, de commencer à comprendre ce qu'il pouvait foutre bien se passer, et la raison pour laquelle le Grand Carlos lui faisait les yeux doux. La seule chose à laquelle il devait se raccrocher.

Et donc il était là, quelques heures plus tard, et Gabriel avait des nouvelles…

Il attendit que la porte s'ouvre.

Et lorsqu'elle s'ouvrit, pile à l'heure, ce fut droit dans son putain de nez, il prit un sacré coup de bambou, une satanée secousse…

Foutredieu.

Il aurait dû se douter…

Imbécile.

*

Junior calcula la bâche en plastique sur le sol.

Il calcula la chaise au milieu de la bâche.

Il calcula la silhouette effondrée sur la chaise…

Ce fut un soulagement. La chaise ne lui était pas destinée.

Il y avait des taches noires, des flaques, une mare au pied de la silhouette effondrée sur la chaise. Il y avait un égouttement lent et régulier – comme de l'encre renversée sur un bureau d'écolier, se dit Junior. Il n'y avait personne d'autre dans la pièce, du moins personne qu'il pouvait voir…

La porte se referma derrière lui, et il se tourna…

Une brusque explosion sur le haut de son visage, un enfoncement et un craquement de son nez, une douleur qui se déploie derrière ses yeux, une lueur instantanée, un flash d'une douleur inexplicable, et il sentit les traits de son visage former une expression de choc et d'incompréhension…

Puis le noir. Il se sentit tomber rapidement, rejoindre le néant.

Puis :

Un coup de froid humide, une petite claque, et il ouvrit les yeux.

« Heureux que tu aies pu te joindre à nous, jeune homme, dit Carlos. Et juste à temps. Bon garçon. » Carlos fit un signe de la tête en direction des Gros Bras, puis indiqua Junior du menton. « Relevez-le. »

Ils remirent Junior sur ses pieds et lui tendirent une serviette pour s'essuyer le visage.

« Désolé pour ça, dit l'un des Gros Bras. Nécessités et autres joyeusetés font loi. »

Carlos s'esclaffa. « C'était juste un avertissement gratuit, mon gars. Il fallait que tu te sacrifies pour l'équipe. Tes contusions seront salutaires, pour ce qui concerne notre rapport, *entendeu ?* »

Junior écarquilla les yeux. Il s'essuya le visage. Carlos lui tendit une bière. Junior la regarda sans réellement comprendre ce que c'était, pourquoi on lui donnait une bière, qui, la chaise, la silhouette, le texto de Gabriel, qui, quoi, je ne…

La tête de Junior roula. La tête de Junior s'effondra. La tête de Junior *pendit…*

Junior, en cet instant, pensait *très lentement.* Le temps passait, réalisa-t-il, mais il passait comme il n'avait jamais passé auparavant. Il passait lentement, le temps, comme une rivière alourdie par de la vase.

Junior secoua la tête, puis relâcha et retendit son cou.

Le temps n'était pas là, et il n'était *pas* pas là non plus.

Les yeux de Junior étaient vitreux, vides...

Durant cet instant, il ne fut plus qu'à l'intérieur de sa tête, Junior.

Il y eut un mouvement, sur la chaise. Junior le vit, dans le vague, comme s'il était sous l'eau. Carlos remarqua que les yeux de Junior avaient dérivé vers la silhouette effondrée.

« Ne t'inquiète pas pour lui. »

La pièce retrouva une certaine clarté.

Un parquet recouvert d'une feuille de plastique.

Une cheminée.

Un long balcon incurvé à droite, derrière une porte-fenêtre, derrière laquelle le conducteur fumait...

Rien d'autre. Des murs blanchis à la chaux. Les meubles déménagés, s'il y en avait jamais eu. Junior aperçut des masses sombres dans l'embrasure d'une porte au bout de la pièce et qui ouvrait sur un couloir, alors peut-être qu'ils avaient été empilés là-bas, se dit-il, pour faire de la place pour... pour ça...

Quoi que *ça* soit.

Junior toussa, sentit un sang épais et cuivreux au fond de sa gorge...

« Qui est-ce ? » marmonna-t-il.

« Oui quoi ? »

Junior se racla la gorge, graillonna. Il baissa la tête en direction de la feuille de plastique, puis releva les yeux vers Carlos, d'un air interrogateur.

« Vas-y, tente le coup », dit Carlos.

Junior cracha. « Qui est-ce ? » répéta-t-il, d'un ton plus appuyé et plus intelligible, cette fois.

« Je t'ai déjà dit que ça ne t'intéressait pas. Viens là. »

Carlos lui fit signe de se rapprocher de la chaise. Il indiqua d'un mouvement de la tête la silhouette effondrée et geignante, la silhouette qui ahanait et qui saignait. D'un regard vitreux, Junior alla jeter un coup d'œil. Le pauvre connard avait été sacrément malmené, et avait pris une sacrée dérouillée, se dit Junior, selon ce qu'il pouvait en voir avec ses yeux anxieux et fatigués.

« Tu le reconnais ? » demanda Carlos.

Junior agita négativement la tête, sa tête encore dans les vapes. « Je ne le connais pas.

– Ça vaut mieux, dit Carlos. Mais je vais quand même te dire un truc, fiston. Tu ne l'oublieras pas, alors regarde bien son visage. »

Junior fit ce qu'on lui disait de faire. Le visage, le visage boursouflé et ensanglanté, se dégagea. Il était bâillonné avec du ruban adhésif. Son œil gauche était fermé. Dans son œil droit, Junior lut sa peur et son angoisse et, comme il plongeait plus profondément dans cet œil injecté de sang et noirci, Junior y vit de la résignation, Junior y vit de la lassitude…

Junior y vit du soulagement.

« Comme je te l'ai dit, tu vas te souvenir de celui-ci. » Carlos fit un signe de tête à l'un des Gros Bras. Lequel s'approcha de Junior et lui tendit un objet lourd enveloppé dans un vieux chiffon, encore huileux d'avoir servi sur une quelconque bagnole pourrie.

Un revolver. Junior ouvrit le chiffon. Une vieille arme venue de la rue, pas une fourniture *militar* standard. Junior la tourna et la retourna dans ses mains.

« À qui est-elle ? »

Carlos sourit. « Ne t'inquiète pas, mon gars. Nous le découvrirons, et nous le retrouverons. Et rapidement, à mon avis, *entendeu ?* »

Soudainement, la scène s'éclaircit et s'ajusta réellement, et définitivement.

Carlos tendit un oreiller à Junior. « À travers ça. On ne voudrait pas effrayer les voisins. Trois, tu piges ? Ça doit ressembler à un interrogatoire et une exécution du PCC, alors ne sois pas trop précis. » Carlos indiqua les Gros Bras d'un signe de tête. « Ces deux-là vont l'enrouler dans la bâche et le ramener chez lui, le déposer dans son lit. »

Junior resta sans rien faire, hagard. Le PCC, le Premier commando de la capitale, un interrogatoire et une exécution par un gang. Ah ! Cela faisait un moment qu'il se passait assez peu de choses entre le gang et les *militars*, tout le monde le savait. Depuis 2012 et l'insidieux œil pour œil qui avait été de mise, il régnait une forme de trêve précaire. Le fait était que la ROTA, l'élite de la police militaire, avait franchi la ligne rouge quelques années auparavant, quand ils avaient organisé l'élimination en prison d'un type qui n'était absolument pas en activité. Et puis, l'incident du parking, aussi. Six malfrats refroidis avec des armes automatiques, avec la légitime défense comme excuse, mais sans une seule trace de balle sur les SUV des *militars*, et encore moins de blessés. La rumeur prétendait que les gars qu'ils avaient choisis étaient des voyous de bas étage qui réceptionnaient une livraison. Il s'agissait surtout, avait entendu dire Junior, d'une démonstration, d'une perturbation, d'une démonstration de force, d'une action du genre les-familles-de-tes-gars-vont-souffrir, sans la moindre valeur stratégique. Alors de quoi s'était-il agi ? Il se murmurait que le PCC envisageait de mettre fin à sa trêve de vingt ans avec le gang de Rio, le *Comando Vermelho*, le Commando Rouge. Ce qui aurait été une décision sanglante. Des bains de sang dans les prisons, d'abord, probablement…

Des émeutes, et encore des émeutes.

Cela aurait donc été un message, alors, une sorte de frappe préventive, une remise en ordre, un coup de sifflet pour leur dire d'arrêter de déconner.

« Tu ne croyais tout de même pas qu'on ne s'en apercevrait pas, Junior ? demanda Carlos. Je vais considérer cela comme une manifestation de diligence, bien intentionnée, mais malheureuse, *certo ?* »

Junior ne dit rien. Il soupesa le revolver, soupesa l'oreiller. Il regarda la silhouette effondrée, saignante et geignante, son sang dégoulinant, gouttant en mesure avec ce souffle lourd, ces ultimes respirations pesantes…

« Ça ne s'oublie pas, Junior, poursuivit Carlos d'une voix armée d'un airain soudain. Ta première sortie avec nous, ce printemps-là, il y a, quoi, quatre ans, maintenant, tu te souviens ? »

Junior acquiesça.

« Eh bien, là, c'est la même chose. Un travail, *sabe ?* C'est un travail et c'est un ordre. »

Carlos se tourna vers les Gros Bras. Ils déclipsèrent tous deux leurs holsters, posèrent la main sur leurs pistolets. Le conducteur rentra depuis le balcon. Il referma la porte-fenêtre. Il baissa les stores.

Carlos donna une claque dans le dos de Junior. « Je serai dans la voiture, dans le parking, en bas. On va aller manger quelque chose. Je t'invite. Tu auras mérité un bon dîner, un steak de premier ordre, fiston. Et une discussion quant à ton avenir. »

Carlos tourna les talons et fit deux pas en direction de la porte. Il se retourna. « Tu es un jeune homme très chanceux, Junior. »

Junior acquiesça.

Il entendit la porte se refermer derrière Carlão.

Il saisit l'arme, sentit sa chaleur, fit glisser le cran de sûreté.

La silhouette sur la chaise s'agita alors, se tortilla, tenta de parler à travers le scotch marron qui lui couvrait la bouche, puis voulut crier, puis voulut hurler, puis voulut couiner…

Junior s'avança d'un pas vers lui, vers ce pauvre type frétillant, un homme qu'il ne connaissait pas, un homme qui était un pion dans un jeu misérable, un homme qui avait commis des crimes, qui avait tué, peut-être, qui avait contribué au chaos et au malheur dans ce jeu misérable, un serpent lâche et grouillant, un sale enculé, un homme que Junior voyait maintenant comme un travail, d'accord, un travail, ça n'importe pas, ça n'importe pas, c'est une conséquence, la conséquence d'un mauvais choix, un choix bien intentionné, mais fondamentalement mauvais, une vraie connerie, et donc ceci, et si ce n'était pas lui ce serait quelqu'un d'autre, et de cette façon, maintenant, de cette façon et c'est terminé et tu es bon, et d'un geste ferme, mais pas trop ferme…

Et Junior réprima le piaillement étouffé, réprima le visage ensanglanté, réprima ça, *ça*, et voilà ce que c'était : ça…

Trois coups, pas trop précis.

Roberta

Roberta ne pleura pas longtemps.

Pas son style. Elle avait pris une longue inspiration, avait pensé à la personne qu'elle aimerait être, à la façon dont elle *aimerait* réagir dans cette situation, dans cette incertitude, dans cette pas-tout-à-fait crise.

Et elle avait fait ce qu'elle faisait souvent dans ses moments de désarroi :

Elle avait fait une liste.

Enfin, elle avait fait plusieurs listes, des listes qui détaillaient ce qu'elle savait et ce qu'elle ne savait pas, ce qu'elle pouvait faire et ce qu'elle ne pouvait pas faire, ce qui était vérifiable et ce qui ne l'était pas, et qui elle pouvait contacter, et pourquoi. Et *comment*, évidemment.

Et tout cela paraissait tellement mélodramatique.

Et elle n'aimait pas du tout cette partie-là, elle n'était pas ce genre de personne – elle était flegmatique ! Elle détestait toute sensation d'impuissance, de paralysie ou de désarroi, et donc elle prenait les commandes, éliminait le désarroi de son équation, supposait que les autres – ses amis, sa famille, ses amants – étaient tous aussi farouchement indépendants qu'elle, tous à l'opposé de cette dépendance pesante, oiseuse et répugnante, tant dans leurs relations avec elle que les siennes avec eux, tout comme…

Mais au bout du compte, il n'était pas au travail, il avait pris des vacances, putain de merde, et elle ne savait pas où il pouvait foutrement être. Il avait dit à *d'autres personnes* qu'il ne serait pas au travail aujourd'hui, à des gens qu'il connaissait à peine, il l'avait dit à d'autres et pas à elle.

À d'autres gens et pas à elle.

Cela formait la substance du mail qu'elle envoya à Lis, qui l'avait vue à la manif, qui savait qu'ils s'étaient disputés et qu'elle l'avait quitté en rogne, qui connaissait le contexte de la journée, ou au moins une partie. C'était son mail dans ses grandes lignes, encore qu'exprimé en des termes plus détendus, plus du genre *Tu peux croire ça,* amiga ! *Quel toupet !* Ce genre-là…

Moins d'une demi-heure après ce mail, Lis était assise en face d'elle. Et cela fit réfléchir Roberta.

La première chose que Lis avait dite lorsqu'elle était arrivée : « Allons boire quelque chose d'un peu plus sérieux. »

Elles étaient allées au *Bar do Juarez* sur la Rua Juscelino Kubitschek à Itaim, l'un des lieux de prédilection locaux de certains des amis d'Antonio. Elles s'étaient assises sur la mezzanine et avaient commandé des bières pression, des verres de *choppe.* C'était le milieu de l'après-midi et la rue principale était blindée de voitures. Le trafic était quasiment stationnaire dans la rue transversale qui s'offrait à leurs regards en contrebas, les feux étaient à l'orange clignotant, les *taxistas* et les *moto-boys* juraient à l'adresse les uns des autres ou à celle du monde en général. Roberta intégra tout cela malgré la façon dont elle se sentait…

Amusant de voir que le monde ne s'arrête jamais.

« Bon, dit Lis, tu bois ton verre et tu te détends, *menina.* Je vais passer quelques coups de fil.

– Essaie de demander en n'ayant l'air de rien », répondit Roberta.

Lis lui lança un regard noir. « *Querida*, je te connais, je me doutais. Parce que, si c'était moi, je balancerais ce connard sur les réseaux, *entendeu*, et on saurait ce qu'il se passe en cinq sec. »

Roberta grimaça. Lis fit ce qu'on lui avait dit.

Elle appela tous ceux qu'elle connaissait qui le connaissaient ou avaient un lien avec lui, en racontant qu'elle avait une surprise dans les tuyaux pour Roberta et qu'elle avait besoin de le joindre *lui* pour l'aider à l'organiser discrètement…

Mais, *então*, elle ne pouvait pas lui demander à *elle* son numéro, *sabe ?* Elle ne voulait pas tout gâcher, tu comprends ? Tu pourrais lui demander de me rappeler, ou de me contacter d'une façon ou d'une autre ?

La petite maligne.

Elles obtinrent des réponses, comme elles le voulaient…

Mais pas les réponses qu'elles voulaient.

Amusant de voir que le monde ne s'arrête jamais.

Personne ne pouvait le joindre, tous ceux qui avaient son numéro tombaient sur le répondeur, il n'était pas au bureau, il n'était pas chez lui, il n'était pas chez ses parents, il n'était pas dans la résidence secondaire de ses parents...

Après une heure de ce traitement et cinq bières...

« Il y a tout de même quelque chose de pas normal, là, *querida*, dit Lis. Tu te souviens de mon amie anglaise, Ellie, la journaliste ? Tu l'as rencontrée un paquet de fois. J'ai travaillé avec elle, au magazine ?

« *Sim*, bien sûr, je m'en souviens, elle est *cool.* Pourquoi ? »

Lis grimaça. « Elle pourrait avoir quelques idées. Tu sais ce qu'elle fait depuis quelques années, *né ?* »

Roberta acquiesça. L'alcool agit soudain. Elle frissonna.

« Ne va pas chercher midi à quatorze heures, *menina*, dit Lis. C'est juste que ce n'est pas une mauvaise idée de mettre un cerveau de plus sur l'affaire, *sabe ?* »

Roberta prit une longue inspiration et réalisa l'intérêt qu'il y avait à agrandir l'équipe. « Appelle-la, dit-elle.

– C'est logique. » Elle attrapa son téléphone et tapa un numéro, le porta à son oreille. « Soit ton petit ami se fout de toi, soit pas. Et dans le second cas, eh bien... » Elle leva la main, paume ouverte. « Trésor ? Comment va ma princesse anglaise ? »

Et, une demi-heure plus tard, Ellie s'était jointe à elles.

*

Elles lui racontèrent tout ce qu'il s'était passé. Ellie intégra tout. Roberta prit note de l'expression de son visage, qui était bienveillante, inquiète, mais pas paniquée, avec juste un soupçon de quelque chose dans les yeux, quelque chose qui évoquait une certaine curiosité...

Et un petit air narquois.

« Eh bien, finit par dire Ellie. Si tu n'as pas pu le contacter, qu'il n'est pas au bureau, que personne ne sait rien, alors il me paraît fort probable que tu ne le contacteras pas. Soit il réapparaîtra et s'expliquera, soit non. J'imagine qu'il nous appartient de nous figurer où il peut bien se trouver et pourquoi, *né ?* »

Elle marqua une pause. Roberta sentit une chaleur fébrile lui remonter la nuque, sentit son estomac se serrer, sentit revenir la faim qu'elle avait anesthésiée à coups de bières et de cigarettes, et se sentit soudain faible, évaporée.

« Je crois, dit Ellie, que je sais à quelle personne nous pourrions parler. »

Lis sourit. Roberta sentit qu'elle lui prenait la main, sentit sa propre main moite et molle serrée dans celle de son amie.

« J'espérais bien que tu allais dire ça, *querida* », rétorqua Lis.

Mario

Leme regarda Silva partir. Il avait quelques heures à tuer avant son rendez-vous avec le Gros João.

Son téléphone bipa :

bonjour, bel étranger

Il s'esclaffa…

Elle tombait juste au bon moment.

*

Leme répondit rapidement au message d'Ellie. Ils s'organisèrent pour se rencontrer dès le lendemain. Cette perspective le réjouissait : il ne l'avait pas vue depuis près d'un an, se dit-il. Ils étaient restés en contact, il s'était tenu informé de ce qu'elle faisait, professionnellement. Ce qu'elle écrivait pour le magazine en ligne *Olha !* était plaisant, il aimait son mélange de sérieux et de cocasse, mi-figue, mi-raisin. Elle le faisait bien, et pour une *gringa,* elle était bien en phase avec le pouls de São Paulo, elle semblait savoir instinctivement ce qui importait aux *Paulistanos…*

Et comment les différentes tribus de la ville réagissaient aux événements.

Elle avait mûri, aussi. Elle avait *vécu.*

Et elle avait extrêmement bien réagi aux situations dans lesquelles elle s'était trouvée, étant donné les circonstances. Et sa présence avait été utile, efficace ; c'était une bûcheuse, elle se mettait au boulot et creusait, et Leme comprenait pourquoi Silva l'avait prise sous son aile.

Donc oui, il se réjouissait de la voir bientôt. Il allait le dire à Antonia ce soir. Elle n'était pas la fan numéro un d'Ellie, mais ce n'était que parce qu'Ellie savait dans quoi elle avait mis les pieds avec la magouille immobilière à Cracolândia, il y avait deux-trois ans. Ellie savait et elle n'avait rien fait, elle n'avait pas écrit un mot, n'avait jamais fait allusion au moindre suivi journalistique. Alors, Antonia avait l'impression d'avoir une dette envers elle, ce qui, supposait-il d'ailleurs, était absolument le cas.

Quant à la façon qu'avait Antonia de gérer les gens envers lesquels elle avait une dette :

Ne pas les aimer…

Et le faire savoir très clairement.

Ce n'était pas une chose qu'ils avaient en commun…

Leme était terrifié par tous ceux envers lesquels il avait une dette. Principalement parce que, dans l'ensemble, la plupart d'entre eux étaient foutrement terrifiants. Même si ce n'était pas son style, il respectait, et même enviait un peu, l'approche d'Antonia, sa philosophie – si l'on pouvait l'appeler ainsi, si ce n'était pas trop *pompeux*.

La capacité à ne pas se soucier de ce que les autres pensent de soi.

Leme considérait que c'était une capacité qu'il n'avait jamais réellement maîtrisée. Renata l'avait encouragé à l'adopter, et Antonia aussi. Il n'était pas convaincu que ça avait réellement été une mauvaise chose qu'il ne s'y adapte pas.

Mais cela signifiait qu'il devait se méfier de sa nature, de ses instincts, lorsqu'il était en contact avec des gens comme ce bon vieux Carlão.

Ils pouvaient bien avoir chacun une dette envers l'autre, le Grand Carlos était beaucoup plus effrayant que Leme…

Ce bon vieux Carlos, l'ancien ami de Leme, avait encore bien des méchantes surprises sous le coude.

*

Trouver le domicile du Gros João fut un tantinet plus difficile que Leme ne l'aurait imaginé.

L'adresse que Silva lui avait donnée était bien au-delà de Lapa, en plein pays bandit…

Cela se trouvait, avait dit Silva, dans l'un des vastes quasi-bidonvilles étalés sur un écheveau de rues presque accolé au

Marginal. Mais, avait découvert Leme, il ne suffisait pas de simplement tourner à droite depuis la voie rapide : il fallait aller beaucoup plus loin et revenir en arrière, et la grille était fluctuante et les maisons densément juxtaposées et les ruelles à une seule voie, et il y avait çà et là des endroits où les coulées de boue avaient durci, alors il n'était pas toujours possible de tourner où on le voulait…

Et il n'y avait quasiment personne alentour. Ce n'était pas rassurant. C'était un endroit où il devait être très facile de se perdre…

Et très facile de ne jamais ressortir.

Leme n'était pas d'excellente humeur. Il était tendu. La chaleur le faisait transpirer. Il avait conscience que, plus il perdait de temps, plus il avait de chances de se retrouver piégé dans un énorme encombrement quand il voudrait rentrer chez lui.

Une femme, vêtue d'à peine plus que des guenilles, arriva à son niveau en poussant lentement un chariot de supermarché. Son contenu : de sombres piles de survêtements Adidas.

Classe. Leme baissa sa vitre.

« *E aí*, dit-il. Vous connaissez un petit merdeux appelé le Gros João ? »

La femme sourit, dévoilant l'abîme ténébreux qui lui servait de bouche. Les rares dents qui lui restaient étaient d'un jaune brunâtre, dépareillées et d'une forme étrange. Lorsqu'elle souriait, son visage ressemblait au tout début d'un projet de construction : de la terre, des pierres et des briques étalées un peu partout sans logique apparente. Elle fit rouler sa langue sombre et grasse. Elle cracha. Elle humecta ses lèvres argileuses et craquelées avec sa langue noircie. Elle continuait de sourire.

« *Então ?* demanda Leme.

– Par là. » Elle indiqua le bas de la rue du doigt. « Celle qui est horrible, vous voyez ? La porte jaune crasse, le tas de boue immonde avec un toit, dit-elle en riant. Chanceux que vous êtes ! »

Leme la remercia. Il la regarda pousser son chariot dans la direction opposée. Il sourit intérieurement. C'était un personnage. Il sortit de la voiture et traversa la ruelle. Il s'arrêta devant la porte jaune crasse, qui était effectivement crasseuse, et avait été, autrefois, il y a longtemps, jaune.

Il regarda dans les deux directions de la petite rue étroite...
Des chiens dormaient.
Des voitures rouillaient.
Des sacs d'ordures s'empilaient et suaient.
Du linge séchait.
Une odeur lourde pesait sur la rangée de petites bâtisses serrées...
Une odeur de pourriture, de nourriture avariée, d'eau saumâtre...
La rivière, on pouvait presque le sentir, errait et vagabondait, progressait sans encombre derrière le rempart de véhicules, ces files débordantes de voitures et de camions recrachant leurs gaz d'échappement.
Cet endroit était un authentique no man's land, les véritables confins de la ville...
Exactement l'endroit où se retrouverait une sale petite brêle comme le Gros João. Leme frappa à la porte.
Rien.
Leme frappa plus fort.
La porte abdiqua, craqua et s'entrouvrit.
Leme, encore une fois, regarda des deux côtés de la route. Rien.
Il pénétra dans le petit taudis sordide...
L'odeur était puissante. Une odeur totalement différente.
Le séjour était vide. Une caisse de bois était couverte d'assiettes sales et de couverts sales.
Une caisse plus petite, pour s'asseoir.
Pas de tapis sur le sol en béton.
Pas de fenêtres.
Un peu comme une cellule, se dit Leme. Mais sans les toilettes. Leme s'approcha de la chambre. L'odeur empira. C'est à cet instant-là, réalisa-t-il, qu'il connaissait...
Le Gros João dans son lit, mort, étendu sur son lit, mais enroulé dans un tapis, enroulé de façon que sa crémation soit simplifiée, mais abandonné là parce qu'il n'y aura pas de crémation. Le corps, son corps, avait été laissé de façon que quelqu'un le découvre, un geste emblématique du PCC...
Son visage, une bouillie. Une véritable horreur. Un fruit

pourri, pressé, écrasé et dégoulinant. Quelqu'un s'en était donné à cœur joie. Le Gros João n'avait pas eu l'ombre d'une chance. Leme se dit qu'il n'en avait probablement pas eu une seule de sa vie.

Quelque chose ne collait pas, ceci dit. L'endroit, même si c'était à l'évidence un trou à rats, n'avait pas été chamboulé. Il n'y avait pas de traces de lutte, aucun signe d'effraction.

Leme médita :

L'exécution – la torture et l'exécution – et il était certain que les deux avaient bien eu lieu – avait été perpétrée ailleurs.

Ils ont ramené le Gros João chez lui.

Sa première pensée :

Qui essaie de me piéger, cette fois ?

C'est reparti pour un tour, mon gars.

Article d'Eleanor Boe
dans le magazine en ligne *OLHA !*, 21 mars 2016

QU'EST-CE QUE LE PCC,
ET EN QUOI CELA DEVRAIT-IL NOUS INTÉRESSER ?

Voici une histoire qui répond à ces questions. Le PCC est l'organisation qui contrôle les activités criminelles de São Paulo. Les hommes qui dirigent le PCC le dirigent depuis les prisons. Ces hommes veulent regarder la Coupe du monde 2006 sur de grands écrans plats panoramiques. Le PCC ressemble à une société commerciale - rien à voir avec le style tongs et fusils d'assaut des gangs de Rio. Ils sont *très* organisés. Et ils obtiennent généralement ce qu'ils veulent.

Donc, les chefs du PCC demandent de grands écrans plats panoramiques. Ils réclament également des visites conjugales plus fréquentes. Ces requêtes leur sont refusées. En réponse à quoi les chefs du PCC annoncent au gouvernement qu'ils vont « provoquer un certain désordre ».

Durant trois jours, São Paulo fait l'expérience d'un chaos planifié par un PCC sûr de son bon droit. Les membres des gangs s'attaquent à la police. Ils détournent des bus, en évacuent les passagers, les incendient et les abandonnent sur les principales voies rapides. Il court des rumeurs d'assauts lancés contre des bâtiments officiels, et que des écoles et des hôpitaux vont suivre. Plus de cent cinquante personnes sont tuées - des policiers, des gangsters, et les inévitables passants malchanceux. Les balles perdues, les *balas perdidas*. La ville est paralysée. Les autorités jettent l'éponge. Les chefs du PCC obtiennent leurs téléviseurs et, j'imagine, leurs visites conjugales.

J'ai des amis à l'école britannique qui étaient présents lorsque ces événements se sont produits. J'ai parlé au principal. Le fils du chef de la police y faisait ses études, m'a-t-il dit, et son père l'y a déposé le lendemain matin des violences du week-end. Les policiers ayant essuyé des coups de feu durant les émeutes ont droit à une prime de risque, en raison de possibles traumatismes, *et cætera*, semble avoir annoncé le chef de la police. Seulement voilà : en apprenant cela, un certain nombre de policiers ont vidé leurs armes sur leur propre commissariat. Les impacts de balles tenant lieu de preuve qu'ils ont été attaqués, ces policiers réclament eux aussi la prime de risque, indique le chef de la police.

São Paulo est une ville de grands contrastes. Ce week-end-là, en 2006, selon ceux à qui j'ai parlé, l'écart entre les démunis et l'élite a paru se réduire un peu. La particularité du crime, l'effronterie des exigences et la démesure de la réaction, et le comportement de la police, me paraissent distinctement brésiliens.

Deuxième partie

DÉPLACEMENTS

La semaine précédente

On flirte, mais on ne flirte pas. Il y a une différence entre São Paulo et Londres. Les gens disent que je flirte quand je ne flirte pas. Je suis plutôt réservée, mais ils disent que cela vient de là. Quelque chose au sujet d'une lueur dans mes yeux, une lueur amusée. Je ne fais que discuter, rire, m'amuser, plaisanter de façon taquine. C'est normal. Quand je flirte, je crois qu'on ne peut pas s'y tromper ! Mes collègues anglais ne comprennent pas. Quand tu es venu me parler, ils étaient convaincus qu'on flirtait. C'est la façon brésilienne de discuter que nous avons, les va-et-vient, les gestes et les contacts visuels, les sourires. De l'affection et le désir systématique de faire rire l'autre, de communiquer cette chaleur que nous ressentons envers nos amis. Ce n'est que cela. Et cela me plaît. Et c'est une chose pour laquelle São Paulo est la meilleure au monde. Pour autant, je ne suis jamais sortie avec un Brésilien. Trop jaloux, trop désireux de faire absolument tout ensemble, trop infidèles. À São Paulo, il y a plus de belles femmes qu'à Londres ; mais à Londres, les hommes sont plus séduisants.

Gabriela, vingt-huit ans, réceptionniste

Londres : Nous atterrirons à l'aéroport d'Heathrow à Londres dans une heure.

De retour en Albion ! se dit Ellie, mi-rêveuse, mi-rieuse. Elle bâilla. Elle se massa le cou. Elle fit tourner sa langue sèche dans sa bouche sèche et craquelée. Elle bougea sur son siège, plia les genoux et se frotta le bas du dos. Elle releva son masque de sommeil et regarda autour d'elle...

Classe économie supérieure. Quel style ! La fille prodigue. Le retour de l'héroïne...

Gengis Khan traversant les Alpes, quasiment.

Dommage qu'il n'y ait personne pour voir cela, vraiment. La partie de l'avion dans laquelle on avait voyagé n'importait plus, une fois qu'on avait dépassé les Arrivées et atteint le barrage de l'élite des conducteurs de taxis privés d'Ealing, vêtus comme des chauffeurs de maître. Personne là, personne aux Arrivées, n'avait conscience de l'espace supplémentaire pour les jambes, de la largeur de sièges assez spacieux pour y caler confortablement deux fesses, des repas servis en priorité, de la queue quasiment inexistante pour accéder au chariot des snacks British Airways, du fait – du fait capital, irréfutable ! – que l'on n'était que deux dans la rangée *alors même que l'on avait un siège fenêtre*. On ne dérangeait qu'*une seule personne* s'il nous prenait l'envie soudaine d'aller pisser. Ce qui était, on en conviendra, le summum de la civilisation, la vraie *classe*.

La vraie classe économie supérieure.

Elle se dit qu'elle avait dormi peut-être une heure, qu'elle s'était assoupie – enfin, qu'elle avait somnolé, pour se réveiller en sursaut – au moment où elle avait définitivement fait une croix sur une comédie romantique prévisible, éteint le système multimédia, et comprit qu'elle avait épuisé son stock de cacahuètes prises sur le chariot des snacks British Airways. Elle aimait les vols long-courriers. Qui n'aimait pas ? Alcool gratuit, nourriture gratuite, films gratuits. Le chariot des snacks British Airways, derrière le rideau des hôtesses, représentait la perfection incarnée pour une Anglaise qui rentrait chez elle, après avoir vécu quelques années à l'étranger sans rien de ses références culturelles, de ses *racines*. La franche amertume d'une chips Walkers Salt & Vinegar. La pause KitKat. Le poids rassurant d'une barre Mars. Le coup de poing dans les dents d'une canette de Coca, de quelque façon plus déplaisant – et donc meilleur – que son équivalent brésilien. Le menu réconfort d'une bière London Pride.

Elle regarda par la fenêtre et en contrebas, dans la direction où elle pensait que se trouverait la capitale. Le personnel volant servait le petit-déjeuner. L'avion s'éveillait, des rubans jaunâtres s'échappant de sous des stores entrouverts. Des hommes et des femmes au dos ankylosé faisaient la queue devant les toilettes. (Mais pas en économie supérieure. La queue en économie supérieure était quasiment inexistante.) Des enfants pignaient, désorientés. Des adolescents continuaient de dormir. Il y en avait d'autres qui, comme Ellie, avaient à peine sommeillé, et ils avalaient autant d'eau que possible, afin de se distancier de la demi-bouteille de rouge qu'ils avaient bue moins d'une heure plus tôt.

La lumière était vive, inhumaine dans son éclat. L'horizon s'étirait, d'un bleu perçant, translucide, paresseux dans la facilité avec laquelle il se déployait au-delà des nuages, au-delà de la lumière, au-delà. Ellie eut l'impression d'apercevoir une tache verte, mais elle ne croyait pas qu'ils pussent se trouver déjà au-dessus de l'Angleterre. Il restait encore une bonne heure avant l'atterrissage. Il allait encore y avoir tous ces palabres retardatrices. *Londres : le portail de l'Europe*. Est-ce même une phrase ?

« Thé ou café ? demanda le steward.

– Oh, thé, répondit Ellie.

– Petit-déjeuner ? »

Ellie opina. « Complet, merci. »

La femme assise à côté d'Ellie se tourna vers elle. « Vous êtes anglaise, dit-elle.

– Très.

– Ha ! » La femme sourit. « Eh bien alors, votre portugais est impressionnant.

– *Merci*, répliqua Ellie en français.

– Vous êtes drôle.
– Seulement le matin au réveil.
– Ou le soir au coucher, *né ?* »
Ellie sourit. Elles restèrent, un temps, assises en silence. Ellie sentit qu'il s'agissait de l'instant où elle pouvait poliment s'échapper de cette conversation, si elle le désirait.
« Votre portugais, par contre… » dit-elle.
– Vous êtes *vraiment* drôle. » La femme lui tendit la main. « Je m'appelle Giovanna. »
Ellie sourit. « Et moi, Ellie. »
Elles se serrèrent la main.
« Qu'allez-vous faire à Londres, Giovanna ? » demanda Ellie. Giovanna sourit. « Voir ma famille. Travailler. Enfin, vous voyez. Des vacances, je suppose.
– Vous restez longtemps ?
– Une quinzaine. » Elle sourit de nouveau. But une gorgée de café. « Et vous ?
– À peu près la même chose, en fait. » Ellie s'esclaffa.
« Que faites-vous à São Paulo ?
– J'écris. Enfin, je suis journaliste.
– Il y a une différence.
– Oui.
– Et quelle est la différence ?
– Un peu comme entre économie et économie supérieure. »
Giovanna sourit. « Financièrement ?
– Absolument pas.
– Qu'est-ce que vous écrivez ? Je veux dire, qu'est-ce que vous *journalisez* ?
– Bien vu. » Elle rit. Elle se tourna légèrement vers Giovanna, dans son siège spacieux, dans son vaste siège littéraire. « Un peu de tout, vous voyez ? Des trucs en ligne, des fois pour la presse imprimée.
– Quelque chose que je pourrais connaître ?
– Ah ! La question que tous les auteurs – pardon, tous les journalistes – aiment entendre. »
Giovanna grimaça.
« Désolée. » Ellie sourit. « Je… Ah, merci… »
Le steward leur fit passer leurs repas. Elles les considérèrent,

puis se mirent à l'œuvre. Elles extirpèrent leurs couverts en plastique quasi simultanément et, en cet instant triomphal, de la vapeur s'éleva funestement, *s'échappa* de leurs repas, emplissant brièvement l'espace entre elles, comme dans un sauna.

Aux yeux d'Ellie, cela parut plutôt intime.

Elle fit l'inventaire. Des œufs brouillés volcaniques, tirant sur un jaune sanguin, caoutchouteux, et qui rebondiraient probablement si on les laissait tomber ; une tranche de bacon épaisse, qui s'était racornie de dégoût, suant sa graisse, et sèche d'avoir trop cuit ; une tomate, coulante ; une pomme de terre, dure et solitaire…

Une saucisse.

« Vous savez, dit-elle d'un air songeur, il y a un certain type d'Anglais qui, quels que soient ce qu'ils ressentent ou l'endroit où ils se trouvent, vont toujours, absolument toujours, commander un petit-déjeuner complet si c'est possible. »

Giovanna s'esclaffa. « Je crois qu'il existe exactement le même genre de touristes. »

Elles œuvrèrent diligemment et sans se plaindre à réarranger leurs aliments sur le plateau de plastique avec leurs couverts en plastique. « C'est cela, la principale différence entre supérieur et business ? demanda Giovanna. La nourriture ?

– Les couverts. On a un vrai jeu de couteau et fourchette, un verre de vin.

– Avec le petit-déjeuner ?

– Han. Je suis sûre qu'on peut demander. »

Elles s'attelèrent à leur tâche. Opérer sur la saucisse, nota Ellie, fut particulièrement sisyphéen.

Je suis *réellement* drôle, se dit-elle.

« Vous alliez me dire ce que vous écrivez ? » reprit Giovanna.

Ellie sourit tout en mâchonnant une autre bouchée de saucisse. Le bourdonnement crépitant de l'avion était redevenu une constante. Ses oreilles s'ouvrirent, se rebouchèrent. « Je suppose que l'on pourrait appeler cela du journalisme politique, ces temps-ci, dit-elle. J'écris une sorte d'éditorial pour *Olha ! online*. Des réflexions sur la politique, ce genre de choses, mais sans trop de sérieux, du moins pas toujours.

– Intéressant.

– Il est écrit en anglais, s'empressa-t-elle d'ajouter. Je crois que l'idée était de tenter de toucher un ouvrez les guillemets fermez les guillemets *public international.* » Elle mima les signes avec les doigts, se haït immédiatement pour avoir fait cela. « Ou, plus probablement, voyez-vous, d'atteindre quelques expats qui n'ont pas encore appris le portugais.

– Et c'est la raison de votre venue à São Paulo ?

– Pas exactement. »

Giovanna fronça les sourcils de la façon sèche, amusée et moqueuse qu'ont les *Paulistanos* non pas d'inviter, mais plutôt d'enjoindre à quelqu'un de poursuivre.

– J'ai d'abord travaillé pour *Time Out* São Paulo.

– Je connais. »

Ellie sourit. « Mais je voulais faire du journalisme investigatif, vous voyez ? » Elle marqua une pause, grimaça. « J'avais de l'ambition, *entendeu ?*

– Et vous avez atteint votre objectif. *Muito bem. Brava, querida.*

– *Mais ou menos, né ?* » Plus ou moins.

Évidemment, elle n'allait pas raconter à cette inconnue ce qui l'avait fait entrer en contact avec le genre de gens qui pouvaient aider à lancer une carrière dans ce genre de journalisme. Même si cette inconnue, communicative, la mettait particulièrement à l'aise. Elle n'allait pas lui parler de ce qu'il s'était passé avec Ana, sa meilleure amie, avec Jorge Mendes, le politicien, avec l'arrogant Alex et le doux Fernando, avec le réaménagement de Cracolândia, Leandro, et ses premières incursions dans la politique et la corruption, dans la narration vue comme lancement d'alerte ; elle n'allait pas parler à cette inconnue de la manière dont tout cela s'était développé via son amitié – et sa relation professionnelle, allons, Ellie, ne te dévalorise pas comme ça –, avec Leme, et avec, oh ouais, putain, voilà à qui cette inconnue te fait penser…

Antonia. La bourgeoise de Leme. Portrait-robot : *muito droll*, une fille sacrément plaisante…

Ah, tu es une petite maligne, Ellie !

Elles continuèrent d'œuvrer à leur petit-déjeuner. « Et vous, qu'est-ce que vous faites ? demanda Ellie.

– Je suis avocate. »

Bingo. *Très* Antonia.

« Et c'est ce qui vous ramène ici ?

– En partie. » Giovanna lui fit un petit sourire. Et ma fille fait ses études à Londres, au King's College. Le travail, la famille, les vacances, tout ça. À mon âge, il faut tous les combiner, *sabe ?* »

Ellie n'était pas vraiment sûre de ce qu'elle entendait par *à mon âge*. Une féministe résignée ou révolue, ce genre de choses, se dit-elle.

« Vous aviez dit que vous veniez pour le travail aussi. Un sujet ? »

Ellie acquiesça. « Enfin, plutôt une intuition. »

Ce froncement de sourcils, encore.

« Le *Lava Jato*, vous voyez », dit Ellie, en sachant que c'était devenu un lieu commun, une phrase fourre-tout, avec tout ce que cela impliquait.

« Han-han. Genre, l'angle international ? Suivez l'argent, ce genre de choses ? »

Ellie s'esclaffa. « J'ai déjà écrit cette phrase. Mais, oui, quelque chose de ce genre.

– Londres, le terrain de jeu financier de la planète, dit-on.

– Et j'ai déjà entendu cette phrase-là aussi.

– C'est le Far West, sans aucune régulation. D'immenses volumes, dit-on. L'argent est la seule chose qui compte. Quelle ville !

– L'Europe, hein ?

– Le Vieux Monde. »

Leurs petits-déjeuners étant maintenant pratiquement terminés, les restes baignant dans une graisse qui se figeait, le steward récupéra leurs plateaux, leur resservit du thé.

« Eh bien, bonne chance, dit Giovanna. Je vais profiter de ce qu'on vient de faire le plein pour faire une petite sieste avant l'atterrissage.

– J'aime votre style. »

Giovanna mit son masque de sommeil.

Ellie regarda par la fenêtre. Les nuages réfractaient la lumière et la dispersaient. L'air semblait rare et fragile, dehors.

Il n'y en avait plus pour très longtemps. Elle serait bientôt de retour.

Elle n'allait pas passer beaucoup de temps avec sa mère. Elle ne l'avait pas vue depuis presque quatre ans. Elle avait fait exactement ce que sa mère lui avait dit de faire : *rester à l'écart.*

Et cette intuition…

Dieu seul savait ce que cette semaine allait apporter.

São Paulo : les toilettes d'un bar impitoyablement huppé d'Itaim, aux heures d'ouverture.

« Crois-moi, mec, c'est du gâteau, et c'est – attends, raccroche pas. » Antonio prit la paille à coke en argent que Rafael, son ami et collègue, et très légèrement son aîné, tant en âge qu'en rang hiérarchique, lui tendait.

« Classe », dit-il.

Il sniffa sa ligne. Ce fut plaisant. Le fond de sa gorge fut brièvement engourdi. Le feu du whiskey fut éteint. La coke se vrilla dans son cerveau. Il sentit ses yeux s'écarquiller, un temps, conséquemment à ce qu'il venait de faire, l'applaudissant avec un sourire, puis revenir à la normale, se réajuster.

Il grimaça.

« Un joli coup de fouet, dit-il.

– Eh, tu as ce que tu paies, *entendeu ?* »

Rafael fit tourner le verrou du box des toilettes et appuya de l'épaule contre la porte. Il fit un signe de tête au préposé, qui tâtait le billet de cinquante que Rafael lui avait glissé lorsqu'ils étaient entrés.

« Comme sur des roulettes », dit Rafael.

Antonio regarda son téléphone. Neuf heures tout juste passées, un lundi. Un peu tard – ou un peu tôt – pour se faire une ligne, mais putain de merde, pourquoi pas ? Aucun message ni appel de Roberta. Probablement une bonne chose, pour l'instant. Il la verrait demain. La dernière chose qu'elle a besoin de savoir est bien qu'il est de sortie un lundi. Elle n'a jamais été trop partante pour un câlin aviné et nocturne, de toute façon. D'un autre côté, pour être honnête, il faut bien reconnaître qu'il n'y a pas grand-chose de romantique à se faire tripoter et baver dessus par un dragon à peine continent dont l'haleine pue l'alcool et les délires la cocaïne.

Antonio lui avait longtemps raconté qu'il adorerait ça, si

elle venait à lui ivre et excitée, et lui grimpait dessus à la diable.

C'était un mensonge : il le savait, maintenant, après la fois où elle avait essayé…

Il se trouve qu'en fait, lorsque l'on se couche tôt, c'est parce que l'on veut dormir tôt. Quand on se couche tôt, on s'endort rapidement.

Ils retournèrent s'asseoir à leur table. Elle surplombait la piste de danse. Une serveuse vaguait non loin. Rafael dessina un cercle autour des boissons de la table, indiquant une autre tournée. La serveuse sourit. Rafael sourit. « Prenez la même chose pour vous, lui dit-il.

– Peut-être plus tard, répondit-elle. Si vous venez me rejoindre tous les deux ? »

Elle s'en alla.

« Bon sang, dit Antonio. C'est comme entrer dans un cliché, ici. » Rafael sourit. « Bah, tu as ce que tu paies.

– Elle est trop chère pour toi, mec. »

Ils observèrent les alentours. La musique était tonitruante. Ils regardèrent au-delà de la section VIP, toisèrent les jeunes femmes qui dansaient délibérément en grappes, d'incessants regards lancés par-dessus l'épaule, tenant négligemment leur sac à la main comme une raquette de ping-pong – une protection, se dit Antonio, comme les jeunes hommes leur tournaient autour en parlant entre eux…

Cette scène-là n'était pas réellement sociable.

Rafael jouait des mâchoires. Antonio avait fortement l'impression que ce n'était pas sa première ligne. En ce qui concernait Rafael, c'était rarement sa première ligne. Les lumières baissèrent, la musique changea de rythme, il y eut des acclamations chez les garçons près de la piste, qui manifestaient ostensiblement avoir reconnu le nouveau titre, contre un enthousiasme mi-figue mi-raisin chez les filles.

Au moins, se dit Antonio, se défoncer ici donnait l'impression de se défoncer pour quelque chose, et pas seulement de se défoncer pour se défoncer, assis dans l'appart d'un pote jusqu'au lever du soleil en calculant à la minute près combien de sommeil on aurait si on prenait un tax maintenant, et une douche avant de filer au bureau. Puis préférer s'effondrer une demi-heure sur un canapé en espérant que la douche effacerait le manque de sommeil. Les finalités illusoires de la drogue, et en particulier les prétextes sans joie, sans bénéfice et sans répit de la cocaïne.

Un de leurs potes, Octavio, s'installait à sa table de cuisine, l'assiette devant lui ; broyait et fractionnait, ligne après ligne ; œuvrait sempiternellement à faire diminuer sa pile, travaillait mécaniquement un peu comme, eh bien, un peu comme à l'usine, supposait Antonio.

Bah.

Ce n'était pas toujours comme ça, évidemment, se dit-il.

Encore que, pour être honnête, il était toujours ravi les soirs où il ne se défonçait *pas*. C'était un tel soulagement ! Le lendemain matin, frais comme un gardon, productif, testant de nouvelles méthodes prometteuses.

La peur de *ne pas* manquer quelque chose, avait plaisanté Roberta.

Mais là, cela lui convenait parfaitement, et la serveuse était de retour avec leurs whiskeys, et il sentait ce petit tiraillement qui lui venait parfois, l'envie de se conduire mal…

« Et donc, c'est du gâteau, tu vois ? » était en train de dire Rafael. « Honnêtement, il n'y a aucun problème, et si tu en es, si tu *participes*, les profits sont *substantiels*. Il ne s'agit pas d'un pourcentage de la transaction, rien de ce genre – c'est un salaire : les semaines où tu travailles, tu es payé. Ils t'emploient, si bien que l'activité se poursuit de toute façon, il n'y a pas de risques, pas de frais ou de retenues louches, pas de signaux bizarres, genre mouvements redistribués sur des comptes multiples, et certaines semaines, tu peux même gagner plus d'argent que tu n'en déplaces. D'autres semaines, on en est bien loin, mais cela va sans dire, non ?

– D'accord. Mais la boîte qui nous emploie, qu'est-ce qu'elle en dit ? »

Rafael grimaça. « Vieux…

– Quoi ?

– C'est du free-lance, ils s'en foutent.

– Mais on se sert de contacts qu'on s'est faits à travers la boîte, ce sont nos clients. Ce n'est pas un peu le genre foutrement louche ? Comment ils appellent ça, déjà... un *conflit d'intérêts ?*

– Nan, c'est tout bon, c'est du complément de revenus. » Il marqua une pause, regarda autour de lui. « Écoute, en fait, ça fait partie du même ensemble – nos clients sont contents du *dinheiro*, contents du business, et ça nous rapporte, *sabe ?*

– Tu y crois vraiment ?

– C'est la langue universelle de l'amour, *amigo* : le pognon. Et tout est permis en amour et *tutti quanti.* » Il sourit et lui adressa un grand geste, paumes ouvertes. « Mec, fais-moi confiance, je sais ce que je fais. »

Antonio acquiesça. Il était convaincu de cela, au moins. Rafael savait toujours ce qu'il *faisait* ; simplement, il ne réalisait pas toujours ce qu'il avait fait.

« Allez, on se refait une ligne de *chang* et on voit quand cette serveuse finit son service. » Il s'esclaffa. « Ou si elle peut continuer de servir, si tu vois ce que je veux dire. »

Rafael quitta son siège et se dirigea vers les toilettes pour hommes. Antonio le suivit. Le préposé sourit et secoua la tête d'un air faussement désespéré.

« Vous deux... » dit-il.

Rafael tourna la tête vers Antonio. Antonio mit un billet de cinquante sur le plateau des pourboires. Le préposé ôta une casquette imaginaire. « Merci mille fois, Messieurs ! » gloussa-t-il.

« Il doit se faire un gentil petit paquet, ce type », marmonna Rafael en refermant la porte du box et en la verrouillant. « Ce n'est qu'un putain de *lundi.* »

Il ouvrit l'étui à cigarettes en argent qu'il portait sur lui et qu'il appelait son sac à main, son sac à charbon ou parfois, simplement, son sac à sacs. À l'intérieur se trouvait une fiole. Il l'ouvrit et fit tomber une généreuse pile de poudre sur l'intérieur du couvercle. Avec la lame de rasoir qu'il rangeait dans un petit étui dans son sac, il écrasa et divisa le monticule en deux lignes louvoyantes. Il prit la paille à coke et la tendit à Antonio.

« Merci mille fois, Monsieur ! »

Rafael se désintégra en un pouffement de rire.

« Hé, mec, ne le renverse pas », dit Antonio en gloussant.

Ils sniffèrent tous les deux leurs lignes. Ils se lavèrent tous les deux le visage. Ils quittèrent tous les deux les toilettes en souriant. Ils se sentaient tous les deux en pleine forme. « En fait, j'ai surtout envie de savoir comment tu es monté dans ce train, dit Antonio. Et comment tu t'es retrouvé, je ne sais pas, en *position*… avec l'*autorité* de me recruter, *sabe ?*

– Putain de merde, Tônico, ce n'est pas une putain de secte ! Te *recruter*. Mon Dieu ! »

Il s'esclaffa. Ils burent de longues goulées de leurs whiskeys. « J'ai sérieusement soif, dit Rafael. Des bières, *né ?* »

Antonio acquiesça. « *Então ?*

– Écoute, ce n'est pas un entretien d'embauche, *entendeu ?* Je me suis juste dit que tu serais intéressé.

– Je le suis.

– Bien. » Rafael regarda par-ci, par-là. Ses yeux dardaient. Il se mordillait la joue, la lèvre inférieure. Une bosse de plus, et il grimaçait. « Donc, le contact est un de nos clients, qui fait partie d'Odebrecht, d'accord ? »

Antonio hocha la tête.

« Il possède son propre portefeuille, que nous gérons via le fonds, mais il voulait faire quelque chose d'un peu différent. Il a parlé à *senhor* Matheus, qui m'a demandé de lui monter ça.

– Matheus ? Alors c'est avalisé.

– Oui… *mais ou menos.* » *Plus ou moins.* OK. Les yeux de Rafael suivirent les jambes de deux jeunes femmes. « C'est approuvé par lui, mais officieusement. Il m'a fourni un compte séparé, qui est celui que j'utilise. Tu en auras un aussi. L'histoire, c'est qu'il y a plus de travail qu'ils ne l'ont cru, à mon avis.

– D'accord. »

Antonio considéra tout cela. *Senhor* Matheus était le supérieur hiérarchique de Rafael et un associé principal du fond, membre du conseil. C'était probablement une histoire de niche fiscale, toute cette connerie de traitement officieux.

« Tu reçois un compte à gérer. Juste un numéro, pas de noms. Les transactions et les paiements se font par ce canal. Et toi, tu es payé sur un autre compte, bien à toi, *entendeu ?* Mec, c'est du putain d'or en barre. Je fais, quoi, deux, trois transactions par semaine ? Ça me prend une heure, max. »

Antonio hochait la tête. « Monte le coup. »

Ils se claquèrent la main. Rafael souriait comme une merde. Antonio se sentit en faire de même. « De l'argent de poche, vieux, c'est tout.

– Un putain de job d'été.

– C'est quasiment ça.

– Viens, allons trouver quelqu'un à qui parler. »

Ils se pavanèrent à travers la section VIP, deux connards vaniteux en chemises voyantes, leurs verres à la main comme des armes, une économie de gestes paresseuse dans leur façon de chalouper en rythme avec la musique – en fait, ils *contournaient* presque le rythme. Leurs manches étaient relevées et leurs bras musclés et bronzés. Leurs pieds : sans chaussettes. Leurs chevilles s'affichaient au-dessus du bord de chaussures coûteuses, elles aussi bronzées. Ils déambulaient : ils formaient des cercles lents. Ils jouaient des mâchoires pour ajouter à leur frime, à leur nonchalance. Ils regardaient à l'opposé l'un de l'autre, par-dessus les têtes et les épaules. Ils se parlaient sans contact visuel, hochant la tête dans des directions opposées. Ceci, croyaient-ils tous deux, faisait paraître leur amitié plus robuste et plus profonde qu'elle ne l'était réellement, et les rendait plus séduisants aux yeux des femmes. S'ils étaient tous les deux convaincus de la véracité de ces choses, ils ne les avaient pour autant jamais abordées, n'y avaient même jamais fait allusion dans leurs conversations.

C'était ce qui occupait l'esprit d'Antonio tandis qu'ils planifiaient la suite des événements. Sans en discuter, évidemment. En tout, cela prit environ deux minutes, de l'avis d'Antonio.

« Une ligne ?

– Je pensais que tu ne le proposerais jamais.

– Tu ne penses vraiment qu'à ça, jeune homme », s'esclaffa Rafael. Ils allèrent aux toilettes, y firent deux fois leur petite routine. Il n'y avait pas grand sens, semblait-il, à continuer de sillonner une section VIP plutôt déserte.

« La serveuse, dit Rafael. Allons lui dire de rentrer chez moi avec nous, et d'amener une copine. »

Antonio considéra la proposition. Il savait que cela ne ferait pas plaisir à Roberta si elle savait qu'il en avait même seulement envisagé la possibilité. Mais il savait aussi qu'il en envisageait la possibilité pour le seul bien de Rafael. Il le *savait*. Il n'y avait pas de mal à ne pas mal se conduire. La peur de *ne pas* manquer quelque chose était profonde.

« Tu plaisantes, mec », dit Antonio, en sachant que cela faisait partie du processus, de la transaction.

« Dans quel sens ?

– Elle ne va pas venir avec nous, et je ne vais pas venir avec toi, *entendeu ?*

– Ne sois pas cucul. Roberta n'en saura jamais rien.

– Absolument. Elle n'en saura jamais rien, parce qu'il n'y aura rien à savoir.

– De l'égoïsme, voilà ce que c'est. C'est de l'égoïsme. Je te demande une faveur, *entendeu ?* Tu es censé être un pote. » Il marqua une pause, sourit. « *Mano*, tu ne vois pas au-delà de tes seuls besoins, *né ?* »

Mano. Frère. Antonio remarqua, une fois de plus, à quel point ses amis des classes moyennes étaient prompts à adopter la langue et les attitudes des gangsters, de la rue, de… eh bien… des *pauvres*. Pourquoi ? Chacun était-il à tel point mal dans sa peau, ou était-ce seulement eux ? *Eux*. Un cas d'espèce, *né ?* Et est-ce que cette affectation fonctionnait aussi dans l'autre sens ? Probablement pas, songea-t-il. Ce sont les privilèges que l'on démystifie, en prétendant que l'on n'en dispose pas.

Après tout, se dit-il, le racket a plus de charme qu'un fonds spéculatif, les macs font plus rêver que les princes.

Rafael fit tourner le verrou du box des toilettes et appuya de l'épaule contre la porte.

*

Lundi se coule en mardi.

La nuit de lundi *déborde*.

*

Le lendemain matin…

Antonio était assis à son bureau. *Son crâne pulsait*. Il ne pouvait pas vraiment parler de lendemain matin, parce que la nuit ne s'était pas réellement achevée. *Son crâne cognait*. Il y avait eu la douche qu'il avait prise chez Rafael. *Son crâne l'étrillait.* Il y avait eu la marche jusqu'au bureau, dans la clarté du matin, la lumière transparente et prometteuse du matin, le genre de lumière qui semblait avoir quelque chose à offrir, qui semblait pouvoir au moins apaiser les pulsations et les martèlements de sa pauvre tête endolorie…

Mais cela n'avait pas duré longtemps.

L'ordinateur prit vie et des chiffres scintillants naquirent devant ses yeux. Ils lui tambourinaient les yeux et le crâne, ces chiffres.

Que foutrement personne n'en soit remercié, la matinée n'était pas chargée. Une fois de plus, Antonio fut heureux des heures de travail du monde de la finance, le tango du fonds spéculatif :

Démarrage aux aurores, déjeuner arrosé, après-midi lent et détendu, nuit d'enfer…

Il est beaucoup plus facile de fonctionner à sept-huit heures du matin qu'à onze heures, si l'on a concassé de la coke toute la nuit. Deux expressos et un sandwich aux œufs le feraient tenir jusqu'à dix heures. Garde bien basse ta tête cotonneuse, palpitante et convulsive, et ne panique pas…

Facile à dire quand le moindre bruit vous fait sursauter.

Facile à dire quand on rentre les épaules et qu'on se prépare à se cacher ou à s'enfuir dès qu'un collègue – ou pire, un inconnu – fait mine de marcher vers vous.

Antonio était sérieusement tendu, ce matin.

Et puis, il y avait ces messages de Roberta, affectueux, badins, mais foutrement clairvoyants :

Eh, débilos ! Ta soirée s'est prolongée ? ;)
J'imagine que c'était la faute de Rafael, *ne, querido ?!*
Profite du boulot ! Tu vas t'éclater, à contribuer toujours plus à une abominable mécanique de cupidité et de puissance pour le plus grand bien de ton bon vieux dégoût de toi-même, bébé, bises.

Ouais, il avait de sérieuses raisons d'être tendu. Ça le poursuivait, ça le pulvérisait, ça bouillonnait en lui, ça lui filait une sacrée dérouillée.

Il fixa son écran des yeux.

Son cerveau tourbillonna, son cerveau bourdonna, son cerveau *crissa*...

Cette gueule de bois lui en mettait vraiment plein la tête. Sa langue devenait plus épaisse, plus sèche, plus râpeuse... Il pouvait sentir sa langue lourde gonfler comme une éponge puis s'assécher aussitôt comme l'eau s'évapore sur du sable chaud chaque fois qu'il tirait une gorgée de sa bouteille d'Évian.

Sa tête le lançait.

Putain d'expresso.

Puis Rafael surgit dans son champ de vision, fonça droit sur lui, les dents étincelantes et les yeux pétillants, la trique, la satisfaction personnifiée, l'enthousiasme fait homme.

Génial.

« Eh, eh ! dit-il en souriant. Ça va, mon gars ?

– Nan. »

Un air moqueur. « Ça va, c'est juste une gueule de bois.

– Ouais. Quand même.

– Allez, la nuit était sympa. Elle s'est bien terminée, au moins. »

Rafael regarda alentour. Puis il se pencha pour se rapprocher.

« Ce truc dont on a parlé. C'est lancé. Retrouve-moi au bar en bas, neuf heures trente. On va s'en occuper, *certo ?*

– Ouais, d'accord.

– Ouais ?

– *Certeza, cara.*

– *Beleza.* » *Génial.* « On s'enfilera un petit remontant, quand on y sera. Juste une goutte, tu sais, pour écumer un peu.

– Ça me paraît bien.

– Histoire de trinquer à notre réussite, et *tutti quanti.*

– Si tu le dis.

– Oh que oui, je le dis. Allez, reprends-toi, mon gars, et je te revois dans à peu près une heure. »

Antonio acquiesça. Quelle endurance. Mais ça allait bien finir par le rattraper, un jour ou l'autre, non ? Rafael n'était pas beaucoup plus âgé que lui, mais il *était* plus âgé, il avait déjà pas mal vécu, il faisait tout ça depuis plus longtemps que lui. Ça ne pouvait *que* finir par le rattraper.

Et il est impossible qu'il ait dormi, se dit Antonio.

Antonio ne saurait jamais si c'était lui que la serveuse avait eu en tête lorsqu'elle avait décidé de rester. Mais il avait clairement indiqué qu'il n'était pas intéressé, juste au cas où. Et effectivement, il n'était pas intéressé. Vraiment pas. Il n'avait plus été intéressé par personne depuis qu'il avait rencontré Roberta. Au point qu'il en était même surpris. Il se mettait quasiment à l'épreuve, de temps en temps. Et le résultat était toujours le même : rien à foutre des autres filles.

Et c'était un soulagement. Ouais, un putain de soulagement.

Une putain de sensation.

Évidemment, faire une nuit blanche chez Rafael avec deux poules pouvait être mal interprété.

Et les appeler des poules aussi.

S'il y avait une façon dont il pouvait expliquer que la nuit dernière était une réponse au besoin de faire une nuit blanche, de raconter des conneries, de traîner pour se sentir vivant, d'avoir le plaisir de se tenir un peu mal, de vouloir s'amuser, mais sans envie de la tromper, alors ce serait bien, ce serait clair et cela paraîtrait logique.

Mais il n'était pas certain de pouvoir.

Mieux valait ne rien dire, alors. Voilà une chose que lui enseignait cette relation :

Ce qui importait et ce qui n'importait pas.

Et, aussi sûr que deux et deux font quatre, aussi sûr que foutrement certain, il n'irait pas bien loin s'il tentait de l'expliquer avec les pulsations et les martèlements de sa pauvre tête endolorie. Sa tête était une putain de montagnes russes…

Il allait se tenir tranquille, garder la tête basse, puis aller retrouver Rafael et faire ce truc, faire ce truc qu'il avait promis de faire, parce qu'il n'était pas du genre à renier une fois sobre une promesse qu'il avait faite ivre.

Et puis, cela avait l'air d'être une bonne idée, en plus.

*

Rafael était déjà au bar, installé dans un coin sombre et tranquille, qui n'était pas visible depuis la porte lorsque Antonio était arrivé.

Il sirotait une bière, et son ordinateur portable brillait dans la pénombre.

Rafael releva la tête. « Regardez ce que la petite souris nous a apporté. » Il claqua des doigts. « Deux », dit-il au vieux croulant qui dirigeait l'endroit. Le vieux croulant leva un sourcil et maugréa quelque chose sur les gens qui ne se gênent pas.

Antonio s'assit.

Le vieux croulant, en maugréant quelque chose au sujet d'un petit-déjeuner de champion, leur tendit leurs bières.

Rafael leva son verre. « À la paix dans le monde », gloussa-t-il. Son énergie d'après-cuite ou de cuite en cours portant un crépitement, une excitation tangible.

« Oui, *cara*. J'imagine que nous allons y travailler.

– Mec, tu es un boute-en-train dès le matin, hein ? » Antonio but longuement. La bière était restauratrice, elle était *bonne*. Rafael fit tourner l'ordinateur pour qu'il pût le voir. « Bien », dit-il. Il pointa l'écran du doigt. « Là. Voilà le compte dont tu vas t'occuper, *certo ?* Là, c'est la transaction. » Il changea la fenêtre. « Et là, c'est ton compte, celui sur lequel tu es payé. Et ça, ce sont les infos. »

Il fit glisser un bout de papier à travers la table.

« Et qu'en est-il de cette transaction, exactement ?

– Ça, ça va là. C'est aussi simple que ça.

– Ça ne ressemble pas à une transaction. Ça ressemble plutôt à un transfert, quelque chose de ce genre.

– C'est une transaction à sens unique, *sabe ?*

– C'est quoi ?

– Tu prends des parts dans un fonds. C'est ça, la transaction.

– D'accord.

– Au nom du client. C'est simple. »

Antonio acquiesça. Il connaissait le principe. Ils le faisaient parfois pour leurs clients habituels. En cas d'investissements directs. La différence étant qu'ici, il n'y avait que des numéros. Rien d'autre n'identifiait ce qu'il faisait. Ce à quoi correspondait l'investissement n'était pas clair du tout.

Ce qui était clair, c'était le montant, qui était énorme, du vrai putain de pognon.

« D'accord ? »

Antonio but un peu plus. Ses pensées commencèrent à s'éclaircir, juste assez pour se souvenir de ce dont ils avaient parlé la nuit dernière, que le *senhor* Matheus y contribuait, que Rafael lui montrait surtout les ficelles.

C'était une bonne idée. De l'argent de poche, un job d'été, du gâteau…

« D'accord, dit-il.

« *Então, cara, vamos lá.* » Allons-y.

Antonio acquiesça. « *Vamos, sim, cara.* »

Rafael poussa le portable vers lui. Antonio termina sa bière.

Antonio examina l'écran.

Il cliqua…

Travail effectué. Il était monté dans le train, se dit-il.

« Bien vu, dit Rafael. Tu es des nôtres, *filho*. Tu ne le regretteras pas, *nem fodendo.* »

Antonio s'esclaffa.

Tu ne le regretteras pas, foutre non, aucune chance – littéralement : même si tu baises en regrettant de baiser.

Quelle belle petite expression que celle-là, tellement appropriée, songea-t-il. *Nem fodendo*. Ce bon vieil argot de São Paulo, de l'or en barre.

Il s'esclaffa, leva son verre, sourit…

De l'or en barre.

Tiens, *ça*, c'était une belle petite expression, parfaitement appropriée.

London Calling. Ellie s'esclaffa. *Un appel de Londres.* Les couloirs d'Heathrow, et c'est la chanson qu'elle entend.

Sauf que…

Sauf que c'est la sonnerie de son téléphone. Évidemment. Cela lui avait paru drôle, de faire cela, il y a deux-trois nuits, à São Paulo. Ce n'est plus aussi drôle, maintenant, évidemment. Quelques gloussements, quelques regards atterrés, pendant qu'elle se précipite sur son portable.

Elle aurait dû choisir l'autre :

London calling, Speak the slang now, Boys say…

Maman.

Évidemment.

« M'man, je…

– Ah, bien, tu as atterri. Excellent. Quand pourras-tu parler, à ton avis ? J'imagine qu'il te reste la douane, le duty-free, le passeport, et les bagages et tout le reste, n'est-ce pas ? Je n'aurais probablement pas dû. Je devrais probablement juste… Ah oui, je veux bien, s'il vous plaît, noir, merci. Pas de lait, non. Tu es toujours là, trésor ? C'est possible ? Non non, rien d'autre, c'est tout. Pas de lait. Je…

– M'man, m'man. Bon sang ! M'man…

– Tu es toujours là ? Allo ? Ellie ?

– Oui, m'man.

– Ah, tu es toujours là. Excellent. J'allais couper.

– Raccrocher.

– Quoi ?

– Tu allais raccrocher.

– Quoi ? Tu es toujours là, non ?

– M'man, je…

– Oh, attends. Il faut que j'y aille, je te rappellerai, d'accord ?

– D'accord. »

Bienvenue chez toi.

*

Aussi troublante et accueillante, à sa façon, mais infiniment moins réconfortante que le chariot des snacks British Airways : la ligne Piccadilly.

Ellie était dans ce métro depuis *des heures.* Elle était dans ce métro depuis des heures, lui semblait-il, et pourtant elle n'avait atteint que Russell Square, où elle descendit. Sans même être ressortie de la zone 1. Elle avait fait tout ce trajet assise, les jambes bizarrement enroulées autour de sa valise pour l'empêcher de se balader sur ses roulettes, à s'efforcer de lire, de ne pas lire, de s'émerveiller de Londres et de ses mystères à la fois nouveaux et familiers, de son *environnement*, à s'efforcer de tout absorber, au moins durant les premières heures du voyage, lorsque la ligne Piccadilly croisait en surface, mais à s'efforcer aussi de *ne pas* tout absorber, parce que, franchement, il s'agit de la partie cauchemardesque de Londres qu'est la banlieue londonienne.

Elle descendit et navigua entre les ascenseurs, trimbala sa valise à travers le Brunswick Centre, qui déployait spectaculairement tout son charme dans la lumière du jour, puis remonta Lambs Conduit Street avec ses magasins de vêtements aux prix hallucinants – bon sang, est-il vraiment *permis* à des vêtements de coûter aussi cher ? – puis se dirigea vers Theobalds Road et l'appart, au-dessus d'un faux café italien franchisé, qu'occupait maintenant Lizzie, une amie d'école.

Lizzie. La seule amie avec laquelle elle était restée en contact. Des appels sur Skype et des textos, si bien qu'en fait il semblait plutôt ridicule qu'elles ne se soient pas vues depuis des années…

« Ellie !

– Lizzie ! »

Elles s'étreignirent. Elles s'étreignirent un certain temps.

Lizzie s'écarta. « Il faut que j'aille au boulot, genre, exactement maintenant. » Elle entraîna Ellie le long d'un couloir court et étroit.

« Tu es chez toi. Les clés sont sur le lit. Je serai de retour vers six heures, si tu as envie d'un verre, quelque chose.

– Bel endroit.

– Oui, merci, ça me convient. » Elle sourit.

« Comment as-tu…
– Une longue histoire.
– Tu veux dire que c'est l'appart de ta mère.
– Quelque chose comme ça. Écoute, il faut vraiment que j'y aille. Tu vas te débrouiller ?
– Aucun problème. File. Mais un verre plus tard, absolument.
– Génial. Installe-toi. Je suis tellement heureuse que tu sois là ! »

Elles s'étreignirent de nouveau, un peu moins longtemps.

« File, file ! dit Ellie.
– Qu'est-ce que tu vas faire, aujourd'hui ?
– Je t'ai dit de filer ! »

Lizzie grimaça.

« Je ne sais pas, répondit Ellie. Prendre une douche. Ça, avant tout. Puis il faut que je rencontre mon contact, tu sais, le gars dont je t'ai parlé. » Lizzie fronça les sourcils. « Du boulot, tu te souviens ? Puis je passe la soirée avec toi. »

Elle serra la main de Lizzie dans la sienne et lui fit un clin d'œil.

Lizzie sourit. « On se retrouve très vite. »

Puis Ellie fut seule, et elle s'étendit sur le lit de la chambre d'amis, qui était, au moins pour quelques jours, le sien. Son esprit considéra l'éventail des possibilités de ce qu'elle pouvait faire, mais l'attraction de la fatigue était d'une puissance irrésistible, et quelques instants plus tard, elle s'endormit.

*

Ellie sommeillait, elle réfléchissait, elle rêvassait. Ellie avait toujours voulu être journaliste, et son choix de filière avait été censé l'y préparer. Les filles avec lesquelles elle avait grandi partaient toutes vers d'autres écoles ou facs, se destinaient à devenir avocates ou médecins, quoique secrètement terrifiées par l'éventualité de finir clercs ou secrétaires médicales.

« C'est comme si le féminisme n'avait jamais existé », avait dit un jour Lizzie alors qu'elles fumaient en douce à l'heure du déjeuner. « Toutes ces promesses, qu'on allait pouvoir tout avoir. Le problème, c'est que si l'on peut *toutes* tout avoir, alors certaines d'entre nous ne vont rien avoir du tout, parce qu'il ne restera plus rien. Dans le climat professionnalisant actuel, il n'est pas idiot de devenir femme au foyer. »

Le *climat professionnalisant actuel.* Une expression que leur conseillère avait utilisée tellement souvent et avec une telle solennité qu'elle avait pris une signification politique, comme réchauffement climatique ou grossesse précoce. La pire : *sexuellement active.* « Avant, il y avait les sciences domestiques et des conseils sur les meilleures formes de contraception, avait poursuivi Lizzie. Maintenant, on ne parle plus que de lettres de motivation accrocheuses et de choix de filière compétitif. On a l'impression que si l'on fait une seule erreur, on ne s'en remettra jamais. »

Cela n'avait pas empêché la fin frénétique de leurs années lycée, avec ses cuites aux alcopops et ses efforts précipités pour aborder cette nouvelle vie sans le fardeau de la virginité. Et cela n'avait pas empêché l'été apathique dans les limbes qu'ont toujours connu à travers l'histoire toutes celles qui ont quitté une école, avec ses promesses de rester en contact et ses résolutions de ne jamais changer, comme si elles étaient définitivement formées à dix-huit ans et qu'elles se devaient de demeurer fidèles à cette image adolescente. Ellie, de son côté, était impatiente de changer, parce qu'elle n'avait pas envie de devoir revivre la même chose.

C'était son amie, sa meilleure amie. Sa première amie. Lizzie. Lizzie avait été la première personne à discerner ce qu'Ellie pouvait être, à réaliser qui elle était. Cette chose qu'elle avait dite : « Nous avons un tel potentiel, toi et moi. » Cela l'avait achevée, cela l'avait épanouie, cela lui avait montré ce que c'était que de rencontrer une âme sœur. « Nous sommes *muy simpatica* », lui avait dit Lizzie quelques jours seulement après leur première rencontre. *Muy simpatica !* C'était comme cela qu'Ellie voulait parler.

Avec Lizzie, les journées passaient dans une brume de bavardages, de cigarettes et de décisions douteuses quant aux garçons et aux drogues. Et elle avait vraiment l'impression qu'elle était aussi maligne, aussi drôle et aussi énergique que Lizzie. La plupart du temps. Les moins bons jours, lorsqu'elle était seule chez elle et se débattait avec ses cours, elle ressentait tout autre chose. Elle comprit que ce qu'elle voulait n'était pas réellement d'être *avec* Lizzie, d'être son amie, d'être sa meilleure amie, même : ce qu'elle voulait c'était *être* Lizzie. Elle enviait la vie de Lizzie. Et elle était assez maligne, même à l'époque, pour donner à cet état son vrai nom latin : *invidia.*

D'*invidere* : voir quelque chose et vouloir le posséder.

Elle remua. Elle s'étira. Elle sourit. Elle était heureuse d'être revenue, heureuse de voir son amie. Il était temps de se mettre au travail.

*

Une heure plus tard, et Ellie se trouvait dans un restaurant modérément chic de la City, assise en face d'un jeune homme riche et élégant.

« Rappelez-moi qui vous êtes ? » demanda-t-il.

Ellie sourit. « Vous le savez parfaitement bien. Une amie d'un ami. Un *contact.*

– Hum. »

Eh bien, il était encore jeune. Genre, fin de trentaine, supposa-t-elle, mais version salle de sport, un peu en frappe préventive. Elle l'imaginait sans peine faire de l'escrime ou de l'équitation, non – du *polo.* Les tablettes de chocolat, ce genre de choses. Il émanait aussi de lui une forme de cruauté, d'esprit de compétition, qui convenait bien à ces activités.

Il y avait quelque chose, avait-elle pensé ce jour-là, chez les hommes bien habillés : soit qu'il y avait une chose qu'ils faisaient bien, soit qu'ils masquaient une chose qu'ils faisaient mal.

Les hommes anglais étaient d'étranges créatures, qui ne savaient jamais trop comment réaliser leur potentiel en ce qui concernait leur apparence, et qui suivaient aveuglément des modes sans jamais considérer leur morphologie. Les Brésiliens comprenaient la morphologie, ils comprenaient – enfin, certains comprenaient, les Brésiliens riches comprenaient – qu'un jeans serré sur le ventre rebondi et les hanches larges d'un corps d'homme en forme de poire, cela n'allait pas ensemble. Cela n'irait *jamais* ensemble. Un nombre étonnamment grand d'Anglais ne savaient pas acheter un jeans, avait remarqué Ellie en marchant de Theobalds Road jusqu'à la City.

« Non, évidemment ; *cela*, je le comprends, disait l'homme. Mais je ne sais pas vraiment *qui* vous êtes, dans le sens *ce que* vous êtes. Vous voyez ? »

Ellie sourit. Elle s'était préparée à se montrer quelque peu évasive…

Elle n'avait pas été à cent pour cent sincère en ce qui concernait la raison pour laquelle elle avait organisé ce rendez-vous, ni sur ce qu'elle espérait en tirer. Et cela, bien sûr, signifiait que Christopher, l'élégant jeune homme présentement assis en face d'elle dans ce restaurant modérément chic de la City de Londres, ne savait pas non plus ce que *lui* pouvait espérer en tirer, ne savait pas exactement ce qu'il faisait là.

« Christopher… »

Christopher sourit. « Chris, s'il vous plaît, dit-il.

– Chris. Nous avons un ami commun, un *collègue* commun, je suppose, comme vous le savez. »

Christopher acquiesça. « Oui, évidemment. Zack. Zack le Yankee. » Il sourit. « Il m'a parlé de vous.

– Je n'en doute pas, répondit Ellie. C'est un sacré numéro, n'est-ce pas ? »

Christopher la toisa. Il fit délicatement tourner la tige de son verre de vin. C'était un rouge honnête, jugea Ellie. Elle lui reconnut cela.

« Comment se fait-il que vous le connaissiez, exactement ?

– J'imagine que l'on pourrait appeler cela la scène expat' de São Paulo.

– D'accord.

– Il travaille avec l'ami de l'ami d'un ami, et tout le monde finit toujours par se connaître, si vous voyez ce que je veux dire. »

Encore ce sourire. « Oui, je pense que je vois.

– Les barbecues, *et cætera*. Le tennis. Il y a un club anglais où ils servent le thé, jouent au boulingrin. J'ai fait sa connaissance lors d'une réception donnée là. Et vous avez travaillé avec lui aux States, m'a-t-il dit, je crois. »

Le lien entre elle, Zack le Yankee et ce gentleman de la City élégant et distingué était des plus ténus, Ellie ne le savait que trop bien. Elle ne voulait pas s'attarder sur cet aspect des choses ; elle avait besoin d'éveiller son intérêt, et fissa.

« Au boulingrin ? » répéta-t-il. Il fronça les sourcils. « D'accord.

– Et, s'empressa d'ajouter Ellie, il m'a demandé de vous contacter comme une faveur que je lui accorderais, à cause de ce que je fais dans mon travail et de quelque chose qui pourrait coïncider : il avait l'air de penser que vous pourriez en tirer profit. »

Elle sourit.

« Et donc, qu'est-ce que vous faites ?

– J'écris.

– D'accord.

– Le genre commentaire politique.

– Et vous l'obligeriez *comment*, exactement ? »

Ellie soupira légèrement, but une gorgée de vin.

« Il pense que cela pourrait vous être utile, encore que je n'aie pas la moindre idée de la façon dont je pourrais bien vous aider. » Elle marqua une pause. « Enfin bon, apparemment, reprit-elle, c'est au moins une bonne chose pour lui. Vous rendre service, je veux dire. »

Christopher grimaça, d'un air mi-figue mi-raisin. Un peu de rivalité masculine, aussi, quelque part sur ce visage, se dit Ellie. Et du calcul, dans cette expression.

« D'accord.

– Et donc, voilà ce qui fait que nous sommes là, dit Ellie. Et pour que tout soit clair sur un autre point, ce n'est pas un coup monté, et ce n'est pas un rencart, hein ? »

Ce sourire, de nouveau. « D'accord.

– Maintenant, je suppose que vous vous demandez comment je pourrais vous être utile.

– Je me demande pourquoi je suis là. Ce n'est pas exactement la même chose. »

Ellie acquiesça. « En fait, je ne peux pas vraiment vous être utile.

– D'accord.

– Je veux dire, à moins que vous ne soyez tenté par le blanchiment de l'argent sale d'un système de dessous-de-table liant l'industrie du BTP et la politique, au Brésil. »

Christopher acquiesça lentement. Il leva un doigt. « Serait-il possible que nous ayons deux autres verres du même ? » demanda-t-il au serveur. Il se tourna vers Ellie. « En supposant que cela vous convienne ?

– On pourrait tout aussi bien prendre une bouteille, répondit-elle.

– Monsieur ? lui demanda le serveur.

– Oui, une bouteille, merci. »

Christopher reprit : « Je suis intéressé, oui, mais pas par le blanchiment d'argent, évidemment. Par contre, je trouverais très intéressant de savoir qui est ou pourrait être intéressé.

– J'imagine que ce n'est pas par altruisme ?

– Absolument pas. Dans notre partie, il est toujours utile de détenir quelque chose sur la concurrence. »

Ellie acquiesça.

« Alors, pourquoi ne pas me dire ce que vous savez.

– D'accord », dit Ellie.

Le serveur apporta la bouteille. Christopher repoussa d'un geste l'offre de humer et goûter le vin. « Vous pouvez servir », dit-il.

*

Il apparut qu'Ellie ne savait pas grand-chose, finalement. « Écoutez, je vais être honnête avec vous, dit-elle. Je voudrais savoir comment de l'argent sale brésilien peut être traité à Londres. Je ne comprends pas comment cela fonctionne, comment c'est possible. Si vous me l'expliquez, c'est-à-dire si c'est *effectivement* possible, alors je vous donnerai le nom d'un fonds spéculatif dont je sais sans le moindre doute qu'il le fait.

– La financiarisation.

– Quoi ?

– La financiarisation. C'est un terme relativement nouveau. Un truc culturel.

– Culturel ? »

Christopher se pencha en avant. Il exultait. « C'est un terme qui signifie que la finance est devenue une fin en soi. La production de ressources financières, de richesses additionnelles, est ce qui intéresse maintenant les entreprises. Les services n'ont plus d'importance. La raison d'être d'une entreprise est de produire des richesses, pas de proposer un service décent.

– D'accord.

– Je vais vous donner un exemple. Disons que vous achetez quelque chose, genre un billet de train, à un vendeur tiers. Vous allez payer une commission, d'accord ? Quelque chose comme une livre cinquante. Et vous supposez que cette commission est un coût défini afin de permettre à ce vendeur tiers d'exister en tant que société offrant un service, n'est-ce pas ?

– Cela paraît logique, oui.

– Avez-vous déjà entendu la phrase "Suivez l'argent" ? »

Ellie s'esclaffa. « Absolument.

– Eh bien, cette petite commission ne va pas se contenter de retourner alimenter cette société. Au lieu de cela, elle va entamer un voyage tortueux. Elle va remonter à travers toute une série de sociétés dont la suivante possède la précédente. Elle va faire un petit détour par un endroit genre Jersey, faire peut-être un tour par un paradis fiscal, retourner au Luxembourg, puis aux US, une société d'investissement, passer par tous les actionnaires, puis, fort probablement, elle va finir son périple aux îles Caïman, dans les caisses d'une personne morale anonyme, en ayant nourri chacun au passage. C'est une sorte de superstructure invisible, pour réutiliser une phrase que j'ai lue quelque part.

– Mais, qu'est-ce que cela signifie, pour la société originelle ? »

Christopher sourit. « Cela signifie, au bout du compte, que cette société peut tout aussi bien offrir un service utile et bénéfique, voire un service bénéficiaire, mais que la question n'est pas là, parce que l'argent est siphonné par le haut et transféré offshore à chaque étape. C'est cela, la priorité. Le service n'est *absolument pas* la priorité.

– Et c'est légal. »

Christopher grimaça. « Légal est un terme cocasse.

– Donc, non.

– Il a les définitions les plus variées.

– Putain de merde. Et c'est entériné par le gouvernement, alors ?

– Ce sont les pires du lot.

– J'imagine que ce n'est pas une grande surprise, commenta Ellie. Et vous avez dit que c'était culturel ?

– Oui, effectivement. Ce que je voulais dire, c'est que c'est la façon dont nous faisons les affaires, gouvernement compris.

– Un exemple ?

– Il existe une chose que l'on appelle la PFI, l'initiative de financement privé. D'accord ? »

Ellie acquiesça.

« En pratique et en termes simples, cela signifie que, lorsque le gouvernement veut construire des écoles ou des HLM ou des hôpitaux ou n'importe quoi du genre, au lieu de le faire directement, ils empruntent l'argent dans la City pour financer le projet, la construction.

– Et cet argent suit le même circuit ?

– À peu près, oui.

– Et le gouvernement les rembourse quand ? »

Christopher sirota son vin. « Très, très longtemps après, avec les intérêts et des primes.

– Comme ?

– Je ne sais pas, des allègements fiscaux, ce genre de choses.

– Donc, le contribuable se fait baiser ?

– Le contribuable se fait *toujours* baiser.

– Bon sang.

– Absolument. »

Ils restèrent un temps assis en silence. Ellie laissa tout cela décanter. « Et qu'advient-il de ces nouvelles richesses, alors ? Où vont-elles ?

– Elles remplissent des poches partout dans le monde. Cela s'appelle le coût des mauvaises affectations des ressources. Il y en a pour des centaines de milliards de livres. Des services publics financés par les contribuables et gérés par le privé.

– C'est révoltant.

– La City est dirigée par des enfoirés.

– Et vous y travaillez.

– Je suis aussi un peu un enfoiré. »

Ellie sourit malgré elle. « Mais qu'est-ce que tout cela a à voir avec l'argent sale brésilien dont je parle ? »

Christopher sourit. Il buvait du petit-lait. « Il entre dans le système, commença-t-il, par un investissement, une transaction, puis il suit le même chemin. L'important, c'est que la structure existe, et rend tout à fait possible de faire cela : une injection de fonds douteux va être happée et disparaître dans la même enfilade, puis finir sur un compte offshore, ou plus probablement sur de nombreux comptes offshore ou dans les caisses de nombreuses sociétés offshore. La provenance de l'investissement ou de la transaction n'a plus d'intérêt particulier pour personne. On appelle cela une économie concurrentielle. Cela signifie que Londres est radieux. Mais comme les impôts sur les sociétés baissent pour attirer des entreprises étrangères, le contribuable y perd sur les services publics, sur des services importants. On estime qu'il s'agit de quelque chose comme un déficit de seize milliards, actuellement. »

Christopher se renfonça dans son siège. « Je veux dire, c'est à peu près comme cela que ça fonctionne. »

Ellie digéra ce qu'elle venait d'entendre. « Vous savez quoi ? Ce n'est pas foncièrement différent du Brésil. En fait, de mon point de vue, c'est presque exactement la même chose. »

Christopher fronça les sourcils. « D'accord. »

Ellie poursuivit. « En gros, le gouvernement signe des contrats de construction qui incluent les pots-de-vin, hein ? Alors, c'est un peu plus voyant que d'emprunter à la City et tout ce que vous venez de décrire, et ce ne sont pas les mêmes gens qui s'enrichissent, ce ne sont pas les mêmes *types* de gens, mais globalement, l'effet est le même.

– Le contribuable se fait baiser.

– Exactement.

– Eh bien, nous sommes aussi corrompus qu'eux, j'imagine, dit Christopher. Maintenant, il est temps de me donner le nom de ce fonds. »

Ellie ouvrit son sac à main. Elle fit glisser une carte de visite à travers la table. Dessus :

Capital SP

« Merci. » Christopher escamota la carte. « Et vous, vous assurez évidemment que je ne serai pas cité dans l'article que je suppose que vous écrirez ? Pas que je vous aie dit quoi que ce soit, de toute façon.

– Je ne révèle jamais mes sources.

– Excellent », conclut Christopher.

*

Quelques heures plus tard, et Ellie était éméchée.

À bien y réfléchir, en fait, Ellie était *saoule*.

Avec Lizzie, elles étaient assises au *Duke*, et buvaient. Ellie s'y était employée de façon sporadique une bonne partie de l'après-midi, et elle avait oublié le rythme brutal des Anglais, les pintes enfilées et les grands verres de vin, les tournées servies avant que la précédente ne soit terminée, la morosité de ces dernières gorgées forcées pour faire place à la suivante…

Amusant, néanmoins, il fallait bien le reconnaître.

« Eh, une minute, attends… » était en train de dire Lizzie. « Tu as été en danger mortel, juste une fois ? C'est ça que tu es en train de dire ? Juste *une* putain de fois ?

– Tu sais comment c'est, *querida*. Le Brésil, c'est l'Ouest sauvage.

– Pas drôle.

– Non, je veux dire, c'est un espace de non-droit, réellement. On fait ce qu'on veut. Je suis une hors-la-loi.

– *Vraiment* pas drôle. »

Ellie sourit. Elle prit la main de Lizzie. « C'est parfaitement sûr, trésor. Mais, comme on dit, pourquoi laisser la vérité gâcher une bonne histoire ? Tu vois ce que je veux dire ? »

Lizzie secoua la tête en souriant. « Tu as vraiment développé ton accent londonien, là-bas, dis donc.

– Absolument. Il le fallait. Personne n'accorde le moindre intérêt à quelqu'un qui vient de *Bournemouth*. » Elle parcourut l'intérieur du pub des yeux. « Bel endroit. Joli pub. » Elle s'esclaffa.

« Tu es ivre.

– C'est votre putain de rythme, répondit-elle. C'est du brutal.

– Tu as mangé *quoi que ce soit*, aujourd'hui ?

– Mon déjeuner. Ces chips. » Elle indiqua d'un geste de la

main ce qu'il restait d'un bol de chips avec une sauce au piment doux et de la mayonnaise. « Un pub respectable. On vous offre les chips. La vieille école. »

Lizzie s'esclaffa. « Oui, surtout que ça donne soif, non ?

– Et ça coupe la faim. »

Il y avait du monde, mais le pub n'était pas bondé. Ce qui était rare dans le centre de Londres, lui signala Lizzie. Et c'était un endroit superbe. Façade Art déco, des petits box enténébrés et paisibles à l'arrière, du bois partout, du bois sombre, du vrai bois, pas trop d'emmerdeurs vagissants…

L'endroit lui plaisait vraiment bien. Elle but une bonne goulée de son grand verre de vin, puis l'examina. Elle sourit, agita la tête. « Un peu court, jeune homme, dit-elle.

– Et sinon, ce type classe que tu devais rencontrer aujourd'hui ? demanda Lizzie.

– L'ami d'un ami d'un ami, bla-bla-bla… C'est lié à un sujet d'article – enfin, une intuition. On verra.

– Mais ça a été productif ? »

Les yeux d'Ellie scintillèrent. « Rien du tout.

– Ton expression, ma chère, semble indiquer le contraire.

– Disons juste que je sais maintenant à qui il faudra que je parle quand je serai de retour à São Paulo. »

Les yeux de Lizzie se plissèrent. « Les petits chanceux !

– Trinquons à leur santé, alors. »

Elles continuèrent à œuvrer lentement au siphonnage de leurs grands verres.

« Et ta mère ?

– Et ma mère, quoi ?

– Quand vas-tu aller la voir ? »

Ellie y réfléchit un temps. « Demain », dit-elle. Puis, plus fermement : « Oui, demain. J'irai demain. »

São Paulo, le lendemain matin du lendemain matin...

Ou devrait-ce n'être simplement que le lendemain matin ? Une jolie ligne à recopier, quand la ligne a été franchie et que toutes les lignes ont été sniffées, se dit Antonio. Son estomac se révulsa de dégoût.

Il était enchanté, devait-il admettre, d'avoir réussi à mettre un peu de distance entre lui et les bacchanales de lundi soir. Rafael, avait-il décidé, devait être évité à tout prix, aussi tôt dans la semaine. Dans quelques heures, il serait dans l'appartement de Roberta, où elle lui préparerait le dîner. Elle lui manquait, tout simplement. Il savait qu'il ne pouvait pas la voir un lendemain de défonce – *le même jour*, techniquement –, quand son cerveau était explosé, sa redescente toxique et que tout ce qu'il voulait, c'était se faire câliner et vider les bourses. Nan, ça n'aurait pas été une bonne idée : elle ne méritait pas cela.

« Tu peux sortir autant que tu veux, *porra*, lui avait-elle dit un jour. Mais ne m'approche pas tant que tu ne t'es pas désintoxiqué l'organisme. »

Il n'était pas convaincu qu'elle ait vraiment été sérieuse à cent pour cent en disant cela, mais c'était plutôt fair-play, et le message était passé. Le véritable message :

Vieillis un peu, putain.

Il n'était pas convaincu que ce soit vraiment une question d'âge, en fait. Il avait entendu des collègues plus vieux se répandre sur ce sujet. Comment ils étaient toujours aussi partants que lorsqu'ils avaient vingt ans, mais qu'ils avaient admis qu'avec le temps, il n'était tout simplement plus possible de tenir le même rythme. Leur seule limite, semblaient-ils vouloir dire, était celle de leur corps ; la seule ligne rouge qu'ils respectaient était l'obligation de prendre en compte le temps de récupération accru associé à leurs turpitudes.

Mais c'était peut-être juste de la frime, des paroles en l'air.

On ne savait jamais, avec ces gars-là. L'esbroufe faisait partie du jeu, après tout. Le tango du fonds spéculatif.

Peut-être, alors, que le vrai sens du message, c'était qu'il devait changer, *évoluer*, ce qui n'était pas forcément la même chose que vieillir. Et une partie du message, implicite dans les paroles comme dans le ton de Roberta, dans ses attentes, était : *Mérite-moi.*

C'était honnête. Et il voulait effectivement la mériter. Le message n'importait plus s'il savait ce qu'il voulait, évidemment.

*

Le travail était facile et les heures passaient doucement, sans incident. Seul et au soleil, il déjeuna d'un plat frugal – du riz, des haricots et de la salade –, préparé par sa bonne. Il laissa le soleil lui réchauffer les joues et, assis sur un banc dans la cour du complexe de bureaux, il regarda le ciel bleu, ferma les yeux et sourit.

Le soleil était encore ardent lorsqu'il quitta le bureau en évitant d'attirer l'attention de quiconque pourrait avoir envie de l'entraîner prendre un verre en vitesse, et il décida de marcher un peu avant de reprendre le chemin de l'appartement de Roberta dans Paraíso. Marcher était une chose qu'ils avaient en commun, une chose qu'ils aimaient tous deux faire, et c'était rare, à São Paulo.

« Ne serions-nous pas des Européens ? » pouvait plaisanter Roberta. « Regarde-nous, à nous servir des trottoirs, à nous préoccuper de l'environnement, à flâner. Comment appellent-ils cela, déjà ?

– Flâner ? Ah, répondit Antonio en anglais. Faire du lèche-vitrine, *né ?*

– Du lèche-vitrine. J'adore. Qu'est-ce que vous faites ? Moi ? Oh, du lèche-vitrine. Je lèche les vitrines. Juste un peu de lèche-vitrine. »

Il y avait de nombreuses raisons de ne pas marcher à São Paulo, mais Antonio n'était pas convaincu par la plupart d'entre elles. La principale – que c'était dangereux – n'était tout simplement pas un problème, étant donné les endroits où il passait le plus clair de son temps. En fait, dans les beaux quartiers, on avait plus de chances de se faire racketter assis dans sa voiture au milieu des encombrements que d'avoir un pépin à pied. À Rio, d'accord, mais à São Paulo, les agressions sur la voie publique étaient loin d'être monnaie courante. Les malfrats étaient bien plus inventifs que ça.

Un autre point que soulignaient toujours ses amis était l'absence d'accotements, de *trottoirs*. C'était une autre absurdité, répondait Antonio. Tout cela, ne cessait-il de répéter, c'était une question de parcours, pas de commodité. Aucun connard ne va aller marcher le long du Marginal ; si tu as besoin d'emprunter le Marginal, tu vas bien trop loin pour y aller à pied. São Paulo, malgré les apparences, malgré son immensité, son désert de béton, était une ville composée de quartiers, comme n'importe quelle autre. La clé du bonheur, ici, Antonio en était convaincu, c'était de s'assurer que l'on passait le plus clair de son temps dans un ou deux quartiers proches.

Et là, Antonio marchait dans l'un des plus plaisants, Jardim Paulistano, tout près, en fait, de l'endroit où il était allé à l'école.

Antonio était né et avait grandi à São Paulo. Un *Paulistano* pur jus. Un vrai *Paulistano*, dans le sens où c'était son droit de naissance de le revendiquer, et il le faisait, et comme tout vrai *Paulistano*, il connaissait sa place dans la cité, la respectait, et respectait les règles et traditions qui gouvernaient cet endroit, cette position dans la cité, ce *rôle*. Il savait ce qu'il faisait là. Cette cité vous faisait cet effet-là :

São Paulo vous définissait.

La devise de São Paulo :

Je ne suis pas mené, je mène.

Comme le dit la chanson :

Quem e seu dono ? Ninguem, São Paulo.

Qui est ton propriétaire ? Personne, São Paulo :

Personne ne te possède.

Plutôt facile de se trouver un but, un objectif, quand on vous a en gros expliqué qui vous étiez et ce que vous deviez faire dans la vie.

Antonio déambula à travers les recoins de diverses rues résidentielles entre Faria Lima et l'Avenida Brasil, un labyrinthe rectangulaire de constructions basses et spacieuses, de petites rues étroites et louvoyantes, d'impasses, de voies privées et de culs-de-sac charmants, de magasins et de restaurants raffinés, de voitures de luxe et de guérites de sécurité privée disséminées dans tous les coins.

Des femmes faisaient du jogging. Des femmes arboraient des tenues élégantes. Des femmes papotaient. Les visages étaient fortunés. Il y avait beaucoup d'argent dans les visages, par ici, se dit-il en se remémorant l'heure de la sortie de l'école, quand tous ces visages fortunés papotaient. Elles avaient investi un paquet de pognon dans leurs visages, toutes celles-là, leurs visages sans rides.

Sur Gabriel Monteiro da Silva, les maisons étaient un peu plus éloignées de la route. Il y avait des arbres. Ils étaient stratégiquement placés, ces arbres. La rue menait *quelque part*. Elle avait cette possibilité, Gabriel Monteiro da Silva. Les écoles étaient *pleines aux as*.

Malgré la circulation, l'endroit semblait toujours être serein et civilisé…

Les voitures faisaient la queue. Les femmes traînaient la jambe. Les bonnes et les nourrices cornaquaient. Les gosses traînaient. Les gosses baguenaudaient. Les ados fumaient. Les ados discutaient. Les ados flirtaient.

Ces ados étaient assis à la terrasse du *Primo Basilico*, une pizzeria qui faisait également club-house pour gosses riches les après-midi…

J'ai fait ça, se dit Antonio.

Et il avait effectivement fait ça. Les lycéens de l'École britannique se retrouvaient là après les cours, s'installaient en terrasse pour boire du café et occasionnellement une bière, et pour fumer. On adorait fumer, à l'époque. Un clope après l'autre, en les faisant tourner, en l'allumant au cul du précédent. Il était de bon ton de fumer comme des sapeurs, alors.

La plupart des camarades de classe d'Antonio fréquentaient cette école depuis leurs trois ans, leurs cousins et grands frères les y ayant précédés. Et avant cela, leurs oncles, et même parfois leurs parents.

La base des échanges de bons procédés…

Ils étaient les familles de l'élite. Cela signifiait des enfants de politiciens, y compris la famille d'un tristement célèbre ancien maire de São Paulo, qui a inspiré l'expression *Rouba mas faz – Il vole, mais il fait le job*. Il est acceptable d'être corrompu si les ordures sont collectées dans les temps et que les bus fonctionnent. Cela signifiait des enfants de personnalités des médias, d'avocats, des autorités de la ville : le chef de la *Polícia Civil* avait scolarisé ses deux fils ici. Cela signifiait les enfants de célébrités, le plus connu était, évidemment, Sir Michael Jagger.

Cela signifiait une sorte de mafia.

Mais cela ne signifiait pas uniquement cela.

Antonio était entré à l'école à l'âge de quatorze ans, grâce à une bourse. Peu de gens le savaient. Ses parents appartenaient à la classe moyenne : sa mère était administratrice dans une université privée ; son père, un petit bureaucrate dans les bas échelons de la mairie.

« Je suis un rouage du système labyrinthique de l'administration municipale, avait-il l'habitude de dire. C'est monumental pour quiconque n'a pas les moyens d'employer un *despachante*. Mon travail est nécessaire. J'accomplis une tâche vitale. »

Voilà la façon dont il parlait, comme s'il était une sorte de Batman des formalités.

Antonio n'était pas convaincu. Pour toute son importance, son père n'en continuait pas moins de porter des costumes miteux et de conduire – de conduire lui-même – un break Volkswagen.

Ses parents travaillaient dur et il le savait, mais leur sérieux était étouffant. Antonio était fils unique, et il portait le fardeau du lent déclin des espoirs de sa famille : il se souvenait que, alors qu'il avait douze ans, il s'était réveillé et avait réalisé que, voilà, c'était fini, c'était *vraiment* fini.

Peu après, il s'était levé une nuit, et avait entendu ses parents qui discutaient dans le salon de leur appartement modeste, mais soigné, de Pinheiros. Un appartement situé à un quart d'heure à pied de Gabriel Monteiro da Silva, l'endroit où Antonio se trouvait actuellement.

« Tu ne vois donc pas, était en train de dire sa mère, qu'il peut le sentir, qu'il a conscience de cette stase, de cette entropie ?

– Où as-tu appris de tels termes ? » avait répondu son père.

Sa mère n'en avait pas tenu compte. « Il ne s'agit pas de toi ou de moi, il ne s'agit pas du point où nous en sommes, *entendeu ?* Ce qu'il peut sentir, ce qu'il peut percevoir, c'est que nous savons que nous ne pouvons pas lui offrir mieux que ce que nous lui avons déjà donné. Dans le sens, il n'y a rien d'autre. Il faut qu'il sache que si.

– Et l'envoyer dans une école de luxe dirigée par précisément le genre de gens que je combats y serait une sorte de réponse, *porra ?*

– Ses horizons. Cela lui ouvrirait de nouveaux horizons. Il… rencontrerait des gens, *sabe ?*

– Des gens qui ont plus à offrir que nous, *né ?* »

Antonio avait su, même sans rien entendre, quel geste sa mère avait fait :

Je ne le nie pas, je sais que c'est exactement ce que nous nous étions promis de ne jamais faire.

« Et comment est-ce censé se réaliser, *querida ?* avait repris son père. On va juste, quoi ? Aller nous présenter là-bas avec lui ? Exiger qu'ils le prennent ?

– J'ai parlé à quelques personnes à l'université.

– Ceux précisément qui t'ont expliqué l'entropie, hein, *querida ?*

– En fait, tu sais quoi ? Exactement, oui, *porra.* Les gens avec qui je parle, *sabe ?*

– Han-han.

– Il y a un moyen. Une bourse. Et nous pouvons tenter le coup sans même que Tônico le sache, si bien que, si ça ne marche pas…

– Comment fait-on ?

– Ses bulletins des deux dernières années. Et nous allons défendre son dossier. Nous leur expliquons en quoi c'est important pour nous et de quelle aide nous aurons besoin.

– Important pour nous ?

– *Sim.*

– Une aide.

– *Porra,* tu sais exactement ce que ça veut dire.

– Han-han. Et je suppose qu'il va falloir justifier d'avoir besoin de cette aide, tout en rampant et en expliquant servilement ce que cela signifie pour nous ? »

Même à douze ans, Antonio connaissait la réponse à cette question, mais le fait était que…

… que cette perspective le ravissait. Il allait intégrer l'école. Il était aussi malin qu'un singe ; ça allait être du gâteau. Il avait entendu dire que la plupart des gosses de riches étaient cons comme des manches. Qu'ils avaient une bien trop haute opinion d'eux-mêmes, ce qu'avaient confirmé les quelques goûters d'anniversaire auxquels il avait été convié.

Qu'ils *exsudaient* l'arrogance.

Voilà ce qu'il se passait : ils ne pouvaient tout simplement pas imaginer que quelqu'un de moins favorisé qu'eux – socialement, financièrement, ou au niveau des opportunités – puisse les devancer d'une quelconque façon. Ils ne pouvaient pas le concevoir. C'était un concept auquel ils étaient totalement imperméables.

Antonio savait cela, et pourtant, même à douze ans, il était ravi.

Roberta avait mis pile le doigt dessus. « Tu sais ce qui définit notre époque ? » lui avait-elle demandé un jour, durant l'une de leurs premières balades à pied à travers la ville. « La suffisance.

– L'insuffisance ?

– Tu m'as très bien comprise. » Elle avait souri. « La suffisance *et* l'insuffisance *à la fois*, peut-être. »

Il s'était esclaffé. « Oh, joli.

– Je ne plaisante pas. Toutes ces foutaises de réseaux sociaux, tout ce consumérisme rampant, chacun vit de son côté dans sa petite tête, de nos jours. Personne n'a rien à foutre des autres, *sabe ?* »

Il avait souri. « Vraiment ?

« *Porra, tou falando sério !* »

Antonio savait qu'elle parlait sérieusement.

Roberta avait poursuivi. « Tout le monde reste tête basse, refoule la moindre sensation qui n'est pas ce avec quoi on les gave, ce qu'on leur enfonce dans le crâne par l'entremise de leur téléphone, *entendeu ?*

– Han-han.

– Et c'est un phénomène qui dépasse les classes sociales, tu sais. Regarde les queues aux comptoirs à café des arrêts de bus, *certo ?* C'est exactement la même chose que dans un putain de Starbucks. Les têtes baissées sur les téléphones, le pouce qui papillonne, l'autre main qui enfourne le café et le *pão de queijo*.

– C'est ce qui distingue les classes pour toi, *querida ?* Le Starbucks ? »

Roberta grimaça. « Mon vieux, tu sais bien qu'il s'agit du prix, pas de la qualité.

– La grande sociologue a parlé.

– Non, mais réfléchis-y tout de même : l'objectif de base de la globalisation, c'est que tout soit identique partout. Et, à partir de là, que chacun le soit aussi, *sabe ?*

– Et donc, les mobiles et le café à portée de toutes les bourses, c'est ce qui dissout les frontières de classes, c'est ça ? » Il s'était esclaffé. « N'oublie pas de prévenir tes amis, dimanche, pendant la manif. »

Roberta avait souri. Elle l'avait pris par le bras. « Je crois que je veux juste dire que faire quelque chose de ce genre – tu sais, *manifester* – est vraiment important pour moi. » Elle l'avait embrassé. « Ça veut dire beaucoup. Tout le monde ne le comprend pas forcément. Tu sais ? »

Il le savait.

Il décida de prendre la direction de l'école, d'aller y jeter un petit coup d'œil, au moins de loin.

Il s'arrêta juste après le supermarché Pão de Açucar, là où la route coupait Gabriel en deux. L'école était de l'autre côté de la route ; il pouvait voir le grand portail vert, les mesures de sécurité atténuées par cette couleur neutre. Là où il était, se trouvait une petite *padaria* traditionnelle. Ils y avaient déjeuné de temps en temps, à l'époque de sa terminale. Des burgers bon marché. Des *mixto quente*. Des bières en bouteille. Des travailleurs manuels, des cantonniers et des balayeurs étaient assis au comptoir. Sales et en sueur, le visage ridé, ils buvaient des shots. Antonio n'avait jamais compris pourquoi personne ne s'était jamais plaint de leur présence, à lui et ses potes. Les travailleurs manuels, cantonniers et balayeurs avaient paru indifférents aux jeunes nantis présomptueux et tape-à-l'œil, qui portaient des mocassins sans chaussettes. Cela l'avait toujours surpris : il présupposait un antagonisme réflexe. Ses potes n'étaient pas gênés non plus. Il devait y avoir un fond de vérité, pensait-il maintenant, dans l'idée que les riches et les pauvres cohabitaient sans problème, et que c'étaient les classes moyennes qui monopolisaient les a priori.

Il entra.

Il commanda une bière Serramalte – un indice révélateur des classes moyennes, avait plaisanté Roberta lors de leur deuxième rendez-vous – et s'assit dehors à une table depuis laquelle on pouvait voir l'école. Il était cinq heures passées, alors il n'y avait pas beaucoup d'enfants ou de parents alentour. Il pouvait entendre des acclamations, des chants de soutien ; le gymnase était presque au bord de la rue. Du basket. Ou du volley. Il ne s'intéressait ni à l'un, ni à l'autre : il avait abandonné le sport dès qu'il avait pu. Le sport scolaire. Il jouait encore un peu au tennis au Clube Harmonia, le plus exclusif et le plus agréable des établissements sportifs les plus extrêmement coûteux de São Paulo. Ses parents n'auraient jamais pu se le permettre, mais le numéro de carte de membre du grand-père de l'un de ses amis d'école les plus proches était le 002, et cela lui octroyait de très sérieux privilèges. Ils l'avaient fait entrer, aux frais du club.

Merci.

Sa bière arriva, et il en versa une rasade dans le petit verre, s'assura que la bouteille était bien enfoncée dans son – merde, c'est quoi, le mot ? Il gloussa. Roberta appelait ça une *camisinha*, une capote. Eh bien, c'était une sorte de protection, pour la garder au frais.

La bière était froide et rafraîchissante.

La Serramalte était sans le moindre doute une bière de qualité. La bière du connaisseur. Un cran au-dessus de l'Original, qui était la bière par défaut du connaisseur *paulistano*, mais la Serramalte avait un avantage : elle était plus difficile à trouver, elle était plus *rare*.

Il sourit intérieurement en entamant cette petite routine. Voilà ce que lui et ses amis faisaient : ils se livraient à des routines. Il sourit en pensant à eux, aux soirées et aux déjeuners passés ainsi, à improviser.

Ils étaient amusants, ses amis.

Les amis. On est coincé, avec eux – vraiment. Ce bon vieux

haussement d'épaules *paulistano*, ce froncement de sourcils contrit et ce simple aveu :

Qu'est-ce que je peux y faire ? C'est mon pote.

Prenez Rafael. Eux, ça remontait à tellement loin ! Rafael avait quelques années de plus et quelques classes d'avance sur lui, mais son cousin était un ami d'Antonio, et lorsqu'ils avaient commencé à sortir, à boire, ils s'étaient tous retrouvés et les années n'avaient plus importé. Et ils étaient devenus amis, et cela signifiait que l'on prenait les intérêts de ses amis à cœur : on protégeait leurs arrières. C'était peut-être puéril, mais c'était vrai. Son père lui avait dit, quand il avait peut-être dix-sept ans, que les femmes ne pouvaient jamais réellement être amies, qu'il y avait toujours un obstacle, quelque chose. Et par cela, supposait Antonio, il voulait dire les hommes, la compétition pour les hommes, qu'il y avait toujours ce danger, que votre amie pouvait vous piquer votre mec, que donc les femmes ne pouvaient pas être amies – cela impliquant, évidemment, que des potes ne se feraient jamais une telle chose l'un à l'autre.

« *Que isso ?* » avait répliqué Roberta lorsqu'il le lui avait dit. « C'est une vision du monde absolument répugnante !

– Je sais, c'est pour ça que je te l'ai dit.

– Je veux dire, *que porra é essa ?* » *Qu'est-ce que c'est que ces conneries* ?

« Je viens de te dire que je comprenais que c'était débile, qu'il me paraissait même curieux qu'il ait pu le croire. C'est même pour ça que je te l'ai dit.

– Cet homme est un monstre.

– Écoute…

– Je veux dire… Ce n'est pas… Je ne peux… Je… *entendeu ?* » Il comprenait.

Il savait également que c'était du grand n'importe quoi. Il se versa un peu de bière. Bon sang, ce n'était pas la moitié d'une merveille, cette bière du connaisseur.

La circulation sur Gabriel s'épaissit. La chaleur formait comme un ballon au-dessus de la rue. Les nuages s'amassaient. Des nuages qui donnaient au ciel un air furieux. Les voitures commencèrent à s'énerver. À bondir et piler. Il y avait de l'impatience dans l'air. Personne n'avait envie de se retrouver bloqué sur le Marginal pendant un orage. Et ces voitures avaient l'air de se diriger vers le Marginal. Leur humeur était désastreuse. Leur langage corporel était totalement antipathique.

Antonio savait qu'il n'avait plus beaucoup de temps avant l'orage. C'était cette période de l'année. Recta. Il pourrait s'abriter à l'intérieur du bar la vingtaine de minutes que cela durerait, puis marcher jusque chez Roberta dans l'air frais, dans l'air renouvelé, dans le bonheur d'un air purifié.

Il avait encore un peu de temps. Il finit son verre et commanda une autre bouteille de bière. Il savait qu'il serait un peu gris après une seconde bière, mais il était détendu et cela faisait partie d'une griserie plus générale : l'excitation, l'anticipation de la soirée avec Roberta.

Elle réagissait bizarrement à ses amis. Elle les aimait bien, estimait-il – du moins certains –, mais elle les trouvait plutôt triviaux. Elle avait tendance à valoriser ceux qui créaient, qui apportaient quelque chose à la société, qui faisaient quelque chose qui en valait la peine. Évidemment, cela reposait sur la définition qu'elle pouvait en avoir. Antonio et ses amis d'école avaient, quasiment jusqu'au dernier, poursuivi leurs études dans une institution académique prohibitive, privée, et de renommée assez peu brillante, la TAAP. Cette institution était, selon les termes de Roberta, une sorte de pensionnat pour gosses de riches destinés à travailler dans l'entreprise familiale ou la finance, ou pas du tout.

« Je veux dire, avait-elle grondé plus d'une fois, qu'est-ce que ces gens ont dans la tête ? Ils vivent dans une bulle, dans une putain de caisse de résonance, *entendeu ?* » Antonio haussait les épaules. Il répondait qu'il n'y avait rien de mal à vivre dans un certain cadre, selon certaines limites. « Cela n'a l'air étriqué que si l'on ne prend pas en compte leur famille, leur désir d'appartenir à une communauté très spécifique et très unie. »

Il avait été tout à fait conscient de la gravité inaccoutumée de cette affirmation. Et il l'avait fait délibérément. Mais cela n'avait pas marché.

« Ah, *vai, meu*, avait-elle répondu. Tu te sers de la famille pour justifier les week-ends passés à boire de la bière au club, *sabe ?* Le fait que leurs parents et oncles et neveux y sont tous inscrits ne confère aucune noblesse à l'exercice, *entendeu ?* »

En un sens, c'était une position difficile à défendre. À défendre face à elle, en tout cas. Il n'y avait aucune chance qu'elle atténue jamais sa position. C'était frustrant. Antonio n'avait pas l'impression qu'elle comprendrait jamais vraiment à quel point ses amis étaient importants pour lui. Il était boursier ; il était à la fois à l'intérieur et à l'extérieur du cercle.

Lorsque son père et sa mère l'avaient laissé tomber, de son point de vue, c'étaient ses amis qui avaient été là : c'étaient eux qui lui avaient assuré une vie et les moyens de la vivre. Pour lui, il n'avait jamais fait le moindre doute qu'il allait les suivre dans la même université et le même genre de boulot. L'argent, ne serait-ce que cela, et le fait d'en disposer enfin d'au moins un peu, était déjà le bienvenu. Il avait toujours dépendu de la générosité des parents de ses amis pour les invitations dans des restaurants, des clubs privés, pour des vacances – il s'était habitué à un style de vie, et travailler pour un fonds spéculatif était une décision délibérée dans le but de lui permettre de le maintenir.

Sa seconde bière était, lui parut-il, encore plus froide, encore plus rafraîchissante. Il se renfonça dans la chaise en plastique et observa le portail de l'école, même si personne n'entrait ni ne sortait. Un temps, les nuages s'entrouvrirent, et le soleil se déversa. Le soleil palpita, le soleil cogna. Cela ne dura pas. Les nuages baissèrent le rideau. Les nuages noircirent.

Antonio se versa un autre verre et se prépara à trouver une table à l'intérieur.

La bière, le temps d'une seconde, parut se cabrer en lui, assembler un monceau de ressentiment…

Elle avait besoin de se montrer un peu plus ouverte, un peu plus compréhensive, *tá ligado ?* Je veux dire, indépendamment de tout le reste, l'hypocrisie éhontée qu'il y avait à critiquer leur richesse, se dit-il : typique de la gauche caviar, typique bobo.

C'était bien gentil, d'étudier à l'USP pour obtenir un doctorat coté, d'être stagiaire dans une ONG, et de vivre seule dans une petite piaule douillette en ville, *né ?* Très… *activiste*, tu vois ce que je veux dire ? Foutrement du genre Robin des Bois.

Il rit intérieurement. Le coup de Robin des Bois lui avait plu.

La bière, la bière froide et rafraîchissante des classes moyennes qu'il buvait l'apaisa de nouveau, et il se dirigea vers l'intérieur dès les premières gouttes. Sur Gabriel, les voitures soupirèrent. Les voitures se posèrent. Elles ne bougeraient plus lorsque l'orage battrait son plein. Derrière le coin de l'école, les crues soudaines pouvaient soulever des voitures. Après un orage de ce genre, son ami Fabio et lui étaient repartis vers la voiture de Fabio. Elle n'était plus là où il l'avait laissée. Ils l'avaient retrouvée, quelques minutes plus tard, de l'autre côté de la place, parfaitement insérée dans une place de stationnement.

Le fait était, se dit-il, qu'il n'y avait aucune contradiction, aucun problème à faire un boulot comme le sien et à partager les mêmes préoccupations que Roberta *en dehors* du boulot.

Et il se dit que, *nas fim das contas, au bout du compte*, elle pensait bien la même chose que lui.

Il y avait, disait-elle, deux manières de considérer leurs origines…

À sa façon à elle, à sa façon à lui.

C'était exactement ce qu'ils faisaient ; ce qu'ils faisaient fonctionnait à merveille.

Il se trouva une table dans un coin. Il considéra le bar. Il avait très peu changé : les mêmes murs jaunissants, les mêmes tables de plastique rouge, les mêmes distributeurs de serviettes en papier sur ces tables, la même petite télé dans le coin, le même propriétaire grognon derrière le comptoir, cerné par les vitrines des présentoirs à cigarettes. La clientèle était en gros la même. Les mêmes hommes las mais de bonne composition qui s'employaient à boire leur verre, qui s'employaient à manger une assiette de viande bon marché et de fromage bon marché, qui s'employaient à picorer des bols d'olives molles et amères. Il y avait, réalisa Antonio, trois professeurs de l'école qui buvaient des bières et mangeaient des sandwichs et parlaient fort, en anglais, du temps qu'il faisait. Il se détourna quelque peu d'eux. Il s'esclaffa. Aujourd'hui, spécifiquement, avait-il songé, il était parfaitement raisonnable pour un Anglais de parler du temps qu'il faisait.

La pluie martelait la rue, dehors, lui infligeait une véritable punition. Cela tombait comme des missiles. La rue était battue et châtiée par cette pluie, cette pluie *paulistana*. La rue, sous les yeux d'Antonio, commença à accepter son sort. Le niveau d'eau, en seulement cinq minutes, était monté au-dessus du trottoir. Les ordures s'amassaient par blocs, comme des branches piégées par les courants et les rapides d'un torrent. Bientôt, la terre et la boue, les canettes écrasées, les paquets de chips vides, les ordures, dévaleraient la rue. Ici, cela ne posait pas de problème : c'était rapidement évacué. Ce n'était pas le cas partout. Dans d'autres endroits, il y aurait des coulées de boue et des voitures perdues ; dans les cas extrêmes, les voitures pouvaient même flotter en travers du Marginal et finir dans la rivière...

« *Oi, cara, oi, playboy...* »

Un petit merdeux miteux se tenait face à la table d'Antonio, la main tendue...

« *Posso falar alguma coisa ? Pode ?* »

Je peux dire quelque chose ? demandait-il. *Est-ce que je peux parler ?*

Antonio agita négativement la tête. Antonio leva une main, paume ouverte. « *Não tem cara, desculpe, viu ?* »

Antonio agita l'index. *Je n'ai rien sur moi, désolé*, disait-il en agitant la tête et l'index, en grimaçant comme s'il aurait bien voulu aider, mais que *non, vieux, je n'ai rien sur moi...*

Le gars n'en fut néanmoins absolument pas perturbé. Il était efflanqué, roué, avec les cheveux en désordre et peu de dents. Ses vêtements brillaient. Il luisait. Sa tête trempée gouttait.

« Non, vous ne comprenez pas, disait-il maintenant. *Rafael, né ? No, Rafael ?*

– Est-ce que je connais Rafael ? » Confusion et contrariété ridèrent le visage d'Antonio. « *Que isso, cara ?* » *De quoi tu me parles ?*

Les autres clients commencèrent à s'apercevoir de quelque chose. Le patron commença à s'apercevoir de quelque chose. Il y eut deux-trois cris du genre V*ai embora, seu caralho, dégage, espèce de petit connard* ; va faire ton petit business de giton ailleurs, *bicho* ; ce type est trop beau pour toi, mon gars ; tu ressembles à un démon suçant une mangue, ma salope ; puis des rires...

Le type paniquait, maintenant. « Rafael, *né ?* Tenez, prenez ça. » Antonio haussa les épaules. « *Meu, me deixe em paz, eh, cara ?* » *Allez, mec. Laisse tomber.*

« Tenez. » Le type posa un bout de papier sur la table. « Rafael, répéta-t-il. Pour vous. Prenez-le.

– *Que isso ? Você tá viajando, cara.* » *Tu te fous de moi, mec.* « *Pra você* », dit-il. *C'est pour vous.* Il grimaça.

Qu'est-ce que c'est que cette connerie, pensa Antonio. « *Que porra é essa ?* » demanda-t-il.

Le type hocha la tête. Il baissa les yeux vers le bout de papier. Hocha de nouveau la tête. Puis il s'enfuit vers la pluie, sous les sifflets et les acclamations de tout le bar, et quelques applaudissements.

Antonio fronça les sourcils, secoua la tête : qu'est-ce que ces conneries pouvaient bien vouloir dire ?

Il sourit en direction du bar. Il se pâma. Il le prit à la rigolade. Il mima un salut moqueur. Son public s'esclaffa, siffla. Il feignit un ravissement efféminé. *Qui ça, moi ? Eh bien, merci !* Il papillonna des paupières. Le bar rugit de rire. Les Anglais firent semblant de s'intéresser.

Quelques instants plus tard, tout le monde était revenu à son verre.

Antonio regarda le bout de papier, plié, avec Rafael inscrit en travers.

Il le déplia. Il y avait une heure : 16 h.

Il y avait un lieu : Flanc sud du parc, Praça Alexandre de Gusmão.

Il y avait une date : 20 mars.

Foutredieu, qu'est-ce que c'était encore que ça ? Antonio médita. Les gars du bar plaisantaient, non, quand ils avaient parlé d'un giton ? Si ce rat en était, que Dieu nous vienne en aide ! se dit Antonio. Mais le parc de la Praça Alexandre de Gusmão était un haut lieu des rencontres homos et des coups de bite discrets : l'endroit grouillait de mineurs offrant les services les plus bizarres à l'abri de la végétation, une fois la nuit tombée. Du moins, c'est ce qu'on lui avait dit.

Mais, Rafael ? Ce devait être autre chose. Ce type était aussi hétéro qu'un taureau. Encore que, vous savez, ce pourrait être de la poudre aux yeux, de la surcompensation. Nan… impossible. Je veux dire, je suis plutôt du genre Tant-que-ça-vous-fait-plaisir, mais là, je serais vraiment surpris.

Ce devait être autre chose. *Muito* curieux, tout ça, se dit-il.

Il finit sa bière. Il sortit son téléphone pour regarder l'heure. Il était en mode silencieux. Il avait deux appels manqués : Rafael. Et deux textos : Rafael.

Muito curieux.

Les textos :

Putain, t'étais passé où ? J'ai parlé à Matheus, je nous ai arrangé le coup pour qu'on puisse prendre tous les deux quelques jours la semaine prochaine. Des vacances, *certo ?* Tu vois ce que je veux dire. Motus et bouche cousue – *sério. Abraço*

Muito curieux, tout ça. Une coïncidence ? Évidemment, mais tout de même…

Il avait besoin d'un conciliabule avec ce bon vieux Rafael. Il irait au boulot en avance, demain matin, pour s'organiser ça. Et pour livrer la lettre d'amour en mains propres, peut-être. Il sourit. On verra bien. Il était temps d'y aller.

La pluie s'était calmée. La rue brillait. La rue scintillait. L'odeur flottait…

Du pétrichor. C'était Roberta qui lui avait enseigné ce mot. Évidemment.

Roberta.

Il *sourit.*

*

Le trajet de Londres-Waterloo à Bournemouth n'avait pas changé. Ni le fait qu'Ellie montait généralement dans ce train avec la gueule de bois.

Elle vrombissait. Vraiment, elle *tintinnabulait*, pour de bon. Elle engloutissait de l'eau et sirotait du café et mâchouillait une brioche œuf-jambon trempée dans une sorte de sauce hollandaise particulièrement déplaisante qui était exactement à la mauvaise température et se figeait, mais l'œuf se tenait comme il faut, au moins, se dit-elle.

Elle était assise en première classe. Comme une reine.

Elle était déçue, par contre, par le fait que South West

Trains n'offrait plus gracieusement boissons et repas. Le temps d'atteindre Southampton Parkway, et elle aurait bien pris un gin tonic. On était bien loin du chariot des snacks British Airways. Elle dut se contenter de la griserie du café lyophilisé. Cela lui rappela ses expériences adolescentes avec des sacs de speed douteux, quand il fallait vraiment y mettre du sien pour faire monter la pression. Là, c'était mieux, mais, vu la tarification obscène du café de marque ces temps-ci, pas beaucoup moins cher.

Southampton Water causait toujours un choc. Le train louvoyait à travers la frange industrielle de la ville avant d'aller soudain traverser une bonne largeur d'estuaire, comme par accident. Si l'on s'enfonçait suffisamment bas dans son siège, on ne voyait plus que de l'eau, et cela produisait l'étrange sensation, lorsque le train ralentissait, que les rails avaient tout simplement disparu, que le train s'était engagé dans l'eau par la force de son élan, et que son naufrage était imminent.

Le téléphone d'Ellie sonna.

« 'jour, m'man.

– Où es-tu, chérie ?

– J'allais juste entrer dans la New Forest.

– D'accord, excellent. Je viendrai te chercher comme prévu, d'accord ? »

Ellie secoua la tête, sourit tristement. « C'est ce qui est prévu.

– Merci, chérie, répondit sa mère, aigrement, mais non sans humour.

– C'est moi qui te remercie, m'man. »

Ellie raccrocha. Elle regarda la New Forest. Elle se détendit, comme chaque fois. C'était une expérience apaisante. Il y avait une forme de sauvagerie dans l'état naturel de ce parc national, mais aussi une sorte de calme, un ordonnancement. Les bruyères, les fougères, toutes les teintes jaune-vert se déployaient pour devenir, en partie, un terrain de jeu bourbeux et marécageux pour les poneys qui y vivaient en liberté. Elle n'en avait jamais vu un galoper, songea-t-elle. La façon qu'ils avaient de se rassembler, de se déplacer en groupes de quatre ou cinq, de choisir une voie à travers des bouquets d'arbres, de se nourrir sur des parcelles herbeuses… Tout cela avait quelque chose de rassurant. Elle eut l'impression, comme c'était souvent le cas lorsqu'elle arrivait à cette partie du trajet et qu'elle les regardait interagir, d'assurer la narration d'un dessin animé pour enfants avec des poneys parlants. Ce qui était une bonne idée.

L'excitation du café retomba ; le doux ronron de la climatisation du train s'atténua, en concordance avec l'environnement. Elle repéra deux groupes de randonneurs, vêtements imperméables jaune et rouge tape-à-l'œil et chaussures de rando North Face hors de prix ; jambes nues et sacs à dos, cartes et bâtons de marche en alu : ce pourrait être sa mère.

C'était bon de rentrer à la maison. Cela faisait quatre ans, quasiment. Elle n'avait pas vu sa mère depuis quatre ans. Ce n'était pas aussi édifiant que cela l'aurait peut-être dû. Le temps passait. Et même s'il passait comme il l'avait toujours fait, vivre à l'étranger le faussait tout de même de quelque façon : on apprenait, on mûrissait d'une façon différente lorsque l'on vivait à l'étranger. La plus simple des démarches administratives requérait des capacités et des connaissances que l'on ne soupçonnait pas de posséder jusqu'au moment où l'on s'y attelait. Le temps s'accélérait : on avait l'impression de vieillir plus vite.

Et, évidemment, avec toute la technologie et bla-bla-bla, on n'avait plus l'impression d'être isolé ; sa relation avec sa mère avait rarement été meilleure que ces dernières années, pensait-elle maintenant, tout sourire.

Alors que le train approchait Bournemouth, elle se remémora la dernière fois qu'elle avait vu sa mère, assise sur les rochers du port de Poole, là où se trouvait autrefois la jetée de bois, et qui regardait deux bambins roses et nus qui s'éclaboussaient en contrebas, leur mère lisant avidement, les enfants riant et piaillant. Elles, mère et fille, le même devoir d'attention, de passion, d'amour…

« Tu peux revenir quand tu veux. Je serai toujours…

– M'man, s'il te plaît… »

Ellie se remémora sa mère se tournant vers elle et lui prenant la tête dans ses mains. « Tu vas me manquer, c'est tout.

– Tu n'as pas besoin de faire ça, m'man.

– Je ne cesserai jamais d'être ta maman, Ellie. »

Ellie se remémora sa détermination, son besoin d'indépendance.

« C'est une chose que je dois faire toute seule, m'man. »

Elle se remémora comment sa mère avait souri et avait enroulé ses bras autour d'elle. Elle se remémora la façon dont elle s'était un peu dérobée, puis l'avait laissée faire. Elle se remémora les enfants mangeant des glaces sur le sable, s'en badigeonnant le visage et le corps. Elle se remémora leur mère sautant de l'un à l'autre avec un mouchoir en papier qui se désintégrait rapidement, son livre de poche abandonné.

Et maintenant, alors qu'elle descendait du train, elle se remémora la puissance irrépressible du sentiment d'avoir une famille, d'avoir une mère, d'être aimée et soutenue par *sa* mère, de savoir que, quelles que soient les horreurs que vous ferez, elle vous aimera toujours, que quelque irritante qu'elle pût être, vous saurez pourquoi, la sécurité, le confort, cette sensation d'être chez soi…

Et, au bout du quai, elle attendait Ellie, sa pochette serrée contre sa poitrine, ses cheveux coupés de frais, son maquillage impeccable et discret, le corps tendu par l'anticipation, et cherchant néanmoins une forme de nonchalance, une sorte de distance, et Ellie tout autant, mais cela se résorba immédiatement, fondit, s'évacua, et elles s'enlacèrent et sanglotèrent.

Et c'est alors qu'Ellie réalisa…

Elle allait repartir à São Paulo comme prévu, elle allait finir cet article sur le *Lava Jato*, elle allait participer à la manifestation de dimanche, elle allait mettre toutes ses affaires en ordre, elle allait achever tout ce pour quoi elle avait tant travaillé, tant risqué…

Puis elle allait rentrer chez elle.

Chez elle, là où était sa place.

Elle allait rentrer chez elle…

Dans quelques jours, elle aurait achevé tout ce qu'elle s'était donné pour objectif de faire. *Elle allait rentrer chez elle.*

*

Le soir précédant son vol retour, Ellie avait revu les notes qu'elle avait prises, les transcriptions des interviews qu'elle avait menées – tant à São Paulo que, ces deux derniers jours, avec des

Paulistanos vivant à Londres –, et les citations sur la cité qu'elle avait rassemblées. Elle préparait un article plus long, plus ambitieux, basé sur de vraies gens, de vrais *Paulistanos,* et elle s'était dit que son voyage en Angleterre lui procurerait la distance dont elle avait besoin pour réellement écrire sur la cité. *Paulistano.* Un titre bien *punchy.*

Ellie commençait à percevoir la meilleure façon de comprendre la cité. Une question de voix et de mots, de capacité à concevoir la vie comme un Brésilien, d'éprouver *saudades, alegria, jeitinho.*

Une chose l'avait frappée au sujet de ces interviews : les préoccupations changeaient, mais malgré les années qui pouvaient les séparer, elles faisaient toutes référence aux mêmes problèmes exactement que ceux auxquels le Brésil était confronté aujourd'hui, en 2016 – des problèmes de division, des problèmes que nombre de ses amis considéraient comme ne pouvant que s'aggraver à mesure que le *Lava Jato* allait empirer : beaucoup de gens étaient convaincus que cette enquête, ce *Lava Jato,* allait mettre à bas les principaux partis, structures et représentants démocrates…

Et l'étape suivante était logiquement une néo-dictature populiste.

Était-ce possible ? Ellie n'en savait rien, mais nombre de ces citations parlaient par elles-mêmes.

Je suis attachée à l'USP depuis de nombreuses années, depuis mes études en droit dans les années quatre-vingt-dix jusqu'à des recherches à un niveau post-doctorat et aux cours d'études cinématographiques que je donne depuis 2008 dans le cadre du département « Film, radio et cinéma ». Tant la ville de São Paulo que l'USP ont progressivement évolué ces deux dernières décennies, et il faut reconnaître que la ville traite maintenant beaucoup mieux ses étudiants et ses diplômés récents qu'il y a vingt ans. Je sens dans la nouvelle génération un enthousiasme tangible et toujours croissant pour tout ce qui est brésilien, depuis la politique jusqu'aux arts et à la culture. L'USP a contribué au renouveau de cet enthousiasme en n'ayant de cesse de développer la recherche et l'étude autochtone. Nous sommes une institution internationale, et attirons chaque année un nombre croissant d'étudiants et de chercheurs venant de l'étranger à titre provisoire, et nous concluons des accords de coopération internationale avec le monde entier. À l'instar des autres universités publiques du Brésil, nous ne percevons pas de frais de scolarité, demeurant en cela, au moins dans le principe, fidèles à nos origines démocratiques modernes des années trente, quand cela avait joué un rôle significatif dans le mouvement qui a fait de São Paulo la ville la plus importante du Brésil.

Là, c'était Ciça, une professeure d'université de près de quarante ans. Elles s'étaient parlé quatre ans plus tôt. Quatre ans ! Voyez son optimisme ! Il faudrait que je la recontacte, se dit Ellie.

La finance n'était évidemment jamais loin, dans les préoccupations des gens.

Ce putain de système de cartes de crédit ! Sans charre, c'est la pire chose qui existe au Brésil, et à São Paulo, c'est pire que partout ailleurs à cause de cette culture matérialiste. C'est une façon de dévaloriser l'argent. Personne ne connaît plus sa vraie valeur, ce qu'ils devraient obtenir dans leur vie pour ce qu'ils donnent. On vous dit que vous pouvez étaler les paiements sur douze mois sans payer d'intérêts, mais évidemment, les intérêts sont déjà inclus. Évidemment qu'ils sont foutrement déjà inclus ! Regardez la remise qu'on vous fait si vous payez comptant ! Réfléchissez : vous achetez une paire de chaussures et vous étalez le paiement sur un an, mais le temps que les chaussures soient à vous, vous avez besoin d'une autre paire ! Puis vous refaites la même chose. Dans un pays où une telle partie de la population n'a pas d'instruction, ce système financier n'est pas une opportunité. C'est une irresponsabilité. Ils nous mentent.

Elle relut ses propres notes, datées de 2013 :

De nos jours, São Paulo est l'une des villes les plus chères du monde. En 2025, ce sera la sixième ville la plus riche de la planète. Elle héberge actuellement vingt et un milliardaires en dollars

US, ce qui la place au sixième rang derrière Moscou, New York, Londres, Hong Kong et Istanbul. Sept de ces milliardaires ne le sont que depuis 2011. Le Big Mac à São Paulo est le quatrième plus cher du monde. Le magasin Vuitton le plus rentable du monde se trouve à São Paulo. Le PIB de São Paulo en 2011 était plus grand que le PIB combiné de l'Argentine, du Chili, de l'Uruguay, de la Bolivie et du Paraguay. São Paulo est la ville où il se vend le plus de Ferrari au monde. Il n'y a rien d'étonnant à ce que les Paulistanos soient obsédés par le statut social et la richesse. Comment cela est-ce arrivé, et pourquoi ?

Deux collègues, Marcos et Tulio, associés dans un restaurant brésilien de Hackney – un borough du Londres central –, qu'elle n'avait rencontrés que la veille au soir. Ils avaient parlé de football, évidemment. À noter, la contradiction : union et désunion. À noter, l'analogie : tragédie, famille, philosophie.

En 1994, j'ai vécu l'un des grands moments de ma vie, lorsque j'ai regardé Palmeiras contre São Paulo, dans la demi-finale du Championnat de São Paulo. C'était le jour des funérailles de Senna. Qui était un fan des Corinthians – mais, durant les instants qui ont immédiatement précédé ce match capital, les deux groupes de supporters des plus féroces rivaux des Corinthians se sont mis à scander son nom. « Senna, Senna, Senna ! » Cela m'a montré que nous pouvions être réunis. C'était une tragédie, mais cela avait aussi permis de dire à la ville notre unité, notre amour. Ça, c'est São Paulo.
Être un supporter de Palmeiras est un style de vie. Nous sommes passionnés, éduqués, et il y a aussi un noyau de fans italiens, alors cela rapproche un peu du pays. Surtout, nous avons une philosophie bien différente des fans des Corinthians et du São Paulo. Eux sont plus intéressés par le conflit. Nous soutenons plutôt l'union, la bienséance, la famille, les amis. C'est une chose que l'on ne voit pas à Londres. Pas beaucoup, en tout cas.

Elle avait parlé à Ruth, une autre restauratrice, maintenant installée à Londres, mais qui avait travaillé pour des compagnies aériennes.

En tant qu'hôtesse de l'air, on voit bien la différence entre les Paulistanos et les autres Brésiliens. Quitter São Paulo pour se rendre dans un autre État est comme partir à l'étranger – il y a moins de liberté, moins de tolérance, moins de possibilités pour une femme d'être indépendante et de mener une vie qui n'est pas se marier et avoir des enfants. Dans certains endroits, les femmes montent en avion comme si elles sortaient d'un salon de beauté ! Cheveux défrisés, ongles longs et vernis, talons hauts ; pour elles, voyager est un événement. Les Paulistanos sont plus sophistiqués. Ils savent ce qu'ils font. Vous les regardez et vous ne pouvez pas savoir si ce sont des patrons de haut vol ou des employés de base. L'un comme l'autre se sentent chez eux. J'ai longtemps fait le vol São Paulo-Rio, trente-huit minutes, et les péquenots des petits États commandaient tout ce qu'ils pouvaient pour rentabiliser leur billet. Bière, Campari, café, vodka, vin ! Les Paulistanos ne font pas ça. Je préfère les Brésiliens à São Paulo. Je rentre à la maison avec des Converse aux pieds et ma mère est, genre : « Han-han ? », à faire la moue et froncer les sourcils. Une femme de trente-deux ans n'est pas censée porter des baskets. Je suis censée porter des perles et de sages jupes crayon.

Ellie avait été fascinée par ce que lui avaient raconté ces *Paulistanos* qui avaient émigré. Il y avait quelque chose dans leur fierté pour leur ville qui s'était étiolé, mais le fond demeurait. Ils critiquaient facilement et prenaient vite la mouche, montaient facilement sur leurs grands chevaux si quelqu'un osait réagir, se montraient vite *frescura*, voire inutilement impolis, et même snobs – ils se montraient *frescura*, ou *fresca* ou *frescinha*. Comme pour tout à São Paulo, s'y mêlait une notion de classe, l'idée étant que ceux qui se montraient *fresca* se croyaient supérieurs à vous.

Et s'y mêlait aussi de l'amertume. Adriana, une administratrice pédagogique qui vit maintenant à Londres, avait travaillé dans l'une de ces écoles internationales chics et prohibitives qui pondaient nos *playboys* et *patrocínias*. Ellie en avait rencontré un bon nombre, était sortie avec un ou deux d'entre eux.

Travailler dans une école internationale était rude. L'école était pleine de gosses riches, et même s'ils étaient charmants, ils représentaient les préjugés de la ville. Ils vivaient dans une bulle. Il y avait une hiérarchie à l'école, et le personnel administratif brésilien était tout en bas de l'échelle. Ce qui m'énervait, c'était d'être traitée comme un être inférieur dans mon propre pays. Dans ma propre ville. Ça avait été un choc, vous voyez ? Je m'étais sentie plus étrangère que jamais auparavant. Et les professeurs qui venaient de l'étranger n'auraient jamais pu avoir chez eux la qualité de vie qui leur était offerte à São Paulo ! Le loyer offert, des salaires élevés, et toute l'aide administrative dont ils pouvaient avoir besoin. Je les regardais et je me disais : « Je sais d'où vous venez et je sais où vous allez. Vous êtes comme moi. »

C'était un point de départ, peut-être, que ces interviews, ces sentiments, ces concepts.

Cela parlait des discours du pouvoir, des structures du pouvoir, et c'était ce qu'Ellie voulait ausculter.

Une fois de retour à São Paulo, elle allait le voir dans toute sa gloire hideuse – le pouvoir. Qui le détenait, qui le méritait, où il allait lorsqu'il disparaissait.

Elle ouvrit un nouveau document, inscrivit PAULISTANO tout en haut, et commença à écrire :

Ordre et progrès, affirme le drapeau brésilien.

« L'amour pour principe, l'ordre pour base, et le progrès pour but. »

On peut néanmoins considérer que, pour autant que le São Paulo d'aujourd'hui soit concerné, les disciples de Comte qui ont renversé la monarchie et assuré l'indépendance du Brésil au XIX*e siècle ne se sont pas concentrés sur les mots qu'il fallait. Il ne fait aucun doute qu'il existe bien un principe d'amour au Brésil ; et São Paulo ne représente rien de plus que le progrès en tant que but ultime ; mais l'ordre ?*

« Je ne suis pas mené, je mène. » Économiquement, la ville est le cœur du Brésil. S'il cesse de battre, le pays meurt. C'est de plus en plus vrai dans tous les autres aspects de la société, et ce cri de ralliement est profondément brésilien dans sa double conscience, son affection et sa passion, dans son sens de l'aspiration, de la nostalgie, de la saudade – et dans la façon dont il est exprimé

par une banderole que j'ai souvent vue durant les manifestations politiques, ces derniers temps :
« São Paulo, je ne suis pas fier de toi, mais je t'aime. »

Lorsque tout cela sera terminé, lorsqu'elle aura achevé l'article qu'elle souhaite, il sera temps de rentrer à la maison.

Dimanche 20 mars. Prends garde aux manifs de mars…

Ce week-end, on choisissait son camp. Manifester signifiait hisser son pavillon. Aujourd'hui, on était résolument à gauche, avec Dilma, et l'on signifiait à l'élite conservatrice que le Parti des travailleurs n'était pas mort.

Des pensées heureuses et paisibles.

Antonio était pleinement réveillé. Il était six heures du matin, et il était réveillé, après un sommeil au mieux fragmentaire, depuis au moins quatre heures trente. On pouvait sans crainte affirmer qu'il était tendu.

Roberta dormait à côté de lui à poings fermés, sans avoir conscience de rien. Elle gargouillait de temps en temps, laissait parfois échapper un renâclement étonnamment bruyant, ou un grognement, qui n'était jamais, jamais un vrai ronflement qui aurait pu le pousser à lui donner un coup de coude ou à modifier sa position, mais suffisait à lui rappeler qu'il lui cachait quelque chose, à lui remémorer, en fait, ce qu'était ce *quelque chose* qu'il lui cachait. *Le sommeil du juste.*

Cela avait été, jusqu'ici, un merveilleux week-end, plusieurs putains de merveilleuses journées depuis leur dîner, le soir après le lendemain matin du lendemain matin. Le soir du jour où on lui avait donné cet étrange message adressé à Rafael. *Le sommeil de ceux qui ont confiance.* Le soir avant que Rafael ne lui expliquât ce que ces conneries de vacances étaient vraiment.

« Mec, laisse faire, avait-il dit. C'est juste une précaution, rien d'autre.

– Une précaution par rapport à quoi ?

– Il est possible que nous ayons besoin de passer un certain temps en dehors du bureau, c'est tout. Pour ce boulot officieux, *entendeu ?* Ici. À São Paulo. On ne va nulle part.

– Juste dans la journée, alors ? Aux heures de travail, genre ? »

Rafael sourit – gravement. « Si c'est pour ta poule que

tu t'inquiètes, ne t'en fais pas, tu seras rentré à l'heure pour le thé.

– Sois pas con. »

Rafael sourit – sincèrement. « Ça va, mec, je plaisante, *relaxa, sabe ?* » Il souffla. « Si ça se trouve, on n'en aura même pas besoin. Mais il se *pourrait* qu'on ait besoin d'un jour ou deux. C'est important. Et ça les vaut, question dollars. C'est mieux comme ça, *cara*, fais-moi confiance. Mieux vaut s'y être préparés que de devoir s'éclipser de nos bureaux en catastrophe sans dire à personne pourquoi. Et si on ne s'en sert pas, eh bien, on les récupérera, et Bob est ton oncle, et toi et miss Bégueule pourrez décarrer et aller faire du shopping quelques jours à Miami. Ou, genre, aller creuser un putain de puits au Guatemala. » Il lui fit un clin d'œil. « Quoi qu'il puisse lui plaire, *entendeu ?* »

Bob's your mother's brother. Il l'avait dit en anglais. Antonio n'avait pu s'empêcher de rire. Le gars avait dû regarder des films douteux, s'était-il dit.

Mais bon, il était rassuré. Il avait *effectivement* pensé à Roberta. S'il avait vraiment besoin de prendre un jour ou deux à São Paulo, c'était faisable. C'était pour le boulot, après tout, même si c'était officieux. Et même si cela l'inquiétait quand même un peu, même s'il n'était pas complètement certain d'où il mettait les pieds, *senhor* Matheus, le supérieur de Rafael, avait donné son feu vert, et le système fonctionnait bien souvent de façon officieuse.

Rien de tout cela, évidemment, ne l'avait aidé en quoi que ce soit quant à la culpabilité qu'il ressentait, de ne rien avoir dit à Roberta. Il la regarda. *Le sommeil de ceux qui font confiance*. Et maintenant que la date inscrite sur l'invitation mal transmise était arrivée, et que les heures et les minutes commençaient à l'entraîner vers celle indiquée sur l'invitation, Antonio eut l'impression d'être submergé par tout ce que cela signifiait, d'en être gourd, paralysé, et que cette paralysie allait affecter Roberta. Savoir qu'il allait se montrer difficile avec elle, réticent, irritable, à cause de cette paralysie, renforçait son anxiété en lui renvoyant en plein visage cette culpabilité démultipliée dont il ne pouvait ni se détourner ni se débarrasser.

Roberta soupira, maugréa quelque chose dans son sommeil. Elle libéra son bras de sous son cou, ramena son oreiller le plus doux vers elle, et soupira encore. Antonio se renfonça, passa ses mains derrière sa nuque, regarda la lumière croître dehors, et le bois de leurs stores vénitiens élégants, de bon goût, mais inefficaces, s'éclaircir.

Pourquoi n'avait-il rien dit du message à Rafael ?

Principalement pour la même raison qu'il n'avait rien dit à Roberta...

La peur.

La peur de mettre Rafael dans l'embarras.

La peur de se mettre lui-même dans l'embarras.

La peur de découvrir, par l'un ou l'autre ou les deux, délibérément ou pas, qu'il était en fait en train de faire quelque chose d'extrêmement stupide.

Cette peur, réalisa-t-il, trouvait ses racines dans l'ambiguïté, dans tout ce qu'il ne savait pas, et parler de quoi que ce soit dévoilerait de façon particulièrement flagrante son manque d'information et son manque de maîtrise, des faits dont découlerait alors automatiquement une autre révélation : celle qu'il était au mieux un ingénu, et au pire, un véritable imbécile.

Roberta s'agita et il la regarda.

Elle était, il fallait bien le reconnaître, outrageusement sexy. Pour le dire de façon objective, pour l'*objectiviser*, dirait-elle, c'était vraiment une putain de bombe. Des yeux malicieux, un écheveau de cheveux bruns, des jambes interminables...

Et le sexe. Effectivement, le *sexe*. Antonio sourit intérieurement. Pour le dire simplement, se dit-il, avant Roberta, il n'avait jamais utilisé l'expression *faire l'amour* autrement que de façon ironique.

Il est facile de dire à quelqu'un que l'on n'a jamais ressenti cela auparavant, songea-t-il. Et, jusqu'à un certain point, c'est bien le cas dans chaque relation : on n'a jamais ressenti cela auparavant, parce que l'on n'a jamais ressenti cela au sujet de cette personne précise auparavant...

Mais c'était vrai. Il n'avait jamais ressenti cela auparavant. Il comprenait, maintenant, ce que ces mots voulaient dire.

Roberta s'étira. Les yeux fermés, elle sourit, se tourna vers lui, s'enroula autour de lui, enfonça sa tête dans sa poitrine ; ses mains trouvèrent son cou, et elle dit simplement :

« *Amor.* »

Il l'embrassa. « Je vais te faire du thé.

– Attends. Juste deux minutes. » Elle le retint. « S'il te plaît. » Il l'embrassa de nouveau…

Le thé pouvait attendre.

*

Huit heures plus tard, et Antonio était tout seul dans une sacrée putain de foule immense, la tête tournant encore de la claque que lui avait mise une herbe bien puissante, et maudissant le fait qu'il avait été incapable de dissimuler sa nervosité et de se contenter de passer une bonne journée avec Roberta, qu'il n'avait pas pu s'empêcher d'être un sombre petit connard, et qu'elle ne lui avait pas accordé le bénéfice du doute malgré ce qu'il traversait.

Ce qui était stupide, il le savait bien. Mais tout de même. *La vache*, elle aurait tout de même bien pu se douter que quelque chose n'allait pas. Putain de Rafael. Quelle sacrée putain de blague, hein ? Le gars a bien dû se marrer, à me monter un coup comme ça. Parce que c'était bien ce que c'était, se dit-il. Une entourloupe. Il ne savait pas comment, il ne savait même pas ce qu'il avait fait, mais il était sacrément convaincu que ce que Rafael faisait était plus que probablement lié à exactement ce contre quoi on manifestait, en théorie, aujourd'hui :

Le système de corruption en cascade avec ses dessous-de-table et ses pots-de-vin qui, Dilma le martelait, Dilma l'affirmait, n'avait jamais existé durant son mandat, ni même dans son parti avant les élections ; le détournement des fonds vers l'étranger.

Ouais, exactement.

Il y avait des putains de millions de personnes sur l'Avenida Paulista, et Roberta l'avait planté là, sur un quiproquo, précipitamment. Il n'avait aucune chance, dans cette phase de la manif, de la retrouver. Et, pour aggraver considérablement les choses, il avait le téléphone de Roberta dans sa poche. Cela avait paru être une bonne idée, au départ. Manif de gauche ou pas, il allait bien y avoir quelques immondes petits salauds qui allaient ratisser les sacs et les sacoches. Il était difficile d'accéder aux poches d'un beau jeans taillé bien serré, à la dernière mode. Tout l'intérêt de ce monde toujours plus étroit où nous vivons.

Ouais, exactement.

Sa tête *voguait.*

Le joint pré-manif avait également paru être une bonne idée, au départ. Se mettre dans l'ambiance hippie, accepter leurs bonnes vibrations. Utiliser des mots comme bonnes vibrations. Bon sang, ce n'était même pas la peine d'apporter son joint, vu l'épaisseur du nuage d'herbe qui flottait au-dessus.

Il essaya de se concentrer. Des couleurs partout. Des acclamations. Des sourires. Une bravade.

Un défi lancé aux gens qui dirigeaient la cité.

Un temps, une énergie vertueuse s'empara de lui...

Ça ne dura pas.

Bon Dieu, qu'il était con. Il n'aurait pas pu se contenter d'acquiescer à son coup de gueule ? Tout ce qu'elle avait dit, c'était qu'il n'y avait plus de débat, que cette histoire de destitution *prétendait* être un débat, mais que c'était en fait l'exact opposé. Quasiment au mot près, se dit-il.

« Cela *ferme* le débat, avait-elle dit. En polarisant le pays, en divisant les familles, les amis, les collègues. En nous divisant *nous,* parfois. C'est eux et nous, maintenant, *entendeu ?* Aussi simple que ça, aussi basique. Deux bords, eux et nous, et pas de gris, pas de nuance, juste du noir et du blanc, et c'est horriblement triste et ce n'est pas ce que sont la démocratie et la politique, ce qu'elles devraient être ; nous ne méritons plus la démocratie que nous avions gagnée. »

Il pouvait voir le poids qu'avait eu la drogue dans sa diatribe.

« Dilma a eu sa part de responsabilité dans ce qui nous avait menés là, c'est vrai, je le sais bien, mais maintenant, qui sait, *né ?* Et elle est soit un serpent prêt à mordre, soit une femme terriblement blessée par une société plus misogyne, conservatrice et rétrograde que jamais. Qui peut bien foutrement savoir, *sabe ?* Pas moi. C'est tout ce que je peux te dire. »

Et elle avait eu l'air furieuse. Pas blessée, pas triste, pas perplexe, pas même amère. Furieuse.

Et cela, pour on ne sait quelle raison, lui avait foutu les boules.

« Calme-toi », était tout ce qu'il avait réussi à répondre.

Quel con.

Pas étonnant qu'elle ait déguerpi. Elle fulminait. Et à juste titre, en fait.

Mais maintenant, quoi ?

Bon Dieu, qu'il était défoncé. Comment ces hippies faisaient-ils ? C'était épuisant, terrifiant. Cette herbe était une tueuse. Imaginez le LSD ou la DMT ! C'est un putain de boulot à plein temps, d'être un hippie ! Lui était franchement plutôt du style « un remontant bien speed et on va danser sur du Motown ». Les stoners, au bout du compte, étaient lents. Fainéants. Tout le monde le savait. Ils ne foutaient jamais rien.

La foule tanguait. La foule oscillait. La foule pulsait.

Il n'arrivait pas à y voir la moindre logique.

Des slogans. Des banderoles. De la musique. Des groupes. Des travailleurs. Des bonnes. Des étudiants. Des activistes. Des anarchistes. Des peintures faciales. Des klaxons. Des fanions. Des mégaphones. Des cagoules. Des barres de fer. Des sifflets. Des applaudissements. Des acclamations. Des chants. Des affiches. Des blagues. Des caricatures. Des pouces levés. Des « V » de victoire. Des masques. Des ballons. Du rouge. Du rouge. Du rouge. Du rouge. Du rouge. Des arcs-en-ciel. Des visages. Des bras. Des jambes. Des dos. Des épaules. Des gens. Des gens. Des gens.

Il fallait qu'il quitte l'Avenida Paulista. Il y avait trop de monde. Il suffoquait.

Et Lula était attendu sur scène dans pas trop longtemps et l'hypocrisie d'applaudir ce péquenot demeuré de manouche mettait Antonio en colère, en particulier maintenant qu'il était foutrement évident que Dilma l'avait nommé chef de cabinet afin qu'il ne puisse plus être poursuivi et envoyé en prison, parce qu'être de gauche ne voulait pas dire que vous ne pouviez pas non plus être un connard de manouche corrompu, et pourquoi n'ai-je pas pensé à dire ça quand Roberta est devenue belliqueuse, et si ce clown se fait dégager, alors je n'ai plus rien à foutre ici…

Mais ne plus être ici n'était pas si simple.

Il y avait des gens foutrement partout. Il y avait une masse considérable de gens, une masse croissante et louvoyante, entre Antonio et l'autre côté de l'Avenida Paulista.

Et il était défoncé, se fit-il remarquer. La logistique, en cet instant, n'était plus son amie. Il aperçut le petit centre commercial tout riquiqui de l'autre côté de l'avenue, face au musée, le Conjunto Nacional. Se dit qu'il allait s'en servir de balise, de phare. Il pourrait alors dégager de l'avenue, dépasser le parc, et remonter par Alameda Santos vers l'appartement de Roberta, en priant tous les putain de dieux qu'elle avait décidé de faire la même chose.

Roberta. Quel crétin il était. Était-ce tellement difficile que de simplement aimer celle que l'on aime ? D'enterrer toutes les merdes insignifiantes de la semaine ou de la quinzaine passée, ce qui était en soi trivial, et de tout simplement *la faire passer avant tout ?*

Eh bien, se dit-il dans le nuage torride où il planait à cent mille, le cerveau en pleine expansion, on apprend de ses erreurs. Et elle dit que, s'il y a une chose que je sais bien faire, c'est apprendre.

Ouaip ! se dit-il, son cerveau, son cerveau éparpillé, son cerveau hippie tout neuf s'accordant avec ses mouvements, avec ses décisions, je vais aller chez Roberta et l'attendre là-bas. Je me casse. Ciao, bande de connards.

Surfer sur la foule en se faisant porter était passé de mode, songea-t-il. Il traça mentalement une droite depuis l'endroit où il se trouvait, le bout de la Rua Augusta, jusqu'au centre commercial. Cela prendrait, dans des circonstances normales et même en intégrant des feux rouges mal disposés à son encontre, moins de cinq minutes. Il se prépara à jouer des coudes, afficha une expression pleine de regrets, baissa la tête, et poussa…

Cela lui prit plus de cinq minutes. Des gens dansaient, sur sa trajectoire. Il avait acheté une bière à un vendeur pour faire un peu baisser la tension. Puis une autre à un autre vendeur, parce que cela avait marché.

Une fois au Conjunto Nacional, il s'arrêta un temps, fit le point. Il regarda Paulista dans les deux sens. Il sourit, malgré lui. Il pourrait tirer quelque chose de drôle de cette histoire. Roberta pigerait. Ils en riraient. Il y avait une chose qu'il savait sur leur couple : ils passaient facilement l'éponge, ils se rendaient compte rapidement qu'ils avaient été ridicules, ils riaient facilement de ce ridicule, le leur autant que celui de l'autre. Il se souvint de la première fois qu'ils étaient partis en voyage ensemble, qu'elle avait oublié de mettre ses produits de beauté dans un sac plastique, et qu'elle avait été arrêtée par la sécurité. Il était allé voir si tout se passait bien, et elle l'avait envoyé paître, et il l'avait mal pris, et il était reparti furieux en disant : « J'essayais juste d'être serviable. »

Ils n'avaient pas mis longtemps à en rire.

Tout allait bien se passer. Cela s'arrangerait. Tout s'arrangerait.

La rue était bondée des deux côtés du centre commercial. Totalement paralysée. Les boutiques qui ouvraient sur l'Avenida Paulista avaient rapidement fermé et baissé leurs grilles. L'entrée principale était encore à peu près accessible. Il prit une profonde inspiration et poussa, se fraya un chemin à travers la foule jusque dans l'intérieur du centre commercial, qui était dégagé et frais, vraiment frais, et il ne pensait pas, d'ailleurs, avoir jamais été aussi reconnaissant de se trouver à l'intérieur d'un centre commercial, et encore moins un aussi miteux que le Conjunto Nacional, qu'il allait pouvoir traverser de bout en bout, et la bière lui avait vraiment *adouci* la tête, l'avait vraiment mis de meilleure humeur, alors il allait ressortir de l'autre côté du centre commercial, décida-t-il, puis longer le parc et prendre Alameda Santos jusqu'à Paraíso, où…

Le parc. Merde. Praça Alexandre de Gusmão.

Il regarda sa montre. Il n'allait plus tarder à être quatre heures. Dans son esprit halluciné, avec ses sautes d'humeur cycliques qui alternaient colère et regret, frustration et excitation, il avait oublié toutes les raisons majeures de ses anxiétés, sauf une.

Eh bien, ce serait peut-être intéressant, songea-t-il. Il sourit. Il flottait un peu, suite à la combinaison herbe et bière. N'empêche, se dit-il, il avait résolu l'équation, trouvé le bon résultat, tu vois, pile dans le mille, même si c'était lui qui le disait.

Bon Dieu, imagine ce bon vieux Rafael en train de se faire sucer la bite derrière un fourré ! Tiens, *ça*, ce serait une information en or ! Il rit de sa duplicité. Ce n'était pas son style, il le savait. Mais tout de même, cela ne ferait pas de mal de le savoir. Et puis, de toute façon, il était sur le chemin de l'appart de Roberta, non ?

Il quitta le centre commercial et traversa la rue. Les petites rues, derrière, étaient paisibles. Les petites rues, derrière, charriaient les ordures d'un rassemblement politique. Les petites rues, derrière, avaient été vidées par quelque événement cataclysmique.

Antonio fit le point.

Le flanc sud, avait indiqué le message. Il allait traîner alentour, traîner un peu en retrait, observer le parc, et tous ses coins. De quel côté était le putain de sud, de toute façon ?

Il trébucha sur un pavé saillant. Il gloussa. Il se dit, Rafael, homo…

Nan… Il est toujours bien entouré. Certaines des poules avec lesquelles il était sorti étaient invraisemblables. Pas que ce soit une preuve absolue, d'ailleurs. Ouais… il est toujours bien entouré.

Allons jeter un coup d'œil.

Au coin du parc, il y avait un parking souterrain. Il y avait toujours quelqu'un à l'entrée, mais seulement une fois qu'on était descendu d'un niveau en dessous de la rue. Antonio se dit qu'il allait s'engager dans le parking par cette entrée-là, traîner là. S'il voyait Rafael, il pourrait toujours lui dire quelque chose comme, Roberta est descendue chercher sa voiture, quelque chose du genre.

Le parc était mort. Pas âme qui vive. Le bruit de la manif l'emplissait. Il résonnait de façon troublante. Antonio n'était pas certain de ce qu'il faisait là, exactement. Mais il était venu jusque-là, il pouvait bien au moins dissiper un petit mystère.

Au coin opposé du parc, juste sur Alameda Santos, il pouvait apercevoir quelques gars qui chahutaient.

Il décida de prendre cette direction.

Il s'enfonça dans le parc de peut-être une demi-douzaine de mètres.

Devant lui…

Une silhouette, qui décampait.

Cette silhouette décampait droit vers lui.

Cette silhouette qui décampait : le giton messager roué.
Antonio se figea, les yeux écarquillés :
Merde.
« Toi, dit-il alors que la silhouette qui décampait arrivait à son niveau. Tu... »
La silhouette se tourna. La silhouette continua de décamper. La silhouette parla. « Toi, dit-il. Il faut que tu t'en ailles. Il faut que tu partes. Je t'ai vu, maintenant. Je t'ai vu ! »
Antonio, figé, regarda l'homme détaler. Antonio se retourna.
Au loin...
Deux hommes vêtus de noir, qui relevaient le bras.
Par-delà...
Un jeune homme en chemise rose, pantalon serré, luisant...
Rafael.
Antonio, figé, continua de regarder alors que les deux hommes tendaient le bras et, sans un bruit, tirèrent dans la poitrine de Rafael.
Je t'ai vu.
Antonio, figé, regarda Rafael s'effondrer.
Antonio, figé, regarda les deux hommes vêtus de noir tirer le corps dans les buissons puis disparaître. Il entendit un cri. Il entendit le rugissement d'une motocyclette.
Je t'ai vu.
Antonio, figé, abasourdi...
Il entendit la silhouette qui décampait crier : « File, *caralho*, va-t'en, il faut que tu t'en ailles, que tu disparaisses, *bicho. Vai embora !* »
Antonio ressortit du parc et prit à gauche.
Je t'ai vu.
Tout en faisant cela, il prit son téléphone puis celui de Roberta, les éteignit, sortit les cartes SIM, les détruisit sous le talon et jeta les téléphones dans les buissons du parc, dans le coin opposé, dans le coin opposé à...
Dans le coin opposé à l'endroit où Rafael s'était effondré.
Je t'ai vu.
À l'endroit où Rafael avait été abattu de plusieurs balles, et était étendu...
Je t'ai vu.

À l'endroit où Rafael était étendu, mort.

Je t'ai vu.

Antonio continua d'agir. Il prit son portefeuille. Il trouva un distributeur. Il tira tout ce qu'il put. Il plia et brisa sa carte de crédit. Il empocha l'argent. Il vida son portefeuille. Cela ne prit pas longtemps. Il était de mise, chez les *playboys* et les débilos, de n'emporter qu'une pince à billets et une seule carte de crédit dans un portefeuille mince.

Antonio remarqua l'aspect pratique de cette mode. Antonio remarqua qu'il l'avait remarqué.

Je t'ai vu.

Antonio, le cerveau en compote.

Il partit au galop.

Il courut *vite.*

Je t'ai vu.

Il continua de courir.

Je t'ai vu.

Quelle direction ?

Je t'ai vu.

Quelle direction ? Quelle direction ?

Troisième partie

LA FORTUNE EST TOUJOURS ÉLUSIVE

Salle d'interrogatoire, QG de la *Polícia Civil*

São Paulo, le 22 mars, aux aurores

« J'imagine que tu ne t'étais jamais assis de ce côté-là de la table, n'est-ce pas, fiston ? »

Leme agita négativement la tête. Leme sourit. Il fit tourner sa tête sur son cou. Il s'étira les bras. Il regarda son interrogateur droit dans les yeux. Il le *toisa.*

« N'oublie pas que c'est moi qui choisis de m'asseoir ici, dit Leme. Je fais ton boulot à ta place, mon pote. Sans moi, vous ne sauriez même pas qu'il y a eu un crime. Le cadavre de ce pauvre connard serait en train de pourrir lentement, genre, festin pour les vers. Alors, tout doux, *entendeu ?* »

L'interrogateur de Leme haussa un sourcil. Il inclina la tête à gauche, puis à droite.

« Tu n'as pas tort, dit-il. N'empêche que t'es bien de l'autre côté de la table, non ? Alors, tu y vas mollo, *certo ?* »

Leme acquiesça. En fait, il aimait bien le vieux Lutfalla. Leurs chemins ne s'étaient jamais croisés professionnellement, mais il était correct. Réputation décente, connu pour être un bosseur, pas trop de cadavres dans son placard, bon père de famille, sens de l'humour, met la main à la poche quand c'est nécessaire. Leme aurait pu tomber sur bien pire, pour s'asseoir en face de lui…

Il avait tiré un bon numéro, dans l'équipe du matin.

Enfin, l'équipe de fin de nuit, en fait. Leme était certainement la dernière tâche confiée au vieux Lut avant qu'il ne rentre chez lui retrouver son lit et un ou deux jours de repos, jouer avec ses gosses, engueuler sa femme, se branler sous la douche, ce genre de choses.

Lutfalla bâilla.

« Fatigué ? demanda Leme.

– Crevé, mon pote. C'est bien la dernière chose dont j'avais besoin, *ça*, répondit-il.

– Ce n'était pas non plus numéro un sur ma liste des choses à faire, mon pote.

– Mettons-nous-y, alors.

– Qu'est-ce que tu veux ?

– On raconte que c'est toi qui t'es livré, d'accord ? Enfin, c'est ce que certains disent.

– On ne doit pas être à des années-lumière de la vérité, là, n'est-ce pas ? »

Lutfalla sourit. « C'est une confession ?

– Sois pas con.

– Je t'ai dit d'y aller mollo. »

Leme haussa les épaules. « Détention préventive, tu sais, pour l'instant.

– Qu'est-ce que ça veut dire ?

– Ça veut dire que c'est un coup monté.

– Ah oui ?

– Deux jours, deux cadavres. Et les deux fois, je suis sur la scène du crime, quand les corps sont encore tout chauds.

– *Deux* cadavres ? »

Leme ne dit rien.

« Tu as dit deux cadavres.

– Je pense que si on identifie le premier, le second devient facile.

– Nous savons qui est le second, mon pote. »

Leme acquiesça. Leme grimaça. « Je veux dire, facile à résoudre, *entendeu ?*

– D'accord.

– Tu ne savais pas qu'il y avait un autre macchabée ?

– Nan, je ne savais pas. Éclaire ma lanterne.

– Dimanche. Pas loin de la manif. Un jeune, genre *playboy*. Dans le parc, derrière Paulista.

– Alexandre de Gusmão, tu veux dire ? Le square ? *Ça*, c'est probablement une agression homophobe qui a mal tourné.

– Je ne crois pas.

– Non ?

– Les *militars* ont débarqué pile au moment où je découvrais ce pauvre gosse.

– D'accord.

– Et le tuyau venait de notre second cadavre, notre bon ami – notre *ex*-bon ami –, le *senhor* Gros João. »

Lutfalla ne dit rien. Il se frotta les yeux. Il se frotta les cheveux. Des deux mains, il se frotta les joues, sa barbe naissante.

Leme se tint tranquille.

« Et tu t'attends à ce que je fasse quoi, Mario ? demanda Lutfalla. Tu signales un cadavre, mais tu refuses de dire ce que tu faisais là, aux confins les plus reculés de cette putain de planète, à dénicher ce petit indic merdeux. C'est pour ça que tu es là, *certo ?* Tu le sais bien. *Então ?* Tu ferais mieux de ne pas te foutre de moi, *sabe ?*

– Comme je le disais, ce petit indic merdeux m'avait mené au premier macchabée. Alors je suis allé voir ce qu'il pouvait savoir qui pourrait apporter un peu de *luz* sur le sujet.

– Pour autant que quiconque ici est concerné, il n'y a pas d'autres corps.

– On ne voit pas ce qui se cache dans l'obscurité, évidemment. »

Lutfalla sourit. « Et c'est bien ton problème. Ta raison de te trouver dans la masure de notre ami mort est un truc dont on n'a jamais entendu parler.

– Merci, Sherlock. »

Lutfalla grimaça. « Je vais te dire quoi, reprit-il. Je vais consigner tout ça comme étant cohérent, te donner quitus, toute l'histoire du déplacement pour une enquête en cours qui a eu un résultat heureux. Mais je vais également indiquer dans mon rapport qu'il s'agit d'une situation temporaire, en attente, jusqu'à plus ample informé. Je ne sais pas ce qu'il se passe, mais je ne vais pas t'empêcher d'enquêter. Tout est clair, pour l'instant. Tu as une journée, deux max. D'accord ? »

Leme sourit. « Excellent. Tu es un bon gars. »

*

Il n'y avait pas besoin d'être grand clerc pour deviner ce que Leme allait faire ensuite, et presto. Prendre rendez-vous avec le gros Silva pour découvrir pourquoi ce connard imprésentable l'avait envoyé visiter le somptueux palais du Gros João pile le jour où sa vie et l'ensemble des opportunités qui se présentaient à lui lui avaient été cruellement retirées. En fait, il n'y avait nul besoin de prendre rendez-vous, et ce bon vieux Silva n'avait jamais aimé les surprises. Leme savait où il serait : chez lui ou là où il prenait son petit-déjeuner. Leme savait que Lutfalla allait lui offrir un moment de répit. Leme savait que le commissaire Lagnado était suffisamment conscient de son retard dans l'affaire pour lui donner sa chance. Ceci dit, il fallait bien reconnaître qu'il avait besoin des mêmes informations que vingt-quatre heures plus tôt.

Le nom du mort *numero uno*...

Leme grimpa les marches deux à deux. Moins de chances de rencontrer quelqu'un dans l'escalier. L'ascenseur *ahanait*. Il traversa l'open space comme une flèche. Il poussa la porte du bureau boîte à sardines qu'il partageait avec Lisboa.

« Eh bien, dit Lisboa. Si ce n'est pas Harrison Ford dans ce putain de *Fugitif*... »

*

Lisboa fit ronfler le moteur. Le moteur crachota. Le moteur gronda. Il dirigea son tas de ferraille vers et à travers Jardins. Ils cahotèrent au fil des rangées de commerces de luxe d'Oscar Freire. Leme aperçut Diesel, Louis Vuitton, Levi's, Gucci. Ils sautillèrent par-dessus la grille des rues, au petit bonheur des feux de circulation. Ils ne dirent pas un mot. Ils se déplacèrent diagonalement en accumulant les mouvements horizontaux et verticaux. À vol d'oiseau et tout ça, ils étaient à peut-être deux bornes de chez Silva. Ils évitèrent les blocages des bus scolaires de justesse. Quinze minutes de coups de klaxon et d'à-coups, de crissements et de vitesse d'escargot, et ils se garaient. L'immeuble de Silva avait l'air fatigué.

*

Leme observa tandis que Lisboa ralliait l'entrée de la résidence. Lisboa parla dans l'interphone. Un instant plus tard, le *porteiro*, la version jeune chiot du chien de garde, sortit. Lisboa parla au jeune chiot. Le message de Lisboa fut transmis, se dit Leme. Lisboa revint vers la voiture en retraversant la rue, *furax*. Il rentra la tête par la fenêtre de Leme.

« Viens, je sais où il est. »

*

Silva avait l'air *épuisé*. Il avait commandé un brésilien complet : œufs, pain, charcuteries, yogourt, viennoiseries, fruits, saucisses, cafetière pleine, cruche de jus d'orange, une cigarette se consumant dans un cendrier à l'est de son assiette pleine, de son assiette débordante, de son assiette saturée…

« Je me demandais quand vous alliez arriver, vous deux, dit-il.

– Tiens, lui dit Leme en lui tendant une serviette. Tu as une tache, là. »

Silva savait ce qu'il voulait dire. « C'est l'impression que ça pourrait donner, hein ? »

*

Le crime frappe n'importe où. Six mois environ après que Leme et Renata s'étaient installés ensemble, ils avaient été invités à passer le week-end dans la maison de campagne d'amis de Renata. Ils avaient marqué l'événement d'une pierre blanche. La résidence dans laquelle la maison avait été construite n'était pas très éloignée de São Paulo ; peut-être une heure, une heure et demie, mais l'air y était plus frais, l'espace plus vert. Il y avait une piscine. Les repas seraient préparés au barbecue. L'alcool coulerait à flots. Une poignée des amis de Renata étaient également conviés. Leme était particulièrement enchanté par cet aspect-là. Il allait s'intégrer, il allait devenir une partie de la vie de Renata. Ils avaient atteint le stade où ils passaient tous leurs week-ends ensemble, quoi qu'il advînt. Et ce qui importait, surtout, c'était qu'ils en étaient arrivés là naturellement, en douceur.

Leme avait trois jours de repos et disposait de son vendredi. Renata travaillait dans son bureau d'aide juridique de Paraisópolis. Mais elle avait dû travailler tard, finalement. Elle devait *toujours* travailler tard. En un sens, travailler tard était ce qui lui avait coûté la vie, au bout du compte. Mais pas ce week-end-là. Elle était rentrée à la maison en retard, elle avait fait ses bagages en retard, elle avait pris sa douche en retard, elle s'était habillée en retard, elle avait mangé un morceau – presque rien ! – en retard, juste pour être sûre, vous voyez ; après tout, c'était elle qui conduisait…

Et donc, ils avaient pris la route en retard. Et ce, un vendredi. Un vendredi soir, qui plus est. Les encombrements avaient été *gigantesques*. Une heure, une heure et demie devint trois heures, trois heures et quart. La résidence était paisible, depuis l'extérieur, enténébrée, lorsqu'ils étaient arrivés un peu avant minuit, avec l'idée que la soirée allait battre son plein, qu'ils raccrocheraient la fin du dîner et un peu de l'esprit week-end, des joies d'une fin de soirée de vendredi bien arrosée, de la fête. Leme était *enthousiaste*. Il était plus que partant. Il allait faire comprendre à tous ce que Renata et lui savaient déjà : qu'entre eux, c'était du sérieux.

Ils s'étaient présentés à la guérite du portail, avaient montré leurs papiers d'identité, échangé quelques mots sur les consignes de sécurité, et étaient entrés sans bruit.

C'était l'une de ces résidences où l'architecture n'était pas régulée. Chaque maison était l'expression des desiderata de ses propriétaires. Une sorte de Disneyland de baraques clinquantes et tape-à-l'œil. De baraques *secondaires* clinquantes et tape-à-l'œil, évidemment. La plupart de ces baraques clinquantes étaient bien éclairées, occupées à pleine capacité pour le week-end, avec des enfants qui jouaient, des adultes qui jouaient, des allées remplies de voitures tape-à-l'œil, avec les bruits de la nourriture qui grille et l'extérieur et ceux de l'eau des piscines. Renata avançait au pas sur la grille des rues, cherchant l'entrée de celle de ses amis, fenêtres baissées, tous deux détendus et impatients. Ils avaient trouvé l'endroit où il fallait tourner. Cette rue-là était calme, obscure. Les maisons étaient vides. C'était normal, à l'évidence compréhensible : tout le monde ne fuyait pas la cité *tous* les week-ends. Ils s'étaient aventurés plus avant, avaient ralenti. Lorsque Renata avait reconnu la maison, elle avait arrêté la voiture. « Nous y sommes, avait-elle dit. Je suis certaine que c'est celle-là. » Leme avait observé la rue. Personne alentour, toutes les lumières éteintes, la maison a priori désertée. « Reste là », avait-il dit. Leme avait inspecté les alentours.

Un arroseur, dans le jardin de derrière, projetait de l'eau à gauche, à droite, à gauche, à droite, à gauche, à droite. Cela déclenchait l'éclairage de sécurité. Elle s'allumait, s'éteignait, s'allumait, s'éteignait, s'allumait, s'éteignait. Les fenêtres, pour la plupart, étaient entrouvertes. On entendait bourdonner l'électricité. On entendait le silence. Il avait cru percevoir des gémissements, des sanglots.

Leme avait poussé la porte d'entrée et elle s'était ouverte. Il avait appelé. Des cris, de jurons, qui êtes-vous, vous aviez dit que vous ne reviendriez pas, nous n'avons pas bougé, prenez ce que vous voulez, ne touchez pas aux femmes. Leme avait allumé les lumières. Il s'était identifié. Il leur avait dit de rester calmes. Il avait demandé ce qu'il se passait, ce qui était arrivé. Il avait dit : l'un d'entre vous, un seul. Un seul me le dit. Et ne bougez pas, restez allongés sur le sol, gardez vos mains derrière la tête pour l'instant, par sécurité, mais ne paniquez pas, je suis l'un d'entre vous. Un homme lui avait raconté ce qu'il s'était passé. Il lui avait parlé d'un ton parfaitement incrédule. Il n'arrivait pas à assimiler que c'était terminé, presque terminé, et pourtant loin d'être terminé. Il ne le concevait pas, cela n'avait aucun sens, pour lui, il ne pouvait pas l'assimiler. Leme avait hoché la tête. Attendez là, leur avait-il dit. Il était monté à l'étage. Il avait vérifié, pièce par pièce. Des femmes, dans chaque chambre, gémissaient et sanglotaient, face contre le sol. Toutes allaient bien. Leme les avait ramenées au rez-de-chaussée. Il avait demandé au propriétaire de la maison d'appeler la sécurité. D'appeler la sécurité, *maintenant*. Il lui avait dit d'informer la sécurité d'une intrusion. Il était passé par le frigo et avait distribué des bières. Il avait trouvé une bouteille de whiskey sur le comptoir de la cuisine, des verres. Il avait servi des shots. Il y avait eu un peu d'hystérie, mais elle avait fait place au calme, au soulagement. Ce qui ne vous tue pas, *et cætera*. On s'en est sortis, putain, on s'en est sortis. Qu'ils aillent se faire foutre, on s'en est sortis. Je t'aime. Il était allé chercher Renata. Elle était déconcertée, terrifiée. Lorsqu'il lui avait raconté ce qu'il s'était passé, elle avait éclaté en sanglots.

Ils étaient en train de préparer le dîner lorsque trois hommes encagoulés et armés de pistolets avaient franchi la porte d'entrée, tandis que deux autres hommes, également encagoulés et également armés de pistolets étaient entrés par la porte de derrière. Sous la menace des armes, les hommes avaient été forcés de s'allonger face contre le sol, au rez-de-chaussée. Les femmes avaient été entraînées à l'étage. Renata sanglotait. Les femmes avaient été entraînées à l'étage, et deux des hommes étaient restés avec elles tandis que les trois autres dévalisaient la maison, et toutes les personnes présentes. Ils avaient dit aux hommes de rester là où ils se trouvaient, que s'ils faisaient quoi que ce soit, ce serait leurs femmes qui seraient punies, elles auraient la gorge tranchée, après avoir été violées. Les hommes avaient sangloté. Les hommes avaient crié. Les hommes ne pouvaient rien faire. Il y avait des armes pointées sur leurs crânes. Les femmes allaient bien. C'était juste une menace. La menace avait suffi. Le pillage s'était déroulé sans incident.

Leme était allé dans la maison voisine. La même scène. Il était allé dans la maison suivante. La même scène. Cinq maisons avaient été dévalisées. Cinq groupes d'occupants avaient été terrifiés et détroussés.

On n'avait jamais retrouvé le gang qui avait fait cela.

*

Silva dit : « J'ai appris, pour le Gros João. Je suis désolé. Je ne savais pas. Comment aurais-je su ? Et même si ça avait été le cas, pourquoi aurais-je fait une telle chose, hein ? À toi ? On est potes. » Leme acquiesça. Leme était plutôt certain, depuis le début, que Silva ne l'avait pas vendu. « À part ça, tu as de la chance, reprit Silva. Ma jeune protégée arrive dans une minute, et il se pourrait qu'elle ait quelque chose pour toi. » Lisboa décocha un regard à Leme. Ce regard disait : ne pardonne pas trop vite, il se pourrait que quelque chose ne colle pas.

*

Leme n'avait jamais avoué à Renata l'effet que lui avait fait cette nuit, à long terme ; pas vraiment. Cela lui avait rendu plus évident que jamais qu'elle serait son épouse, qu'il serait son mari. L'idée même qu'ils puissent être séparés de cette façon le révulsait.

Il en rejetait l'idée même.

Plus tard, cela l'avait amené à réfléchir à la façon dont le crime, l'horreur ordinaire du crime, le crime à São Paulo, pouvait être démocratique. On pouvait, comme Renata dans son bureau d'aide juridique de la favela, travailler dans un endroit où les criminels vivaient et opéraient en toute impunité, travailler avec des gens directement affectés par ces criminels, affectés dans leur quotidien par les règles et les routines de ces criminels, et vivre heureux parmi eux, travailler parmi eux, pour eux, et vivre selon ces règles et routines. Où l'on pouvait avoir un méchant coup de malchance, comme Renata, et mourir selon ces règles et routines, mourir d'une balle perdue.

Ou l'on pouvait partir pour un week-end chez des amis, des amis nantis issus de la classe moyenne, et quelque chose de terrible arrivait. Ou pas. C'était démocratique.

Évidemment, Leme avait découvert plus tard que la mort de Renata, tuée par une balle perdue dans une fusillade entre police et voleurs, même si c'était bien un accident, n'avait pas été *seulement* un accident.

Mais même cela lui paraissait maintenant démocratique, au bout du compte.

*

Ellie jaillit de la banquette arrière d'un taxi. « Ah, dit-elle. Les *tres amigos*. Les trois sages. » Elle marqua une pause. Elle indiqua l'assiette de Silva de l'index, fronça les sourcils, s'esclaffa. « Les trois petits cochons. » Lisboa lança un regard furieux en direction de Silva. « Nous ne sommes les trois rien du tout, trésor », dit-il. Silva leva les mains, paumes ouvertes. « Je sais de quoi ça a l'air. » Lisboa acquiesça. Silva poursuivit : « Ellie, ici présente, a quelque chose. Pouvons-nous suspendre les hostilités jusqu'à ce qu'elle nous ait dit ce que c'est ? *Favor ?* » Leme acquiesça.

« Bien, dit Ellie. Donc, voici ce que j'ai, comme Francisco l'énonce de façon si poétique. » Les trois sages suivirent leur propre conseil et la bouclèrent. Ellie poursuivit. « Je suis rentrée dimanche matin. J'ai filé à la manif. Hier, c'est-à-dire lundi, j'ai reçu un coup de fil d'une amie, Lis – on a bossé ensemble, elle est partie en voyage, elle est revenue, enfin bref. Donc, son amie Roberta est en plein tracsir, vous voyez, en crise ? Son petit ami a disparu. En gros, ils se sont engueulés pendant la manif, elle a mis les bouts, et elle ne l'a pas revu depuis. Cela ne faisait même pas vingt-quatre heures, d'accord, mais elle lui avait confié son téléphone, et il ne répond plus, et aux mails non plus, et Lis a contacté un peu tout le monde – de façon subtile, vous voyez –, et personne n'a vu ou entendu le plus petit début de commencement d'une trace de lui. Alors cette fille est inquiète façon hystérique, *entendeu ?* Lis m'a appelée parce qu'elle est au courant de mes… disons… *contacts* – les trois petits cochons, donc… » Elle fit une grimace à Lisboa. « … et me voilà. Je m'étais dit que vous pourriez m'aider. C'est pour ça que je t'ai contacté, Leme. Merci d'avoir convenablement donné suite. » Leme ne releva pas. « Et Francisco, quand je lui ai raconté hier soir, m'a dit que je pourrais peut-être vous aider, ce qui pour être honnête, m'a franchement surprise.

– Comment s'appelle ce gars ? demanda Lisboa.

– Antonio. Antonio Neves.

– Où travaille-t-il ?

– Il bosse dans la finance, pour un joli petit fonds spéculatif des plus distingués, appelé Capital SP.

– On ferait bien de passer les voir.

– Je ne suis pas certaine que ça ait grand intérêt », dit Ellie.

Lisboa fronça durement les sourcils – Ah ouais ? Apprends-moi mon putain de boulot, tiens, *gringa*, signifiait son geste.

« Roberta y est allée hier. Ils lui ont dit que cet Antonio avait pris quelques jours de vacances. Posé dans les règles, approuvé par son putain de supérieur hiérarchique, et bla-bla-bla. Première fois qu'elle en entend parler. Ça n'a pas amélioré son humeur, ça.

– Non, j'imagine que ça n'a pas aidé », dit Leme.

Silva fit un geste en direction d'Ellie. « Maintenant, raconte-leur l'autre truc. »

Ellie grimaça. « Donc, un peu plus tard dans la journée d'hier, Lis *et* Roberta ont, toutes les deux, reçu des mails, des coups de fil, des textos, peu importe, totalement séparés, sans lien apparent, au sujet d'une rumeur qui parle de quelqu'un qui aurait disparu. Un gars appartenant à ce milieu chic des *playboys* pose des questions un peu partout, apparemment.

– Et il demande quoi, exactement ? réagit Lisboa.

– C'est justement ce qui est bizarre : il demande si quelqu'un a entendu parler de quelqu'un qui aurait disparu, *entendeu ?* Comme si c'était juste par curiosité.

– Par pitié, dis-moi qu'aucune des amies que tu as mentionnées n'a parlé de cet Antonio ?

– Elles ne sont pas stupides. »

Lisboa toussa. Ellie le dévisagea. Leme lui fit signe : poursuis, s'il te plaît.

*

Une *bala perdida*, une balle perdue, n'est pas aussi aléatoire, pas autant un coup du sort, pas aussi *rare* que l'on pourrait le penser. Adilson, un ami et voisin de la résidence de Leme, l'un des joueurs de tennis d'âge mûr qui aimaient prendre un verre au bord du court après leurs doubles acariâtres, avait pris une balle dans la poitrine. Lorsqu'il était sorti de l'hôpital, Leme l'avait vu, assis près de la piscine de la façon habituelle, slip de bain et bière à la main. Un peu plus calme, un peu rétif, même, mais pareil à lui-même, dans l'ensemble. Il était entouré d'un groupe d'amis et de voisins venus lui apporter leur soutien, mais il les avait écartés pour venir étreindre Leme.

« Sens ça, lui avait-il dit. Elle est encore là, tu peux la sentir ? La balle. »

Elle était dure et bosselée comme une tumeur. Si l'on appuyait fort, on pouvait en sentir le contour, songea Leme. C'était comme si quelqu'un avait enfoncé une capsule de bière sous sa peau.

« Ils ne pouvaient pas l'extraire, avait-il expliqué, sans que cela cause encore plus de problèmes. »

Il avait ri. Il avait levé sa canette de bière.

« Ce qui ne vous tue pas, hein ? »

Il avait été touché par une *bala perdida*. Neuf heures du matin, et Adilson allait travailler, à pied, à Itaim, un quartier de bureaux et d'habitations, de rues calmes et de restaurants branchés, apprécié et recherché. Des coups de feu avaient été tirés : un vol à main armée. Il avait senti ses jambes céder sous lui, et une chaleur dans sa poitrine. La tête lui avait tourné, et il avait ressenti une douleur soudaine et violente dans son dos. Lorsqu'il avait levé les yeux, il avait vu son père décédé qui parlait à Dieu. C'était la dernière chose dont il se souvenait, d'avant son réveil à l'hôpital. Il allait bien, maintenant, et arborait le projectile comme une médaille, une bosse grisonnante qui ne bronzait pas comme le reste de son corps. Néanmoins, il avait couru des rumeurs qui prétendaient que ce n'avait pas du tout été une balle perdue. Il se racontait que la femme qu'il baisait avait un fils à qui cela ne plaisait pas. Ce gars était accro à la coke, avait entendu dire Leme. Du genre délirant. Le genre à entendre des bruits de grattement dans les murs, à tirer des plans sur la comète. Il n'aimait pas le vieil Adilson. Et il avait le genre de contacts qui pouvaient organiser un assassinat à la balle perdue. C'est ce qu'il se raconte. Démocratique.

*

« Tu sais ce qu'il se passe ensuite, n'est-ce pas ?

– Gabriel Carvalho. Son adresse et ses coordonnées professionnelles. » Ellie poussa un bout de papier à travers la table. « Je n'ai pas l'impression que ce type est très bien équipé, là-haut. » De l'index, elle se tapota le front.

« À l'évidence quelqu'un de ton cercle, donc », maugréa Lisboa.

Leme resta calme. Il adressa à Lisboa un regard éloquent : on se casse de là, et *pronto*.

« Mais, qu'est-ce que je peux faire, alors ? demanda Ellie.

– Elle a un super sujet, qui pourrait…

– Elle ne fait rien, Francisco, répondit Leme. Que tchi, que dalle, *certo ?* Tout ceci va nous être très utile et nous en sommes reconnaissants, mais tu dis à tes amis de ne pas bouger, de rester calmes et de ne rien faire. Passe-moi toutes leurs coordonnées. » Il lui tendit son carnet et son crayon. « Et préviens-les que je vais les contacter. À part ça, *nada. Tá ligado ?* »

Ellie acquiesça. Ses yeux lançaient des éclairs.

*

La normalisation du crime était une autre des choses qui le rendait démocratique dans sa portée. Si la démocratie était dans le développement d'opportunités, alors le crime à São Paulo remplissait cette mission de façons parfois inattendues. En produisant des opportunités dans la façon dont, précisément, on répondait au crime. Le crime crée des scénarios, se dit Leme, dont les thèmes sont répugnants, inimaginables…

Et pourtant. Une démocratie de l'opportunité. Leme avait été chargé d'une affaire de kidnapping, à peu près un an plus tôt. La fille d'un magnat des médias. Un grand nom. Un pognon *colossal* derrière ce grand nom. L'élément clé : Leme n'avait été chargé de cette affaire qu'après qu'elle avait été résolue. Des opportunités, la démocratie.

Le magnat des médias, le baron des médias, avait reçu l'appel téléphonique un lundi. L'appel avait été développé en trois points : 1) que l'endroit où les kidnappeurs retenaient sa fille n'était connu de personne à l'extérieur du noyau du cercle dirigeant suprême du gang de kidnappeurs ; 2) que ledit cercle dirigeant suprême n'accepterait pas un *cent* de moins que la totalité du montant qu'il considérait comme étant une juste contrepartie pour l'adorable fille du baron ; 3) que tout contact avec la police ferait que la fille dévouée du baron serait soulagée, à intervalles réguliers, de toute une série de parties assez significatives de son anatomie. Jusqu'ici : rien de spécial. Arrive Leme, mâchoire serrée et assez d'aplomb pour s'imaginer pouvoir mener les riches légateurs de l'ingénue à une capitulation digne. Et qui l'accueille lorsqu'il frappe à leur huis ? L'adorable fille dévouée, saine et sauve, qui faisait des bulles avec son chewing-gum et appréciait visiblement d'être excusée à l'école pour une semaine ou deux.

Le magnat avait des couilles en titane, avait plus tard réalisé Leme. Après l'appel téléphonique, il avait raccroché, en n'ayant rien dit, rien accepté, rien demandé. Puis il avait mis en branle une série d'instructions pour son comptable. Premièrement, il avait vendu sa résidence principale. Deuxièmement, il avait vendu sa résidence secondaire. Troisièmement, il avait vendu son autre résidence. Quatrièmement, il avait vendu son bateau. Cinquièmement, il avait vidé la totalité des liquidités de ses comptes bancaires. Sixièmement, il avait transféré toute l'épargne résiduelle de ses comptes brésiliens vers des sociétés offshore. Septièmement, il avait liquidé toutes les actions et parts qu'il possédait dans le conglomérat de sociétés de médias dont il détenait un bloc de contrôle. Cette partie était de loin la plus complexe, raison pour laquelle il l'avait gardée pour la fin. Il n'avait vraiment pas eu envie de faire tout cela. C'était une démangeaison de couilles en titane. Mais il avait dû le faire. Le cercle dirigeant suprême du gang de kidnappeurs l'exigeait. Indirectement. Imaginez : vous détenez la fille d'un homme incroyablement riche, vous le faites chanter pour une fortune ; quelle est la seule manière infaillible de s'assurer que ce chantage, cette menace, ne puisse pas fonctionner ? Si l'homme fabuleusement riche n'est pas, en fait, fabuleusement riche, s'il se révèle qu'il ne possède rien. Ainsi, il avait fini par arriver aux oreilles du cercle dirigeant suprême que le magnat se débarrassait de toutes ses propriétés, liquidités et actifs, et que les produits de toutes les ventes étaient distribués à ses partenaires et à sa famille. Ils avaient paniqué. Le démantèlement de son entrelacs de participations dans les entreprises de médias, ce geste hautement symbolique, vraiment, était ce qui avait achevé de mettre le feu aux poudres. Le magnat avait montré qu'il s'interdisait de payer une rançon à un tel point que cela le laissait authentiquement ruiné et sans plus aucun avenir. Le magnat n'avait à aucun moment communiqué avec le cercle dirigeant suprême ; ils avaient vu tout cela se dérouler sous leurs yeux. Ils connaissaient son portefeuille ; ils avaient regardé sa fortune s'évaporer. Ils s'étaient retrouvés, au bout de sept jours, avec une jeune femme qui ne pouvait pas être, qui ne serait pas, rachetée. Soit on assume, s'étaient-ils dit, et on la libère. Soit on l'exécute, et ça peut tourner mal. Il se racontait, avait entendu dire Leme, qu'ils avaient été impressionnés par la taille des couilles en titane du magnat.

Et le clou de l'histoire : tous les actifs, toutes les propriétés, tous les éléments de son bloc de contrôle, avaient réintégré son giron à peine une semaine plus tard. Il ne s'était agi que de jeux d'écriture : rien n'avait physiquement changé de mains. Leme lui avait demandé comment il avait fait cela. « J'ai beaucoup de cousins. Les ventes génèrent des richesses. Si ça se trouve, j'ai gagné de l'argent. » Ce qui avait amené Leme à une réflexion tout autre, évidemment. La démocratie. La normalisation crée des opportunités démocratiques. Leme était à cent pour cent certain qu'il ne s'agissait pas d'un coup monté par le magnat, il lui paraissait tout à fait clair que cet homme n'avait rien à se reprocher.

Mais une autre chose était tout aussi claire : son exemple signifiait que quelqu'un d'autre finirait par essayer.

*

Tandis que Silva affectait d'être désolé, Lisboa était retourné à la voiture, l'avait fait démarrer. Leme était resté en retrait. « Je te rappelle, avait-il dit à Ellie. Il faut qu'on parle. » Elle avait acquiescé. Il avait souri. « Bonne chance », avait-il ajouté.

*

Il était encore tôt. L'heure du second petit-déjeuner. Ils avaient quitté Paraíso et s'étaient dirigés vers l'adresse personnelle de ce Gabriel, dans Jardins. L'adresse *puait* le pognon. L'adresse disait : vieille école, vieille fortune. Gabriel, ce qui ne surprenait en rien Leme, vivait avec ses parents. Cela allait aider à orienter la conversation dans la bonne direction. Selon l'expérience de Leme, les gosses de riches aimaient laisser leurs parents à l'écart de toute enquête policière. Et *ensuite*, ils appelaient l'avocat de leurs parents.

« Tu es bien silencieux », dit Leme.

Lisboa gronda. Leme n'insista pas. Il savait que Lisboa était là un peu à contrecœur. Ce n'était pas la première fois. Lisboa était comme un frère, pour lui. Mieux qu'un frère. Leme *savait* qu'il pouvait compter sur lui. Pour l'instant, se dit-il, il ne faisait pas partie du tableau, ni pour un meurtre ni pour l'autre. Pour l'instant, il était juste hors cadre. Mais il ne serait pas bien difficile de l'agrandir un peu. Pour l'instant, Lisboa participait à une enquête entérinée par l'interrogatoire de Lutfalla. C'était la seule façon de considérer les choses.

« Je n'ai aucune confiance en Silva, dit Lisboa. Il a toujours l'air d'en savoir un peu trop.

– Il s'en enorgueillit.

– Péché d'orgueil ne va pas sans danger, comme on le sait tous. Espérons que c'est lui qui mordra la poussière, mon frère, plutôt que toi.

– On n'en est pas là. »

Lisboa soupira. « Ce type fera toujours passer ses intérêts en premier, *entendeu ?* Je n'aime pas son style. »

Leme préféra en rester là.

*

Peu après l'histoire du kidnapping, Leme s'était retrouvé impliqué dans encore un autre dilemme du genre *d'une façon ou d'une autre*... Dans l'école britannique huppée de Jardins, durant le déjeuner, les agents de sécurité avaient informé les employés que personne n'avait le droit de sortir, qu'il n'y aurait pas d'allers-retours au supermarché ni quoi ni qu'est-ce, que tout était annulé. Tout le monde reste là, en détention préventive, d'accord ?

En fin de compte, la banque du coin venait de se faire dévaliser, et les deux malfrats se cachaient quelque part dans le quartier. C'était un quartier chic, maisons spacieuses, voitures importées, guérites de sécurité privée à quasiment tous les coins de rue. Dans l'immédiat, la police, sur place, n'avait attrapé que l'un des voleurs. Peu après, l'autre avait été abattu par un garde du corps de l'un des élèves. Ce garde du corps attendait à l'extérieur de l'école, et il avait remarqué un homme à l'attitude suspecte, l'avait poursuivi, avait réalisé de qui il s'agissait, et l'avait tué. Plusieurs balles, dans la poitrine et la tête. Un travail tout à fait professionnel.

Cela n'avait gêné personne.

Dans ce genre de cas, la plupart des *Paulistanos* haussaient les épaules, faisaient la moue, et disaient : « *Ah, menos um, né ?* » *Bah, ça en fait un de moins, non ?* La normalisation. La démocratie. L'agent de sécurité, avait entendu dire Leme, croulait sous les offres d'emploi. La démocratie de l'opportunité.

*

Leme en resta là, dans le sens où il n'y avait pas grand-chose d'autre à faire, en l'instant. L'affaire, le meurtre du Gros João, si cela pouvait même être considéré comme une affaire, ne se résoudrait que s'ils la résolvaient. L'affaire *puait.* L'affaire avait « Indic de la police liquidé par la fraternité des criminels » écrit en gros dessus. Ou « Indic de la police liquidé par son propre employeur ». Leme n'employait pas d'indics, mais si on voulait vraiment lui faire porter le chapeau, il n'y aurait pas besoin d'être Einstein pour l'impliquer, et personne ne s'arrêterait à ce genre de détail. L'élément clé, c'était d'identifier le *playboy* mort. Mais cela, ils le savaient déjà. Ce qu'il y avait de nouveau, c'était cette histoire d'Antonio. Leme espérait, pour le bien d'Ellie et pour le bien de son amie, que ce n'était pas lui, le mort. Mais si ce n'était pas lui, où avait-il donc bien pu passer, foutredieu ? C'était la question numéro deux sur l'agenda de la matinée. La question numéro trois, c'était ce que ce bon vieux Carlos pouvait bien manigancer, précisément ? Le Gros João avait été enroulé dans un tapis. C'était une vieille carte de visite du PCC. L'idée était mignonne : englouti par un élément de ta propre maison, pour dire que tu as vendu les connards qui te protégeaient. Le tapis était littéralement tiré sous tes pieds. Cela simplifiait également la crémation. À Rio, ils t'empilaient des pneus par-dessus la tête jusqu'à ce que tu sois couvert jusqu'au menton, puis ils te brûlaient vif. Là, c'était un peu plus civilisé. Le PCC s'enorgueillissait d'avoir plus de classe que son concurrent côtier. Évidemment, il n'était pas étranger à nos amis *militars* de simuler une exécution du PCC lorsque cela servait leurs intérêts. Ce que ce bon vieux Carlos pouvait bien manigancer en ce moment ne pouvait donc qu'être extrêmement intéressant. Où que cet Antonio pût bien se cacher, et qui qu'eût été celui qui avait décidé du destin de ce pauvre Gros João, le jeune Antonio paraissait extrêmement précieux. Tous les acteurs, se dit Leme, devaient avoir grand intérêt à le retrouver. Et s'il *était* le *playboy* mort, alors le fait qu'il soit maintenant notoirement considéré comme disparu par sa bourgeoise, sa meilleure copine et Ellie, qui n'était pas exactement connue pour sa propension à garder les choses pour elle, signifiait que Leme allait bientôt devoir s'expliquer de façon beaucoup plus précise quant à sa présence sur la scène du crime. Leme n'avait plus beaucoup de temps. Et si Lutfalla avait fait montre de la moindre honnêteté en retranscrivant dans son rapport leur conversation de ce matin, alors Leme n'avait plus beaucoup de temps *du tout*. Combien de temps avant que Carlos ne laisse fuiter le rôle de Leme dans le scénario du *playboy* mort ? Carlos cachait bien ses cartes, il gardait précieusement celle-là dans sa putain de manche. Il était, se dit Leme, sur une pente très glissante. Ils avaient besoin de marquer des points. Le temps était vraiment foutrement loin d'être de son côté. Le temps menait trois-zéro contre Leme et était au service. Le temps *jouait* avec Leme. Comme le disait la sagesse populaire, il fallait continuer de pédaler, parce que, si on cessait de pédaler, la bicyclette s'arrêterait.

Et si la bicyclette s'arrêtait, on était foutu.

Lisboa écrasa la pédale de frein et immobilisa la voiture en double file de façon plutôt douteuse. Il redressa le menton. « C'est là. »

*

L'important, dans les deux enquêtes – le kidnapping et l'approbation populaire de la liquidation par l'agent de sécurité – c'était que, le temps que Leme se les voie confiées, le temps que la *Polícia Civil* entame une quelconque forme de procédure officielle, il n'y avait plus rien à investiguer, *já era*, la cité avait déjà pris sa décision, avait déjà rendu son verdict, avait déjà agi en tant que juge, jury et, dans le second cas, bourreau. Leme n'avait rien eu à faire. São Paulo s'était installé aux commandes et la roue avait tourné.

*

Leme ouvrit la boîte à gants. Il farfouilla. Il trouva son badge d'identification de cadre d'une société de sécurité privée. Attrapa un étui métallique de fausses cartes de visite. S'empara d'une fausse lettre à en-tête de cette entreprise. Il allait commencer doucement avec le gosse : lui laisser une chance. « Reste là, dit-il à Lisboa. Mais descends de voiture, montre les crocs, en quelque sorte.

– Oui chef. » Lisboa parodia un salut militaire.

Leme s'élança. Le chemin de jardin était interminable. Leme alla sonner à la porte de service. Une bonne arriva au petit trot. La bonne s'occupait bien de sa maison.

« *Pois não ?* » demanda-t-elle. *Je peux vous aider ?*

Leme joua les charmeurs. Ses yeux brillèrent. Il sourit de toutes ses dents. Il exhiba tous ses identifiants véreux. « J'ai besoin de parler au jeune homme de la maison », dit-il.

La bonne sourit, agréable, rien de plus. « Il dort. »

Leme grimaça. « Réveillez-le. »

La bonne croisa les bras. Elle fronça les sourcils. Elle grimaça à son tour. « Puis-je demander à quoi le jeune homme de la maison doit le plaisir de cette visite ? »

Leme sourit – légèrement, cette fois. Il avait autre chose à foutre. Si le charme ne fonctionnait pas, il allait devoir la jouer à l'ancienne. Il regarda à gauche, puis à droite.

Il se pencha en avant.

« Écoute, ma belle. Je suis inspecteur dans la *Polícia Civil* et j'ai besoin de dire un mot au jeune Gabriel, et j'arriverai à lui parler, à lui dire au moins un mot. Deux possibilités : tu vas le réveiller et lui dire qu'un représentant de l'entreprise de sécurité du quartier a quelques questions à poser au sujet d'un problème de nuisance publique, qu'il pourrait *peut-être* aider, et tu lui montres cette carte, ou je fais le tour jusqu'à l'entrée principale et je dis à Monsieur et Madame que tu n'avais pas envie de laisser entrer un représentant de la loi venu pour une conversation amicale. D'accord ? »

La bonne acquiesça. La bonne prit la carte que Leme tenait en l'air. « Attendez là », dit-elle.

*

Leme se demandait ce qu'était réellement sa vie, parfois. La cité dans son ensemble avait un code, un système, un accommodement. Ce n'était pas réellement l'Ouest sauvage, comme tant de gens le disaient… plutôt une sorte de contrat social autorégulé : São Paulo était comme une grande favela…

… dirigée par son un pour cent de pommes pourries.

La propre résidence de Leme avait une petite routine bien maligne. Lorsque l'on arrivait en voiture dans le parking, on s'identifiait devant la vitre pare-balles de la guérite, dans laquelle trois ou quatre *seguranças* étaient installés. Mais le car-jacking dans Morumbi était aussi une possibilité.

Deux malfrats vous arrêtent à un feu rouge, l'un d'entre eux monte à l'arrière et braque un pistolet sur votre tête. Lorsque vous arrivez près de votre immeuble, ils s'accroupissent à l'arrière et vous disent qu'ils vous tueront si vous faites quoi que ce soit de suspect. Alors vous faites signe, nonchalamment, en direction de la vitre, et vous entrez. Puis les voleurs passent d'appartement en appartement pour les dévaliser, chargent le tout, et repartent avec la voiture dans laquelle ils sont arrivés.

C'est bien pensé, se dit Leme, quoique franchement risqué. Chez lui, ils avaient un système. S'il vous arrivait jamais d'entrer avec deux malandros à l'arrière, vous vous gariez sur une place préalablement désignée pour signaler que vous aviez un problème. Une fois garé là, l'enfer se déchaînait. Leme n'avait pas l'impression que c'était jamais arrivé.

Ce qui importait, c'est que cela *pouvait* arriver. Et si cela arrivait et que Leme était chargé de l'enquête, il n'aurait rien à faire. Tout ce qu'il était nécessaire de faire aurait déjà été fait.

Leme toisa ce Gabriel de la tête aux pieds. Il était vêtu d'un superbe pyjama. Hugh Hefner était dans la place. « Je vais faire simple, dit Leme. Vous coopérez, tout va bien, comme on dit. Vous ne coopérez pas… vous voyez ce grand type, là-bas, en bas ? » Il indiqua Lisboa. « Eh bien, il vous giflera jusqu'à ce que ça vienne, *entendeu ?* »

Gabriel acquiesça.

« Très bien, dit Leme. Donc, j'ai entendu dire par une source crédible, par *plusieurs* sources crédibles, en fait, que vous aviez demandé à vos amis, à leurs amis, et à leurs amis encore, si quelqu'un avait entendu parler de quelqu'un qui avait disparu, *sabe ?* Vous suivez ? Ça vous paraît familier, tout ça ? »

Gabriel eut l'air évasif. « Qu'est-ce que vous voulez dire ?

– Je veux dire, vous avez fait des recherches, ça s'appelle. Alors je veux savoir pourquoi. Et pour qui. »

Gabriel eut l'air *muito* évasif. Son pyjama *luit.* « Je ne sais vraiment pas de quoi vous parlez. J'adorerais vous aider, mais… »

Leme leva l'index. Il le dirigea vers Lisboa.

« Je vous dis la vérité. Écoutez, je vous jure… »

Leme fit un signe de tête en direction de Lisboa. Puis une grimace : *Ne te fous pas de moi, mon gars.*

« Vraiment, vraiment, je vous promets. » Gabriel leva les mains, paumes ouvertes.

« Tu es en train de me dire que tu n'as pas posé de questions.

– Je n'ai pas fait de recherches, *senhor*, je le jure.

– Du calme. Ce n'est pas exactement la même chose. »

Gabriel tremblait. Gabriel prit une longue inspiration. Des mains, Gabriel fit un signe d'apaisement. « Pourquoi ne me donneriez-vous pas votre carte, et je vous contacterai si j'entends la moindre chose qui pourrait concerner de près ou de loin tout ce dont vous pouvez bien parler ? » Il marqua une pause. Se reprit. « Je pourrais faire des recherches pour vous, *entendeu ?* Au bureau ? »

Leme toisa ce Gabriel de la tête aux pieds, jaugea ce riche connard de Gabriel de la tête aux pieds. Leme sourit. Leme renâcla.

« Joli pyjama, mon gars. »

*

Leme claqua la portière. Lisboa démarra. Léger crissement de pneus. Gomme et échappement.

« Eh bien ? demanda-t-il.

– Le gosse est terrifié. Il joue au grand, il nous fait une faveur, ce genre de discours. Mais, quoi qu'il en dise, il va en parler à celui qui tire les ficelles, et rapidos, si tu vois ce que je veux dire ? »

Lisboa acquiesça. « Comme le dit le proverbe, Si tu comptes souper avec le diable, pense à prendre une longue cuiller. »

Leme renâcla. « Un proverbe, hein ? On ferait mieux de se mettre à la recherche du jeune Antonio. » Il entra l'adresse professionnelle d'Antonio dans son téléphone. « Les chances qu'il soit au bureau sont maigres, voire inexistantes, comme le dit le proverbe, évidemment, ajouta-t-il, et on n'est foutrement pas plus avancé de ne foutrement rien tenter. »

Lisboa grommela. Lisboa regarda la route. « Il faut bien commencer quelque part, vieux », dit-il.

*

Ce qu'était réellement la vie de Leme, c'était vivre avec Antonia. Il pleurait encore Renata, évidemment ; il portait encore son deuil. Et qu'il vive avec quelqu'un d'autre n'était aucunement une mesure de son chagrin. Le chagrin ne s'effaçait pas : l'absence demeurait. Sa vie avec Antonia était un don du ciel. Vivre avec quelqu'un, en fait, s'avérait extrêmement plaisant lorsque l'on appréciait cette personne, lorsque l'on s'entendait bien, lorsque l'on aimait cette personne. Antonia était drôle. Et Leme était drôle ! Il n'avait jamais pensé qu'il pouvait être drôle. Mais ils semblaient passer une grande partie de leur temps à s'amuser, à hurler de rire. À rire l'un de l'autre, à se faire rire l'un l'autre. Ils parlaient souvent d'eux, de leur relation. « Ce n'est jamais lassant de parler de notre relation avec toi, *sabe ?* lui avait dit Antonia. Je dois dire que j'en suis la première surprise. Ces mots à eux seuls me font frémir, mais pas dans le bon sens du terme. » Ils parlaient de l'avenir et de ce que l'avenir pourrait bien être. Pour Leme, l'amour, cette fois, était différent : il ne ressemblait en rien à ce qu'il avait connu jusque-là, des possibilités infinies se déployant devant lui. Cet amour, réalisait-il, était accablant. Renata serait toujours une partie de sa vie. C'était elle qui avait encouragé Leme à être heureux, qui lui avait révélé ce qu'il pouvait être. C'était cela, Leme le comprenait maintenant, le véritable amour. Nous nous abandonnons et nous nous comprenons. L'amour, comme São Paulo, n'avait pas de passé. Seulement un présent. Et le présent étant maintenant, il amenait avec lui certaines autres conversations, certains autres sentiments, des sentiments dont Leme n'avait jamais soupçonné l'existence, des sentiments qu'Antonia partageait et qui étaient également une surprise pour elle, des sentiments à exprimer. Cela avait été une sacrée surprise, lorsqu'elle avait dit, oui, oui, je veux avoir un enfant avec toi. Je le veux vraiment, oui, vraiment. Ils avaient cessé de se préoccuper de contraception il y avait bien longtemps ; Leme réalisait que la principale raison était que la perspective qu'elle tombât enceinte ne l'inquiétait pas. À l'évidence, cela ne ressemblait pas au point de départ le plus enthousiaste qui soit, mais le fait était que cela ne l'avait pas paniqué, et que cela avait évolué vers quelque chose d'encore plus positif. Leur approche catholique de la contraception reculait toujours plus dans l'ordre de leurs préoccupations. C'était chose d'autant plus plaisante, lorsqu'il jouissait fort en elle.

*

Le téléphone de Leme jappa. Un texto d'Ellie :

Capital SP : activité véreuse, *doleiro* pour *lava jato*. Détails à venir dans un prochain mail... Biz

Brave fille.

*

Leme et Lisboa occupaient le bureau de la réceptionniste de Capital SP sur toute sa largeur. Ils faisaient *bloc*. Ils éprouvaient une certaine pitié pour la réceptionniste, engoncée derrière son bureau, encombrée et bousculée par ces deux hommes étranges. Mais nécessité faisait loi. Dont acte.

La réceptionniste ne perdit pas de temps avec ces hommes imposants et leurs plaques de la *Polícia Civil.* Elle leur répondit : « Il y a deux hommes en vacances, selon mon calendrier. Antonio Neves et Rafael Marquez. »

Rafael Marquez. Un nouveau nom. Leme et Lisboa se regardèrent. D'accord.

Lisboa acquiesça. « Et vous ne savez pas quand ils vont revenir ?

– Jeudi ; en tout cas, c'est ce qui est inscrit. Mais je me souviens que, lorsque *senhor* Matheus a avalisé la demande de congé, il avait dit qu'ils pourraient revenir mercredi, voire aujourd'hui.

– Mais ils ne sont pas revenus ?

– Non. En tout cas, pas pour l'instant.

– Et ils ont fait cette demande ensemble ?

– Rafael a soumis la demande pour eux deux, oui. Son supérieur, le *senhor* Matheus, l'a approuvée, comme je vous l'ai dit. »

Lisboa regarda Leme. *Rafael a soumis la demande pour eux deux.* Lisboa regarda la réceptionniste. Elle rapetissa. Son bureau la rétrécissait. Des vacances ensemble. Il dit : « Je crois que nous allons devoir parler à ce *senhor* Matheus. »

La réceptionniste acquiesça. Elle attrapa son téléphone. Elle parla à voix basse. Elle parla vite. Elle reposa le téléphone.

« Vous pouvez monter, dit-elle. Troisième étage. Il vous attendra devant l'ascenseur. »

*

Leme n'avait rien dit à Antonia. Pas cette fois. Il ne voulait pas savoir ce qu'elle en penserait. Il savait, évidemment, ce qu'elle penserait de tout cela. Elle avait des antécédents, avec Carlos. Il se demanda jusqu'où s'étendaient réellement ces histoires de *Lava Jato.* Combien de sociétés respectables, de firmes, d'entreprises, étaient impliquées, parfois même sans le savoir. Antonia était avocate. C'était sa formation. Sa boîte avait déjà été impliquée dans des négociations plutôt douteuses. Leme le savait. C'était de cette façon que se passaient les choses. La démarcation entre propriété privée et gestion publique, propriété publique et gestion privée, était plutôt confuse. La bureaucratie ou l'administration, et le pinaillage juridique, étaient un vrai merdier. Mais ne pas comprendre ce qui était strictement légal et ce qui ne l'était pas n'était pas une excuse. Ou, ce qui serait plus pertinent, comprendre ce que d'autres ne comprenaient pas comme étant strictement légal et ce qui était douteux n'était pas une excuse. Ce qui était toléré n'était pas la même chose que ce qui était juste.

Et, autant Leme ne voulait pas qu'Antonia sache ce qu'il était en train de faire, le merdier dans lequel il était effectivement embarqué, autant il ne voulait pas savoir si elle avait un rôle à jouer dans le casse-tête toujours grandissant qu'était cette histoire de corruption. Leme aimait Antonia. Il ne lui avait pas parlé depuis le soir où il lui avait dit qu'il ne pourrait pas rentrer à la maison, après avoir découvert le Gros João. Ce qui n'était pas habituel, mais qui n'était pas inhabituel. Antonia lui manquait.

*

Leme et Lisboa étaient côte à côte dans l'ascenseur de verre. Ils avaient une vue à 360 degrés de l'intérieur, impressionnant, du bâtiment. Lisboa tapota la paroi de verre. « Deux poissons rouges sont dans un aquarium, dit-il. L'un propose à l'autre : "Ça te dirait, qu'on fasse un tour ensemble ?" L'autre réfléchit et lui répond : "Oui, bonne idée." »

Leme sourit. « Tu sais ce qu'on dit des gens et des maisons de verre. »

Leme lui donna un grand coup de coude dans les côtes. « Ne sois pas fleur bleue, hein ? »

*

Leme était né à Paraíso et avait d'abord grandi là-bas, puis à Morumbi, près de Paraisópolis. Cette vieille blague : la France avait Paris, et nous Paraisópolis. Sa première école était la seule école du quartier pour des enfants de son âge. Morumbi avait autrefois été une ferme. La construction s'était faite à la va-vite.

Leme avait grandi avec elle. L'école était publique. C'était juste une école basique. Morumbi, alors, n'était pas aussi violemment divisé. Paraisópolis n'était qu'une fraction de ce qu'elle est devenue. Il n'y avait pas les résidences de luxe qui bordaient maintenant les rues. La première, *Portal do Morumbi*, avait été fondée par des résidents l'année de la naissance de Leme. La deuxième, qui avait poussé et s'était étalée en un geste invasif, possessif et impérialiste, avait été *Portal da Cidade*, où Leme vivait maintenant. Quand il avait huit ans, ses meilleurs amis étaient Rodrigo, ZéDuda, et Pão de Queijo, *bouchée au fromage*, un surnom que lui avait valu sa haine pour les bouchées au fromage, le dégoût qu'elles lui inspiraient, surtout leur odeur. Dès que quelqu'un avait une bouchée au fromage, il la lançait sur Pão de Queijo.

Rodrigo était métis, ZéDuda et Pão de Queijo étaient tous les deux noirs. Leme n'était ni l'un ni l'autre, au sens de la première génération. Mais la mère de Leme venait de la favela, et elle s'était assurée qu'il voie le monde de la même façon qu'elle. Cela signifiait être tolérant ; cela signifiait également être intransigeant, dur dans la façon dont on abordait le monde. Le père de Leme ne lui avait jamais permis d'oublier à quel point il était passé près de la demi-vie de la favela. « J'ai sauvé ta mère, disait-il souvent à Leme. Je lui ai offert une vie qu'elle n'aurait jamais eue, que tu n'aurais jamais eue. » Leme n'avait jamais trop su à quoi sa mère avait échappé. Les souvenirs que Leme avait de sa mère étaient uniquement abstraits, maintenant : une silhouette à la maison, qui s'occupait de la maison, de Leme, de son père. Leme ne lui avait jamais demandé de lui parler d'elle-même. Cela ne lui était jamais venu à l'esprit. Et le temps que cela vienne, qu'il soit assez âgé pour cela, il était trop tard. Lorsque Leme était très jeune, elle l'emmenait, les week-ends, à la piscine publique, en périphérie de la favela Paraisópolis. Il y barbotait à moitié nu avec des dizaines d'autres gosses, qui cuisaient tous dans le soleil de midi, se lançaient des ballons de foot, riaient et hurlaient de ravissement. Elle les regardait former des petits groupes entre amis, faire la course sous l'eau, se pourchasser du petit côté, plonger du grand côté. Elle s'asseyait sous un parasol dans un maillot de bain qui n'était jamais mouillé, discutait avec les autres mères d'école et de travail, vérifiait anxieusement à tout instant que Leme était à un endroit où il avait pied, que sa tête dépassait bien de l'eau bleue limpide. Leme se souvenait que, dans un premier temps, il avait eu du mal à se faire des amis, et qu'il passait beaucoup de temps assis avec sa mère à prendre le soleil et à écouter à moitié leurs blagues et histoires d'adultes. Puis, à mesure qu'il grandissait, il avait passé plus de temps avec ses amis, puis passé ses week-ends sans elle. Il se souvenait l'avoir entendue lui dire : « Te regarder grandir, jeune homme, m'emplit de fierté et de crainte. Et ma plus grande crainte, Mario, est que tu ne tires pas le meilleur parti de ce que Dieu te donne. Fais cela, garde la foi, travaille dur, pense d'abord à ta famille, et tout ira bien, tu seras récompensé dans ta prochaine vie, celle que le *padre* nous promet tous les dimanches. » Leme s'était souvenu de cela. Il n'était pas certain que son père l'ait sauvé de quoi que ce soit.

Ils étaient drôles, les jeunes amis de Leme. À neuf ans, Leme avait changé d'école. Pour une meilleure école. C'était là-bas que, plus tard, il avait rencontré Lisboa. Ce n'était pas une école chic, pas britannique, pas américaine, pas *internationale*. Mais c'était une meilleure école. Leme avait perdu contact avec ses amis. Mais il n'avait pas déménagé, il vivait toujours dans le même quartier, fréquentait toujours les mêmes endroits que les autres enfants, puis que les autres adolescents. Alors qu'il avait treize ans, il rentrait à la maison pas trop tard, quand le ciel s'était déjà assombri mais pas encore trop, qu'il y avait encore beaucoup de gens qui traînaient. Morumbi était alors déjà dominé par cette antinomie richesse-pauvreté qui y prévaut encore aujourd'hui. Mais cela n'empêchait pas Leme de rentrer chez lui à pied, d'arpenter des rues qu'il avait toujours arpentées, de marcher dans son quartier. Alors qu'il arrivait au coin de sa rue, néanmoins, sa rue, dans son quartier, sa rue, où il vivait, où il avait toujours vécu, quatre garçons l'avaient encerclé. C'étaient des garçons de son âge, mais plus grands, qui paraissaient plus forts, qui avaient l'avantage. Ils voulaient ce que Leme avait dans les poches. Ce n'était pas grand-chose, mais le problème n'était pas là. Leme percevait la menace de leurs armes même si aucune n'était visible. L'avantage que ces gosses avaient sur lui était énorme. Leme avait dégluti. Il s'était senti dissipé, sonné. Son énergie semblait l'avoir abandonné. Il avait inspiré. Il avait dégluti. Il avait senti des mains s'enfoncer dans des poches. Puis : « *Mario ? Não ! Mario !* » et Leme, même dans sa peur panique de se faire boxer, de se faire tabasser, de se faire racketter, avait reconnu le chef de la bande. « *Pão de Queijo ! Seu caralho.* » Leme l'avait joué très détendu. Il avait feint la nonchalance. L'agression était oubliée. Ils avaient échangé quelques vieilles blagues. Ils s'étaient posé des questions l'un l'autre sur leurs anciens potes. Ça avait été sympa, s'était dit Leme en rentrant chez lui. *Pão de Queijo !* s'était-il dit en souriant, en secouant la tête. Plus tard, devenu adulte, il lui était arrivé à plusieurs reprises de raconter cette histoire. Il la racontait d'un ton léger, avec humour, du genre « vous ne pourriez même pas imaginer comment Morumbi était, dans le temps ! » Plus tard encore, il avait réalisé à quel point cette histoire était déprimante. Il n'avait jamais revu Pão de Queijo.

*

Le bureau était *long*.

Il exsudait le bois sombre et le cuir. Il *exaltait* les privilèges. Le bureau était un majordome en gants blancs qui s'inclinait. Il vous accueillait, ce bureau ; il vous faisait vous sentir chez vous.

« Prenons un verre, si vous le voulez bien ? »

Leme et Lisboa se regardèrent. Leurs visages se dirent : *Foutrement rien ne nous en empêche.*

Il y avait un globe terrestre au milieu de ce long bureau exsudant. L'un de ces globes anciens, en bois, élégant, absolument pas pour les enfants, pas un jouet, non *senhor*, *nem fodendo*, aucune putain de chance…

Le *senhor* Matheus en ouvrit le couvercle. Il en tira une carafe en cristal et trois grands verres bien épais. Il versa trois bonnes mesures. Hésita. « *Chorinho ?* » Une *larme*, une petite goutte en plus ? Cette même expression sur leurs visages : *Foutrement rien ne nous en empêche.* Le *senhor* Matheus leur versa à tous un

Chorinho. Il leur tendit leurs verres. Les grands verres épais se coulaient confortablement dans la paume de leurs mains.

« *Single malt*, dit Matheus. Lagavulin, seize ans d'âge.

– C'est ce que je me disais », répondit Lisboa, plutôt sérieusement.

Leme ne dit rien.

Ils restèrent un temps assis en silence, à apprécier leur Lagavulin de seize ans d'âge.

Un moment parfaitement opportun pour boire un whisky, se dit Leme, onze heures à peine passées. Mieux qu'un second petit-déjeuner. Puis Matheus suggéra qu'ils parlent librement et officieusement. Et, une fois de plus, chez Leme et Lisboa : *Foutrement rien ne nous en empêche*. Après tout, ils ne s'y étaient pas attendus.

« Il semblerait, poursuivit Matheus, que vous désirez savoir quelque chose au sujet de deux de mes employés. Je désire également savoir quelque chose à leur sujet.

– Nous aimerions savoir où ils sont, dit Lisboa.

– J'aimerais également savoir où ils sont.

– En vacances, non ? »

Matheus se renfonça dans sa version ultime du fauteuil de cuir. « Ils sont censés être en vacances, en quelque sorte, oui ; effectivement.

– Mais pas tout à fait.

– Je ne sais pas où ils sont. »

Ceci ne parut pas être une affirmation immensément utile, aux oreilles de Lisboa. Leme leva une paume ouverte. « Pourquoi ne pas nous parler de ces quasi-vacances qu'ils auraient prises ou pas ? »

Matheus acquiesça. « Ils sont tous les deux chargés de réaliser un travail officieux pour nous, ici. Pour moi. Rafael fait ce travail pour moi, pour nous, depuis, je ne sais pas, près de deux mois. Il m'a dit la semaine dernière qu'il avait besoin d'aide, et a suggéré Antonio.

– Un travail officieux.

– Je sais, dit Matheus, que vous n'éprouverez pas le moindre intérêt pour la nature de ce travail. Et si vous éprouviez le moindre intérêt pour la nature de ce travail, mais je sais que ce n'est pas le cas, vous ne seriez pas ici à parler avec moi. Officieux… – il reposa son grand verre épais, son grand verre vide – … ne signifie pas hors limites, ne signifie pas illégal, *entendeu ?* »

Lisboa acquiesça. Il tendit son verre. Matheus le resservit.

Leme regarda son téléphone. Un mail d'Ellie. Sujet : Capital SP. Il le lut en diagonale. Leme donna un coup de coude à Lisboa. Lisboa prit le téléphone de Leme. Il parcourut rapidement le message.

« Y a-t-il une chose pour laquelle je pourrais vous aider ? » demanda Matheus. Lisboa regarda Leme. Lisboa fronça les sourcils. Leme acquiesça. Lisboa dit : « Vous avez fait beaucoup d'affaires au nom de vos clients Petrobras ou Odebrecht, depuis, je ne sais pas, près de deux mois ?

– Vous savez qu'il existe une chose appelée le devoir de confidentialité envers la clientèle, non ? »

Lisboa regarda Leme. Les yeux de Lisboa revinrent vers Matheus. « Je croyais que c'était un serment que les médecins devaient prêter. Je suis convaincu que nous pourrions obtenir un mandat, ou quoi que ce soit qui pourrait être nécessaire.

– Comme je l'ai dit précédemment, je suis assez certain que vous n'êtes pas vraiment intéressés par ce que nous faisons ici.

– Peut-être pas, mais j'ai comme dans l'idée que certains de vos clients pourraient être intéressés par la destination qu'a pu prendre une partie de leur argent. »

Matheus sourit, changea de position dans son fauteuil. Il grimaça, joua les victimes. « Et c'est la raison pour laquelle j'ai envie de retrouver mes employés autant que vous.

– Alors, quel est l'intérêt d'avoir cette conversation ? demanda Lisboa.

– Je n'ai plus entendu parler d'eux. Enfin, je n'ai plus entendu parler de Rafael, qui est mon contact, depuis dimanche matin.

– D'accord.

– Et pourtant, j'aurais dû. Ils sont censés faire ce travail pour moi, pour nous, et rester en contact pendant qu'ils le font. Ils n'ont fait ni l'un ni l'autre, pour autant que je le sache, *certo ?*

– Et donc, vous voudriez les déclarer disparus. »

Matheus sourit. « Ils sont en vacances. »

Leme acquiesça. Il dévisagea Lisboa. Il claqua des doigts pour dire : *Bon,* embora, *on décarre. Deux* des employés de ce Matheus – *deux.* Leme avait ce dont il avait besoin.

*

C'était quelque chose, l'un de vos anciens meilleurs amis qui essaie de vous dévaliser. Ouaip ! C'était vraiment quelque chose. Vous parlez d'une agression ! Plutôt ironique, même si, au bout du compte, cela avait été accidentel. Pour Leme, cela avait été sa première expérience directe de la criminalité. Et le fait était qu'il n'avait rien ressenti d'autre que de la compréhension. Pas une compréhension dans le sens d'une opinion éclairée et libérale qui attribue la totalité de la criminalité aux circonstances misérables et désespérées dans lesquelles les criminels misérables et désespérés ont grandi ; il n'en avait pas une compréhension sociologique, non, *nem fodendo*, pas du tout. Il comprenait simplement que cela était arrivé, et pourquoi. Voilà ce que Leme avait retenu de sa première expérience directe de la criminalité.

*

Le mail d'Ellie disait ceci : J'ai reçu de nouvelles informations de la part d'un contact au Royaume-Uni. Il a confirmé que l'argent était bien transféré à Londres par Capital SP, mais indirectement. Et que le volume d'affaires a été beaucoup plus important ces derniers mois. L'argent passe des marchés de travaux publics à Petrobras, puis au cartel des entreprises de BTP avec lesquelles Petrobras a un accord exclusif pour ce qui concerne les travaux publics (et qui inclut Odebrecht, Camargo Correa, Andrade Gutierrez, Mendes Jr., UTC), puis aux agents publics et aux politiciens qui sont décisionnaires dans la conclusion de ces marchés. Le pourcentage de dessous-de-table reversé à chaque étape et la commission afférente sont transférés à Panama, qui dispose d'une structure de blanchiment capable de créer des milliers de sociétés écrans ou légitimes mais complices dans des endroits comme les îles Vierges britanniques. Le cabinet d'avocats Fonseca en est apparemment une figure incontournable. Toute la partie juridique passe par eux. L'argent redescend ensuite en flots régulés vers toutes ces petites laveries automatiques des pays offshore, des *launderettes*, pour utiliser un terme cher aux Britanniques, d'où il repart – sous des formes multiples : des comptes, des fonds, des sociétés – vers des centres financiers comme Londres, pour y être recouvré ou renvoyé ailleurs. Capital SP blanchit simplement l'argent de ses clients sous couvert d'opérations légitimes, mais en payant bien trop cher ses achats en Bourse, ses investissements, *et cætera*, et d'autres choses que je ne comprends pas. Le tout en se servant grassement au passage, d'après mon contact. Voilà ce que j'ai. Et je ne dirai rien à cette Roberta ; ne t'inquiète pas, *querido*.

Leme songea, les riches sont des sauvages, partout dans le monde. Et ce sont eux qui demandent à être protégés. Des barbares. Ce qu'ils veulent, c'est de l'argent sale, mais les mains propres.

*

L'une des choses qui permettaient de comprendre le crime, c'était de comprendre la façon dont on y réagissait, avait appris Leme. Deux ans après la non-agression, Leme déconnait avec des jeunes du quartier. L'un des frères aînés de son pote était apparu. Un gosse de la favela, un jeune Noir avec une lame artisanale, venait de dépouiller le cadet de la fratrie, et ce petit connard armé avait embarqué la montre du jeune frère, une montre qui lui avait été offerte par leur grand-mère, une montre qui avait autrefois appartenu à leur grand-père décédé. Totalement inacceptable. L'aîné du pote de Leme avait dit à Leme et à ses amis qu'il savait où était cet enculé, et qu'il avait besoin qu'ils viennent avec lui. « Et amène cette batte, *porra* », avait-il indiqué à un autre jeune du groupe en montrant du doigt la batte de baseball dont ils se servaient pour écraser de vieilles canettes sur le terrain vague qui flanquait la favela. Leme s'était remémoré la façon dont ils avaient commencé par fracasser des canettes de Fizzy Pop sur ce terrain vague, puis étaient passés aux bouteilles de verre vides, puis aux fruits pourris. Les trois faisaient des bruits fort différents et fort satisfaisants lorsqu'on les frappait juste comme il faut avec la batte. C'était une batte solide. C'était juste la batte qu'il leur fallait, là. Et donc, c'était une bande de bons à rien adolescents décharnés et boutonneux qui s'étaient dressés devant ce gosse de la favela terrifié et pathétique, le gosse noir avec son couteau fait main, ce gosse de la favela qui avait volé la montre. Leme se souvenait qu'il s'était inquiété de la solidité de la batte, de son existence bien tangible, qu'il s'était inquiété de la façon dont elle pourrait être utilisée pour satisfaire la fureur que ressentaient l'ami de Leme et son aîné. Ce que Leme n'avait pas considéré, c'était l'imagination du grand frère de son pote. La batte était une menace bien tangible, bien réelle. Et uniquement cela : une menace. Ce que le frère du pote de Leme avait fait au pauvre petit gosse noir pathétique qui tremblait devant la menace de la batte, ça avait été de lui faire manger la montre. Ce gosse, ce détrousseur, cet agresseur, avait *mangé* leur montre. Il avait mis la montre, pièce par pièce, dans sa bouche, et il avait mâché, croqué et avalé les petits bouts de métal et les tiges et les ressorts. Il les avait recrachés et vomis, mais il les avait avalés, il l'avait mangée.

Le désir d'une vengeance qui aurait égalé la fureur des deux frères, qui aurait donné la mesure de l'accablement qu'ils avaient ressenti, de l'injustice de la situation : voilà ce qui l'avait emporté. L'héritage familial qu'ils désespéraient d'avoir perdu avait finalement trouvé un bon usage.

Cela avait été la deuxième expérience directe de la criminalité de Leme, et la première de ses conséquences.

*

Prochain arrêt : retrouver Ellie et rencontrer cette Roberta de ses amies : il fallait bien commencer quelque part. Antonio devait bien se trouver quelque part. Lisboa silencieux, stoïque, brûlant – le bras gauche bronzant sur la portière. Lunettes de soleil réfléchissantes. Biberonnant du café et piochant dans un sac de *pão de queijo*…

Lisboa tendit le sac. Leme déclina, fit non de l'index, fit claquer sa langue. Ça va, vieux, merci. Fais-toi plaisir.

La chaleur était monstrueuse. Ils prirent à droite sur Brigadeiro, la pire galère du trajet. L'*Avenida* semblait ne faire que se traîner et se lamenter, ondoyer et scintiller, tousser et roter. Ils filèrent sur Brasil puis prirent à gauche vers Veneza, l'une des rues secondaires sur la grille de Jardim Europa, non loin du quartier nettement plus chic qu'était Jardim Paulistano.

Lisboa grommela. Il tapota le rétroviseur intérieur. « Depuis environ dix minutes. Deux, je crois. Ressemblent à des coursiers. »

Leme fit tourner le rétroviseur. Il y avait une motocyclette, derrière, deux voitures plus bas. Tenue de cuir noire. Pour un coursier, il se traînait. Il mourait un de ces connards par jour, en moyenne, à São Paulo, tant ils voulaient rallier leur destination dans l'urgence. Un jeu débile. Mais ce gars-là n'avait pas l'air pressé, apparemment.

« Tu es sûr qu'il y en a un autre ? »

Lisboa acquiesça. « Ouaip ! Accroche-toi. »

D'un coup, Lisboa mit le pied au plancher. Ils foncèrent jusqu'au bout de Veneza, prirent à gauche, puis aussitôt à droite, virages serrés, gomme brûlée. Il ralentit. C'était une petite rue courte et tranquille, avec, à mi-chemin, un rond-point servi des quatre côtés, qui donnait sur Oliveira Días, juste après São Gabriel. Le rond-point était au centre d'une grille de rues à angles droits. En d'autres termes, s'ils étaient suivis et que ceux qui les suivaient étaient bons, ils ne pouvaient pas les avoir semés.

Lisboa roulait au pas.

Deux motocyclettes les rejoignirent alors qu'ils s'engageaient dans le rond-point, une de chaque côté.

Ils firent rugir leurs moteurs, agirent rapidement.

Ils s'arrêtèrent des deux côtés de la voiture, exhibèrent leurs armes.

Les motards hurlèrent *Mains en l'air, là où je peux les voir.*

Leme et Lisboa firent ce qu'on leur disait. Les motards gardèrent leurs visières baissées.

Leme et Lisboa regardèrent droit devant. Ils avaient les mains sur le tableau de bord. En plein soleil. Leurs mains *rôtissaient.*

La rue était déserte. Leme vit une troisième moto tout au bout, au milieu, qui bloquait toute circulation potentielle.

Il y eut un éclair bleu-rouge ténu, sec et soudain, mais bref dans la lumière de fin de matinée, comme l'éclair de la lampe de poche d'un ophtalmo dans vos yeux aveuglés, difficile à percevoir. Mais si on la voyait, elle s'imprimait. Leme la vit. Le motard, tout en noir. Pas casher.

Ah.

Ce n'était pas une coïncidence.

Les motards sortirent des pistolets.

Les motards tendirent le bras.

Les motards braquèrent leurs pistolets.

Les vitres étaient ouvertes. La chaleur était immobile. L'air était immobile…

Le silence vibrait.

Les pistolets s'avancèrent, juste un peu, à l'intérieur de la voiture, à quelques pouces de la tête de Leme, à quelques pouces de la tête de Lisboa, restèrent suspendus là, juste un instant.

Leme et Lisboa s'interdirent de céder. Leurs paumes étaient suantes. Leurs paumes étaient glissantes.

Ne pas céder.

Les motards ne cédaient pas. Les motards tenaient la pose.

Puis :

La pose s'évanouit.

Les motards tapèrent du pistolet sur le toit de la voiture. Ils rengainèrent leurs armes. Le motard du côté de Leme se pencha légèrement vers l'intérieur.

Il dit : « *Entendeu ?* »

Il s'écarta. Il mima un pistolet avec la main. Il pressa la détente.

Les trois motos mirent les voiles.

Leme et Lisboa soufflèrent. Lisboa dit : « Je crois que nous savons ce que ça veut dire. »

Leme acquiesça. C'était un avertissement traditionnel, les coups sur le toit, le symbole de ce qui allait arriver si d'autres choses n'étaient pas réglées, si le problème n'était pas résolu. Leme tapa deux fois du doigt sur le tableau de bord. *Allons-y.*

Ce qui comptait, c'était la façon dont on réagissait au crime.

*

La cité règle ses propres problèmes. Le quartier règle ses propres problèmes. Un jour, alors que Leme avait quinze ans, il était passé chez Lisboa après l'école. Le père de Lisboa était flic, inspecteur dans la *Polícia Civil*, la raison, au bout du compte, pour laquelle ils avaient tous les deux signé. C'était un bon gars, un homme droit, qui comprenait le bien qu'il y avait à faire, à impulser un changement, à être une force positive. Lisboa avait une cousine un peu plus jeune que lui, une jeune fille de douze ans. Ce jour-là, elle devait passer chez eux elle aussi, ses parents étaient pris et elle avait besoin qu'on s'occupe d'elle pour quelques heures. Elle était en retard. Pas *très* en retard, mais suffisamment. Le père de Lisboa était rentré tôt, par contre. Peu après, la cousine avait franchi la porte en pleurs, tremblante. Un jeune type l'avait suivie jusque-là. Il l'avait déjà suivie auparavant, mais c'était juste un gosse, il n'avait jamais rien fait, sauf que là, il avait essayé de la toucher.

Il avait essayé de faire quoi ? Il avait fait quoi ? Il avait essayé… quand ?

Maintenant.

Où ?

*

Le père de Lisboa avait attrapé la cousine et franchi la porte en quelques secondes.

Leme et Lisboa l'avaient suivi. Le père de Lisboa avait rattrapé le gosse au coin de la rue. La cousine avait dit *oui, c'est lui*. Leme et Lisboa avaient observé. Le père de Lisboa avait soulevé le gosse, avait soulevé le petit gosse paumé et terrifié, l'avait soulevé par le cou, une main serrée autour de son cou…

Et il l'avait plaqué contre le mur.

Le père de Lisboa avait plaqué cette fouine efflanquée, ce gosse pervers et obsédé, il l'avait plaqué fort, il l'avait plaqué fort contre le mur. Il avait dit quelques mots au gosse.

Quoi qu'il lui eût dit, la cousine n'avait plus jamais eu de problèmes. Une menace *efficace*, s'était dit Leme.

*

Les yeux d'Ellie scintillaient. Les yeux d'Ellie dansaient. Cela pouvait paraître légèrement indélicat, se dit Leme, étant donné les circonstances. Sa copine Roberta avait le visage couleur cendre. Ça peut avoir cet effet-là, l'inquiétude. Ça vous saisit, ça vous mine. Ça vous inflige un teint cadavérique, une pâleur mortelle, tout ça. C'est une crevure, l'inquiétude, une crevure impitoyable.

Ellie, de son côté, savourait d'être revenue dans la partie, se réjouissait d'être de nouveau partie prenante. C'était elle qui menait la danse.

« Raconte-leur, dit-elle. Parle-leur de Gabriel. » Roberta leur dit ce qu'ils savaient déjà. Elle parlait doucement, en reniflant, encore sous le choc. Cela ne faisait qu'un jour et demi qu'elle l'avait vu, qu'elle avait été en contact avec lui, elle le savait, et elle savait que ce n'était pas bien long, elle connaissait des couples qui s'étaient disputés et ne s'étaient plus parlé pendant bien plus longtemps, mais elle était inquiète, et personne ne savait où il était, elle avait demandé à son amie Lis de se renseigner discrètement, et maintenant cette histoire avec Gabriel, un gars que tout le monde connaissait, vous savez, dans le milieu, pas exactement un ami mais pas le contraire non plus, qui demandait, juste par curiosité, si quelqu'un n'avait pas disparu, et ce n'était pas bon signe, et encore moins avec cette histoire de vacances...

Lisboa l'interrompit. « Avez-vous parlé aux parents d'Antonio ? » Il avait l'air mort d'ennui, mort de fatigue, imperméable à l'excitation de l'investigation, contrairement à la jeune Ellie. Impatient d'en finir, de passer à autre chose, songea Leme.

« Non.

– Pourquoi pas ?

– Je ne voulais pas les inquiéter.

– D'accord, mais vous êtes inquiète. »

Elle acquiesça. « Mon amie Lis sait qu'ils n'ont pas eu de nouvelles de lui. Mais c'est absolument normal. C'est cette histoire de jours de congé qui ne va pas. Pourquoi ferait-il cela ? Il ne ferait pas ça.

– Elle n'a pas dormi, dit Ellie. Regardez-la.

– Vous êtes certaine qu'il ne le ferait pas ?

– Je ne...

– Oh, allez, ne lui mets pas trop la pression…
– Vous êtes absolument certaine qu'il ne vous cache rien ?
– Mario, dis-lui…
– Je… » Elle secoua la tête. « Je ne peux pas croire…
– Vous connaissez Rafael Marquez ?
– Oui, mais pas très bien.
– Tu pourrais être plus sympa ? Mario, s'il te plaît… »

Lisboa ne prêta aucune attention à Ellie. « Et vous le connaissez par Antonio, j'imagine ? »

Roberta acquiesça. Elle serra sa tasse de café. « Ils étaient à l'école ensemble, il est plus vieux, mais ils ont fait leurs études au même endroit, je crois, et maintenant, ils travaillent ensemble.

« Alors ils sont potes ?
– Parce que ce n'est pas foutrement évident ? *Porra, meu.*
– Antonio a beaucoup d'amis.
– Vous dites cela comme si ce n'était pas une bonne chose. »

Roberta sourit – d'un air contrit. « Je ne crois pas que ce soit une bonne chose.
– Est-ce bien pertinent ? »

Leme lança un regard furieux à Ellie. Elle mima *Désolée* avec une déférence exagérée et ironique. Comme d'habitude, chez elle. Plus âgée, mais plus effrontée. Un peu plus d'expérience, et péché d'orgueil, et tout le tintouin. Leme, silencieusement, l'invita à plus de patience.

« Pourquoi n'est-ce pas une bonne chose ? »

Roberta se tendit un peu. Elle redressa le dos. Elle inspira profondément. « Antonio a toujours eu l'impression d'avoir une dette envers ses amis.
– Littéralement ?
– Non, pas littéralement. Je veux dire qu'il n'a pas exactement les mêmes origines, que ce n'est pas un *playboy* de naissance, *entendeu ?* C'est un boursier. C'est vraiment une putain de tête, mais il a choisi de ne pas se compliquer la vie.
– Vous voulez dire, dans l'emploi qui est le sien ? »

Roberta acquiesça. « Il ne m'appartient pas de juger.
– Mais tout de même…
– Voilà.

– Donc, vous n'aimez pas ses amis.
– Ce n'est pas seulement ça. C'est la loyauté qu'il croit leur devoir.
– Les amis d'abord.
– C'est foutrement sexiste !
– Ellie, du calme, dit Leme.
– C'est un peu réducteur, reprit Roberta. C'est plus que ça. En fait, il ferait n'importe quoi, pour eux. S'il fait une promesse, quelle qu'elle soit, il l'honorera. »
Leme dévisagea Lisboa : *Il est temps de conclure.* Leme lança un regard furieux à Ellie : *Tu la boucles.*
Lisboa acquiesça. « Je comprends. Voilà ce que nous savons : Rafael Marquez est également passé sous les radars. C'est lui qui a posé les jours de congé pour eux deux. Ils étaient censés faire un boulot officieux pour leur boss. »
Le téléphone de Leme clignota, sonna. *Antonia.* Il coupa le son. Il le retourna, masquant l'écran. Il ne lui avait pas encore parlé, aujourd'hui. Il fallait qu'il l'appelle.
Roberta s'empourpra. Sa colère éclata. « Le salaud ! Je... »
Lisboa leva la main, paume ouverte. « Attendez, juste un instant. Y a-t-il un endroit que vous connaissez, où Antonio aurait pu aller ? Un endroit, je ne sais pas, secret ; un endroit où il irait, je ne sais pas, pêcher, ou méditer, n'importe quoi. »
Leme sourit – intérieurement. Lisboa menait bien sa barque.
Roberta secoua négativement la tête.
« Et ce Rafael, est-ce que...
– Pas la moindre idée. » Elle pinça les lèvres. La tête lui tournait. Sa tête lui jouait des tours.
Lisboa, en hochant la tête : « Bon, voici ce que nous avons besoin que vous fassiez. »
Il se tourna vers Ellie. « Et toi aussi, écoute bien, ma belle. » Il se concentra de nouveau sur Roberta. « Je veux que vous alliez voir l'un des amis les plus proches d'Antonio, de préférence quelqu'un qui est également proche de Rafael. Je veux que vous lui disiez que deux inspecteurs de la *Polícia Civil* sont venus vous voir.
– Attends, une minute. Qu'est-ce que c'est que ces conneries ? »
Lisboa lança un regard furieux à Ellie. Il toucha la main de

Roberta. « Nous voulons le retrouver, nous aussi, et pas parce qu'il aurait fait quelque chose de mal. Vous dites à cet ami que nous les cherchons, lui et Rafael. Vous dites à cet ami que c'était déconcertant, mais que vous n'aviez pas vu Antonio depuis dimanche, que vous vous étiez disputés... Vous lui dites, en gros, la vérité. Ne vous concentrez pas sur votre inquiétude, et ne citez pas nos noms. » Lisboa regarda acrimonieusement Ellie. « L'idée, c'est que ça va immédiatement remonter jusqu'à ce Gabriel. C'est juste que nous ne voulons pas que ce soit vous qui lui transmettiez l'information, *certo ?* »

Roberta acquiesça. Leme se leva. « Gardez le sourire, dit-il. Tout va s'arranger. » Il regarda Ellie. « Et toi, tiens-toi, *entendeu ?* Il faut qu'on reparle de ce mail. »

Ellie les envoya paître d'un geste, leur adressa un baiser ironique, s'éclipsa. Leme leva les yeux au ciel.

*

Voilà les histoires qu'ils se racontaient, sur la façon dont la cité fonctionnait, sur la justice. Sur ce qui était juste et ce qui était injuste. Sur ce qu'était exactement la justice. Sur la façon dont fonctionnait exactement la justice. Si elle fonctionnait jamais. Voilà les questions qu'ils se posaient. Et les réponses étaient nombreuses. Lorsqu'ils se demandaient l'un l'autre ce qu'étaient ces réponses, c'est là qu'il y avait des problèmes. Il était plus simple de ne pas demander.

*

Leme regarda son téléphone. Un message d'Antonia. Ça y est. Je t'aime. Leme trembla de tout son corps. Leme bouillonna intérieurement. Ça y est. Je t'aime. Leme savait ce que cela signifiait. Cela signifiait absolument tout.

Leme tint bon. Leme resta dans les rails. « Et qu'est-ce qu'on fait, maintenant ? » demanda-t-il à Lisboa.

Lisboa réfléchit à la question. « On déjeune, putain. »

Et cette expression, encore une fois, sur leurs deux visages : *Foutrement rien ne nous en empêche.*

*

En fait, réalisèrent-ils, ils étaient affamés. L'inquiétude était une emmerdeuse obstinée. Si l'inquiétude n'avait pas lâché la pauvre Roberta, si l'inquiétude ne lui avait pas laissé une seconde de répit, il était amusant de voir que l'appétit de Leme n'avait pas vraiment été affecté. L'inquiétude s'était montrée un peu molle avec Leme, un peu flemmarde pour être honnête. Leme sourit.

Il se sentait foutrement euphorique. Il allait devoir compartimenter. Cacher sa joie. Il fallait qu'il prenne les choses comme elles venaient. On ne peut battre que le fer que l'on a devant soi. Et qu'avait-il devant lui, à ce moment-même ? La tâche en cours. Concentre-toi sur ça. Et d'ici là, on se fait un déjeuner tardif. Cache ta joie.

« Tu es bien silencieux », lui fit remarquer Lisboa.

Lisboa avait du sang d'un steak comac qui lui coulait sur le menton. Lisboa suçait le sel de ses frites. Lisboa levait le coude. Lisboa semblait boire et reremplir son verre de bière en même temps. Une vraie tempête. Des appétits synchronisés, des appétits multiples qui se nourrissaient l'un l'autre.

C'était assez spécial.

« Effectivement.

– Concentre-toi sur ta nourriture, mon gars.

– Rien ne presse. »

Lisboa trancha l'air avec son couteau. « Mange maintenant ou tais-toi à jamais, *entendeu ?* »

Leme sourit. « Je vois ce que tu veux dire.

– C'est ce qu'on fait, nous, les rigolos. On improvise, *sabe ?* »

Leme picora quelques frites.

« Ce sont les échanges spirituels, qui nous stimulent. »

Leme plissa le front.

« C'est la camaraderie, l'esprit d'équipe, l'appel et réponse, *tá ligado ?* »

Leme but de la bière.

« C'est la joie de travailler avec quelqu'un qu'on connaît, les plaisirs simples que prodigue l'art de la conversation. Résoudre des problèmes ensemble ; cela aussi, c'est un art. »

Leme s'essuya le menton. « Laisse tomber, Ricardo. »

Lisboa renâcla. Lisboa s'esclaffa. Lisboa dévora sa nourriture. « Tu as quartier libre jusqu'à ce que j'en aie fini avec ce steak. »

Leme mangea avec circonspection. Ils étaient assis à une table en terrasse d'un restaurant de quartier à Itaim. Leme avait besoin de parler à Antonia. La compartimentation avait ses limites. *Ça y est. Je t'aime.* Leme avait besoin de bigophoner.

Il se tapota la bouche avec une serviette. Il prit un cure-dents dans le distributeur en plastique. Il acheva sa bière. Il se leva.

« J'ai besoin de passer un coup de fil, dit-il à Lisboa. Antonia, *entendeu ?* »

Lisboa acquiesça. Il déglutit. Il grommela. « Vas-y, mon pote », dit-il.

Leme sortit son téléphone en quittant la table. Il s'avança dans la rue et tourna à droite. Il s'éloigna de peut-être vingt pas, vers un endroit plus tranquille, et s'arrêta devant un immeuble résidentiel. Une brise légère, de l'ombre. Des arbres qui oscillaient, rien du fracas d'un restaurant. Un bon endroit pour partager de bonnes nouvelles. Il afficha la liste des appels passés et sélectionna son nom. Il tourna en rond en attendant que la connexion se fasse. Allez. Rien. Il regarda son téléphone. « Appel en cours. » Pas de tonalité, pas de sonnerie. Appel en cours. Allez, putain. Il raccrocha. Il réessaya. Il se remit à tourner en rond. Le brouhaha des bars alentour était minime. Le bruit métallique d'une porte d'immeuble qui s'ouvrait et se refermait, occasionnellement. Un coup de klaxon de temps en temps, le cri d'un conducteur furibard, au loin. Son téléphone : rien. Putain de téléphones. Putain de réseau. Et toujours : aucun son, juste l'écran qui affiche : Appel en cours. Il sourit. Ça allait marcher, il n'y avait rien d'urgent, patience. Exactement les mots qu'elle emploierait, sa patience à elle contre son impatience à lui. Puis : le répondeur. Étrange. Téléphone éteint. Elle était peut-être en réunion. Ou c'était peut-être un problème de réception de son côté. Il réessaya. Même temps d'attente. Il regarda l'écran. Une fois de plus : Appel en cours. Il porta le téléphone à son oreille…

« Raccroche. »

Une voix derrière lui. Leme sentit quelque chose dans son dos. « Raccroche. Tourne-toi lentement. Tes mains là où je peux les voir. Du calme, il y a des gens alentour. Téléphone, portefeuille, liquide, et tout le reste, *certo ?* » Leme fit ce qu'on lui disait de faire. Il était plutôt convaincu qu'il n'était pas en train de se faire dévaliser.

Il fit face à son agresseur. Lequel était vêtu d'une tenue de motard en cuir, pantalon et bottes. Il portait un tee-shirt en coton, noir à manches longues. Il transpirait légèrement. Il avait dans ses mouvements à la fois une confiance et une économie de gestes paresseuse post-muscu. Il ne donnait pas l'impression qu'on pouvait le bousculer. Il savait ce qu'il faisait.

« Je te connais », dit Leme.

L'homme acquiesça. « Effectivement.

– Qu'est-ce que tu veux ? Mon partenaire est juste là. » Leme fit un signe de tête en direction du restaurant. « Et tu ne vas pas te servir de ça ici, de toute façon. » Leme indiqua le pistolet que l'homme cachait à moitié dans sa manche. « Comment tu t'appelles, déjà, jeune homme ?

– Junior.

– L'un des gars de Carlos. Le conducteur à Paraisópolis, il y a environ quatre ans, *né ?* Et nous nous sommes revus dimanche, je crois.

– *Isso mesmo.* » *C'est exactement ça.*

« Ce bon vieux Carlos désire me voir ? »

Junior agita négativement la tête.

« Allez, fils. Accouche.

– Tu cherches un *playboy* appelé Antonio. Je sais où il est. Je connais l'identité du cadavre autour duquel on t'a trouvé. Je sais pourquoi les souffrances du Gros João ont été abrégées. Et je veux aider.

– Et je vais te faire confiance, évidemment ? »

Junior indiqua d'un geste l'arme à moitié dissimulée.

Leme fit de nouveau un signe de tête en direction du restaurant. « Et mon partenaire ?

– Mieux vaut que tu viennes seul.

– Et donc, tu n'es pas tenté par une promotion *militar*, en fin de compte.

– Quelque chose de ce genre. Monte dans la voiture. Côté conducteur. »

Junior l'indiqua de l'index, quelques mètres plus bas. Leme fit ce qu'on lui disait de faire.

*

« La clé est sur le contact.

– Où va-t-on ? Pas encore ce putain de Lapa, j'espère. »

Junior agita négativement la tête. « Contente-toi de conduire, pour l'instant, dit-il. Je te raconterai mon histoire, puis je te dirai où on va. »

Leme lança le moteur. Il gronda. Il rugit. Il retomba au ralenti, *ronronna.* Leme fronça les sourcils, d'un air approbateur. « Jolie caisse », dit-il.

Junior acquiesça.

« *Então,* dit Leme. Allons-y, alors. » Junior lui raconta son histoire. Leme dut admettre que c'en était une belle.

*

Ce qui comptait, c'était la façon dont on réagissait au crime. Leme écouta l'histoire de Junior. Junior avait quitté l'appartement de Lapa. Le Gros João était bel et bien mort, rigidité cadavérique *pronto.* Ça devait être lié à ses mauvaises habitudes alimentaires, un corps qui se raidit aussi vite. Le Grand Carlos était en bas, dans le parking de la résidence. Junior avait pris l'ascenseur. Ils s'étaient assis très haut, sur la banquette arrière. Un SUV *militar*, presque un tank. Le conducteur avait lancé le moteur, puis mis la sirène. Ils avaient décollé de là, entourés d'éclairs bleus et rouges, et d'un hurlement suraigu. Le conducteur slalomait gauche droite gauche droite entre les files, roulait sur les trottoirs, forçait son chemin, klaxonnait : la totale. Ils avaient descendu le Marginal dans un rugissement, en grande partie par la voie d'arrêt d'urgence, ou en mordant sur le terre-plein central. Une urgence. Junior expliqua à Leme que l'urgence, c'était d'emmener ce bon vieux Carlos manger son steak. Ils avaient quitté le Marginal pour entrer dans Morumbi. Avaient pris la direction d'un restaurant haut de gamme sur Giovanni Gronchi. Leme le connaissait. Leme grimaça. C'était *normal.* Le conducteur était resté dans le SUV. Junior et Carlos s'étaient installés dans un box. *Muito romantique*, commenta Leme. Junior lui lança un regard furieux. Carlos avait dit, *On mange d'abord, puis on discute.* Carlos avait passé la commande pour eux deux. Un beau bifteck d'aloyau, une pomme de terre au four, une portion de frites, une salade, vous savez, il faut bien qu'il y ait du vert, à cause du cholestérol, un épi de maïs beurré, une bouteille de rouge…

Deux bières chacun, pour se mettre en appétit.

Junior s'était senti affamé. *Ça arrive*, dit Leme. *Crois-moi.* Carlos s'était montré méthodique, dans son approche. Scientifique. Il avait d'abord mangé son steak, entièrement, sans rien toucher d'autre, puis sa pomme de terre, même chose, puis ses frites, puis sa salade, et enfin son épi de maïs, avec les mains, en maculant de beurre son menton gras. Il avait bu un verre de vin rouge plein entre chaque composant. Leme agita négativement la tête. *Cet homme est un monstre. Ce n'est pas moi qui dirai le contraire*, rétorqua Junior. Carlos avait achevé son repas, commandé une autre bouteille de vin, et s'était lancé. *À ton avis, pourquoi fallait-il que ce petit indic de merde soit liquidé ?* avait-il demandé. Junior ne savait pas. Enfin, il savait que le Gros João était un petit indic de merde, mais il ne *savait* pas. *Il a fait une erreur*, avait poursuivi Carlos. *Une erreur qui pourrait nous causer des problèmes.* Junior avait attendu. Le ventre de Junior se soulevait. Le ventre de Junior palpitait. Il était très présent, le ventre de Junior. *Ce type, dimanche dernier*, avait repris Carlos. *Le* playboy *mort. Les deux sont liés.* Junior avait répondu qu'il avait considéré cela comme une éventualité. *Oui*, avait répondu Carlos. *Le Gros João avait aidé à monter tout ça.* Junior avait acquiescé. *Sauf qu'il a merdé.* Junior avait patienté. *Il avait été chargé de transmettre un message à ce* playboy, avait repris Carlos, *mais il a suivi le mauvais* playboy *à la sortie du bureau. Il a transmis le message au mauvais* playboy. Junior avait acquiescé. *On ne l'a découvert que bien après,* entendeu ? *Comment ?* avait demandé Junior. *Ce type était un petit indic de merde. Comment, à ton avis ? Oui, d'accord. Bon, par ailleurs*, avait dit Carlos, *ta petite blague a peut-être fini par avoir, en fait, un effet positif. Quelle petite blague ?* avait demandé Leme. Junior parla de Gabriel à Leme.

Lequel ne laissa pas paraître qu'il avait déjà entendu parler de ce Gabriel. *Tu as une chance de cocu, fils*, dit Leme. *Je suis surpris que Carlos ne t'ait pas immédiatement refroidi.* Carlos leur avait resservi du vin. *Donc, tu nous as lâchés, dans le principe, mais ton salut au drapeau et la vitesse à laquelle tu t'es repris signifient que je vais te donner quelque chose.* Junior avait attendu. Carlos avait souri. L'abîme de son sourire dentelé était pourpre et ténébreux. *Le nom du* playboy *mort. C'est peut-être un calice empoisonné, ceci dit.* Junior avait acquiescé. Il *savait.* C'était un pacte avec le diable, une obligation de fermer les yeux. *Rafael Marquez*, lui avait dit Carlos. *Ce pactole est ton ticket d'entrée dans notre équipe, jeune homme.* Junior avait acquiescé. *Un calice empoisonné*, dit Leme. *Absolument.*

*

« J'ai deux questions », dit Leme. Junior acquiesça. « Premièrement, pourquoi ce Rafael devait-il être liquidé ? Deuxièmement, est-ce que tu as descendu le Gros João toi-même ? » Junior acquiesça. « Première réponse : l'argent et les mensonges. Une partie d'un nettoyage. Le gosse écrémait, et pas qu'un peu. Le business du *doleiro* n'a plus aucune classe, maintenant. Il n'y a plus que le pognon, le pognon, le pognon – tout le monde en veut. Cela suffit, comme tu le sais. » « C'est ce que Carlos t'a dit ? » Junior acquiesça. « Deuxième réponse, j'étais là. C'est tout ce qui importe. » Leme acquiesça. « La messe est dite. »

*

Ce qui comptait, c'était la façon dont on réagissait au crime. Un jour comme un autre, en novembre 2011, Renata, l'épouse de Leme, était partie au bureau comme elle le faisait chaque matin. C'était une avocate qui travaillait dans la favela Paraisópolis, faisait de l'assistance juridique, pas tout à fait bénévolement, mais pas loin. Comme n'importe quel autre jour, Renata travaillait dur. Ce jour-là, elle avait aidé un homme dans un litige foncier. Son épouse attendait un autre enfant. Il voulait agrandir sa bicoque de briques et de bois. Mais il vivait à côté d'un bar et d'un magasin de pneus, et les patrons de ces deux commerces n'approuvaient pas son projet. En fait, ils en bloquaient même la construction, non pas juridiquement, mais en paralysant littéralement le projet de ce pauvre homme, en empilant leurs rebuts là où il souhaitait construire son extension. Là où aurait dû se trouver la pièce supplémentaire prévue pour héberger sa famille grandissante, il y avait des empilements de dix pneus sur quatre rangées, entourés de caisses de bouteilles de bière vides. Renata avait passé sa journée à discuter avec ces deux patrons. À argumenter, à négocier un compromis, à leur montrer à quel point cela aiderait son client, et comment ils s'aideraient les uns les autres, et comment cela finirait par être profitable pour tout le monde. Le milieu d'après-midi venu, les deux patrons avaient envoyé leurs employés déplacer les caisses et les pneus. À la fin de l'après-midi, le client de Renata était rentré du boulot, pour découvrir un espace entièrement dégagé, et avait payé des verres aux deux hommes, tous trois portant des toasts à une décision bonne pour les autres, bonne pour eux et bonne pour la communauté. Plus tard, en début de soirée, alors que Renata s'apprêtait à rentrer chez elle avant que la lumière ne baisse, son client était arrivé à son bureau pour lui présenter ses respects, la remercier et la bénir. Il était resté longtemps. Trop longtemps. Elle était partie en catastrophe. Elle avait nerveusement cherché ses clés. Des feux d'artifice avaient craché et crépité au sommet de la favela, ce qui signifiait : Danger. Il y avait eu de nombreuses incursions de la police militaire dans la favela. Une sorte d'échauffement en préparation de l'*operação Saturação*, un assaut global censé conclure la guerre contre la drogue. Il allait y avoir des morts. Surprise, Renata avait laissé tomber ses clés de voiture. Des hommes en sandales portant des armes automatiques s'étaient glissés subrepticement à travers les ombres dans les ruelles. Le bureau de Renata donnait sur un carrefour où convergeaient cinq routes de terre battue. C'était un haut lieu de la communauté, avec un restaurant *por kilo*, un autre bar, une autre boutique de pneus, un marchand de fruits et légumes, un boucher, son bureau d'aide juridique. C'était ce que la favela avait de plus proche d'une grand-rue. Les hommes qui buvaient dans le bar de fortune étaient paresseusement rentrés à l'intérieur, après avoir poussé les tables devant l'entrée. La grille du restaurant avait rapidement été baissée. Les boutiques avaient fermé leurs portes, verrouillé leurs fenêtres. Tous savaient ce qui approchait. Renata avait cherché ses clés à tâtons : il fallait qu'elle retourne dans son bureau. Un unique hurlement de sirène et un éclair rouge et bleu. Des motocyclettes dérapaient, des portes de SUV s'ouvraient violemment. Renata était tétanisée, ne sachant que faire ; elle avait tenté de partir à droite, puis à gauche. Elle était repartie vers son bureau : il était plus proche que sa voiture. Puis : des tirs d'armes automatiques de tous les côtés. Policiers et voleurs. Un gosse avec des dreadlocks et des dents en or qui faisait tomber une pluie de plomb.

Cela s'appelait une *bala perdida*, une balle perdue. Ce qui comptait, c'était la façon dont on réagissait au crime.

*

Junior poursuivit son histoire.

Le conducteur avait déposé Carlos chez lui, puis il avait raccompagné Junior. L'ambiance, durant tout le trajet, avait été détendue. Junior n'avait posé qu'une question : *Et le cadavre de ce Rafael ?* Carlos avait agité négativement la tête. *Qui ça ?* Il avait souri – méchamment. Junior avait saisi. Connaître le nom du gosse signifiait qu'il était impliqué. Ils voulaient une réfutabilité totale. Qui savait où le corps de ce putain de gosse allait finir par réapparaître ? *J'aurais quelques endroits à proposer*, répondit Leme. Junior agita négativement la tête. Carlos avait dit à Junior que c'était bon, qu'ils avaient une assurance, qu'il se murmurait qu'un pigeon de la *Polícia Civil* pouvait servir de bouc émissaire. *Des rumeurs*, rétorqua Leme. Junior sourit. *Oui, bon.* Une fois chez lui, Junior s'était précipité sur le téléphone. Il avait appelé Gabriel. Qui lui avait donné un nom, Rafael Marquez. Il n'avait rien dit à Gabriel. Qui lui avait donné un autre nom, Antonio Neves. Deux collègues. Deux amis. Deux financiers chez Capital SP. Junior avait donné pour instruction à Gabriel de ne pas donner ce second nom à Carlos. Gabriel avait argué que c'était impossible. Junior s'était montré persuasif. *Tu peux te montrer très persuasif*, fils, commenta Leme. *Tu as tout ce qu'il faut,* entendeu ? Junior lui lança un regard furieux. Junior avait pris sa moto et était allé chez Gabriel. Les parents l'avaient laissé rentrer. Junior avait joué la carte raciale : le stagiaire au bureau de Gabriel qui remplissait les quotas. Gabriel : terrifié à s'en chier dessus. Junior lui avait extorqué tout ce qu'il savait. Ça avait été facile. Junior était allé à moto à l'endroit où le jeune Antonio se cachait.

« Et c'est là que nous allons, dit Leme. Bon travail, inspecteur. »

Junior sourit – narquois. « C'est toi le pigeon, en fait. Il faut que tu m'aides. Je n'ai pas le rang nécessaire pour une telle opération.

– Pas assez senior, trop junior, fils.

– Très drôle. Tu peux m'aider à résoudre tout ça. » Leme acquiesça. Il le pouvait.

*

Leme se demanda ce qu'il en était de son téléphone, son portefeuille, son liquide. Il allait y avoir des appels manqués, au moins de Lisboa. Antonia avait peut-être vu qu'il avait appelé. Peut-être pas. Elle saurait de toute façon qu'il n'y avait pas eu de réponse à son texto. Junior sortit son propre téléphone et commença à tapoter l'écran. Il tenait son pistolet et gardait Leme à l'œil. « Tu peux ranger ça, mon gars. » Leme indiqua le pistolet d'un signe de tête. « Je ne vais nulle part. »

*

Leme n'avait pas vraiment réagi à ce crime. Ce n'était pas un crime qu'il pouvait comprendre. Comprendre comment il avait pu arriver. Comprendre comment il avait pu. Comprendre comment. Il ne pouvait se référer à rien. Il ne connaissait pas de précédents. Il n'avait aucun moyen de le conceptualiser, aucune possibilité de le situer dans la cité, dans l'autogouvernance de la cité, dans la compréhension de la justice qu'avait la cité, dans la cité en tant que juge, dans la cité en tant, dans la cité…

Durant un an, Leme s'était assis dans la favela, dans sa voiture, à observer, à regarder la scène du crime, à regarder où cela s'était passé, assis dans sa voiture, chaque matin durant un an, à regarder, à observer, à s'asseoir, où c'était arrivé, chaque jour, durant un an…

Pourquoi ?

Il ne le savait pas. C'était une compulsion, un besoin, c'était, c'était…

*

« Tu te souviens de notre première rencontre, alors ? »

Junior grommela. Junior acquiesça.

« Une sacrée nuit, dit Leme.

– Pour toi, peut-être.

– Débutant.

– Contente-toi de conduire, *porra*.

– Comme toi cette nuit-là. »

Junior haussa les épaules. « C'était ce que c'était, *porra.* »

Oui, Leme s'en souvenait.

*

Leme et ce bon vieux Carlos avaient été amis. Des amis proches, vraiment. Ils rigolaient bien, et ce bon vieux Carlão protégeait ses arrières, vous voyez, un pote, un bon gars. Et, à peu près un an après Renata, Carlos avait eu un tuyau. Au sujet d'un jeune dealer avec des dreadlocks et des dents en or. Et cela avait ressemblé à quelque chose. Cela avait ressemblé à une opportunité.

Junior était conducteur, cette nuit-là. Les Gros Bras, le Grand Carlos, et Leme. Ils avaient louvoyé à travers la favela dans des SUV banalisés, tous feux éteints. Durant l'*operação Saturação*, il y avait eu, dans la favela, une forte présence des *militars*. Lesquels avaient conservé une baraque vide, très haut dans le labyrinthe. C'était un sacré poste d'observation. Peu d'autres bâtiments alentour. Enfin, relativement. La zone était toujours foutrement dense, mais certains des bâtiments voisins étaient en ruine, d'autres, abandonnés. Pile dans la putain de jungle

Quand on était au centre, au point culminant de Paraisópolis, on était à trois *miles* des grandes artères dans toutes les directions. C'est ce que beaucoup de gens ne comprendront jamais : la favela était vivante, elle grouillait. Elle avait sa vie propre, coupée de tout. Lorsque l'on était à l'intérieur, on n'était nulle part ailleurs. Vue de haut, durant la journée, sous la pression du soleil, dans une chaleur tellement intense que la chaleur elle-même semblait transpirer, elle ressemblait à une gigantesque décharge, ou à une fourmilière, dans laquelle les fourmis frétillaient, dans laquelle les fourmis *pullulaient*. Ou à une pile d'aliments en décomposition, lentement dévorée par les asticots. Une fois le soir venu, les lumières scintillaient, l'électricité bourdonnait, l'air se rafraîchissait, les rires aux comptoirs des bars étaient tout frais, l'odeur du porc bon marché et des haricots noirs se répandait, les enfants jouaient tard, les sandales résonnaient comme des cloches, l'endroit s'abandonnait doucement à la nuit.

Ils s'étaient dirigés vers l'intérieur et les hauteurs. Deux véhicules. Les rues étaient étroites et mal éclairées, avec des devantures de bars, des moustiques qui tournaient autour d'ampoules nues, des caisses de bouteilles de bière vides empilées dehors. Des buveurs stoïques et vieillissants, le dos brisé par un travail manuel impitoyable, les jambes déformées par le rachitisme, restaient assis devant des tables rouillées, sans parler. Les collines ondulaient, les maisons penchaient sous des angles étranges, des cordes à linge tendues entre elles. Chaque maison était unique, toutes les maisons se ressemblaient. Les mêmes briques apparentes et les mêmes tôles ondulées rouillées, les mêmes numéros peints de façon puérile, comme pour un projet éducatif, les mêmes bruits familiaux s'échappant des habitations par les baies des fenêtres, les mêmes odeurs lourdes formant comme des nuages. Ici, il fallait être debout au milieu de la nuit pour le sentir. Les maisons qui surplombaient Leme dans les ruelles étroites, avec leurs extensions suspendues, semblaient osciller dans le vent. Il y avait un ronronnement constant dans le quadrillage des câbles suspendus au-dessus d'eux, et qui s'efforçait d'alimenter en électricité la totalité du dédale de Paraisópolis.

Leme n'était jamais allé aussi loin, aussi haut.

Dans la planque *militar*, un jeune homme, un gosse, un gosse noir avec des dreadlocks et des dents en or, un jeune gosse noir était assis et ligoté sur sa chaise, dégoulinant de sang.

Junior dehors dans la voiture ; les autres s'étaient mis au travail.

Cela n'avait pas pris longtemps. Le seau d'eau et le sac en plastique. L'étouffer, le noyer, le rincer, répéter. Carlos avait obtenu sa confession. À partir de là, ça avait été quartier libre. À coups de bottes, de pieds de chaise, de briques. Leme avait été là. Leme était impliqué. Ça avait été *menos um*, un de moins, mais ça avait été un malfrat de moins qui se trouvait avoir, qui se trouvait avoir, qui avait fort probablement, qui…

Ça avait été une sorte de justice.

Leme avait été là, Junior avait été là.

C'était tout ce qui importait.

*

La circulation était dense. Ils se traînaient. Junior détendu, pistolet rengainé. Leme fataliste.

« Ton calme m'impressionne, fils. »

Junior grimaça. « J'ai grandi un peu.

– Tu t'es fait dépuceler ? Ce bon vieux João, je veux dire ? J'imagine qu'après, on se sent plus détendu. »

Junior, en souriant, agita la tête.

« Et alors, c'était quoi, cette histoire d'imitation d'une exécution du PCC ?

– Qui a dit que ce n'était pas le PCC ?

– Me prends pas pour un con, mon gars. »

Junior réfléchit. « Tu en sais probablement autant que moi.

– J'en doute.

– Il se murmure que l'accord de trêve entre le PCC et le *Comando Vermelho* touche à sa fin. Il semblerait qu'il y a de l'argent à faire avec *Lava Jato*. Cette connerie est comme du putain de sable : elle s'infiltre partout. »

Leme acquiesça. « Et le Gros João avait des liens avec Rio.

– Pas loin. Ça peut partir dans les deux sens, *entendeu ?*

– Une autre assurance.

– *É isso aí.* » *Tout à fait ça.*

« Ce bon vieux Carlos truque vraiment toutes les cartes, *né ?* »

Junior sourit. « Contente-toi de conduire, *porra.* »

Le feu passa au vert. Leme passa la première. Ils étaient sur Nove de Julho, en direction de Paulista. Pas trop de circulation, pour une fin d'après-midi. Des bus et des navettes scolaires. Des motards qui slaloment, impatients. À partir de Paulista, il y avait énormément de destinations possibles. Leme aurait misé son *dinheiro* sur une petite pièce pourrave dans une résidence en construction.

« Je me demande si Carlos truque les cartes pour sauver la face ou pour sauver sa carcasse.

« *Você que sabe.* » *C'est toi qui vois.*

« C'est un sale bâtard, dans la merde jusqu'au cou, magouilles et compagnie. »

Junior ne dit rien.

« Quelqu'un le lui a demandé. Il est en train de rendre un service. »

Junior se tendit. Ils allaient au rythme des bus : s'arrêter, repartir, se faufiler par la gauche, se faufiler par la droite.

« C'est dur, *né ?* »

*

La mélodie des encombrements. La chanson des encombrements. La rengaine des encombrements. Leme relâchait l'accélérateur. Leme renfonçait la pédale à mi-course. Leme s'alignait à la lettre sur la vitesse régulée optimale des feux de Paulista. Accélération douce et navigation sans à-coups, pas d'arrêts, pas de pauses, propre comme un sifflet portugais. Des feux calés comme à la parade. Junior semblait somnoler. Il avait l'air d'un bébé prêt pour la sieste d'après biberon, les paupières lourdes.

Les pensées de Leme dérivèrent. Antonia. *Ça y est. Je t'aime.* Leme rêvassa. *Ça y est. Je t'aime.* Leme se renfonça dans son siège, heureux. *Ça y est. Je t'aime.* C'était elle. C'était eux. C'était le leur. Antonia. *Ça y est. Je t'aime.*

Leme se remémora. Leme revisita le passé.

Ça avait été facile, finalement, de retomber amoureux, d'aimer de nouveau. Ils s'étaient installés ensemble à peu près à l'époque de la magouille immobilière de Cracolândia, et de la crise qui s'était ensuivie. Ils s'en étaient tirés sans y laisser trop de plumes. Ils se comprenaient l'un l'autre. Ils savaient qu'aucun des deux n'avait fait quoi que ce soit qui aurait pu menacer leur couple ; cela semblait être, pour eux, le plus important. Ils avaient travaillé de concert, en fait ; ils étaient devenus une équipe. Ils avaient surmonté l'adversité. Peu après, ils étaient partis en week-end. Monte Verde. Une sorte de faux village alpin. Ils avaient loué un chalet. Il y avait un jacuzzi et un bar. Ils avaient rempli la voiture de vin rouge et de fromages français. Ils allaient faire une orgie de fondue. C'était Antonia qui avait pris le volant. À deux heures et demie de São Paulo, et sans cesser de monter. Vitres baissées. Air frais. Verdure. Pas de réseau pour les téléphones. Des chemins de terre menant à des rivières et à des torrents. Des portails ouverts sur des fermes et des champs. Des haies. Un soleil qui n'était plus implacable, qui ne brûlait plus. Qui *brillait*. Qui luisait. Antonia souriait. Son visage brillait. Ses cheveux luisaient. Leme riait. Leme somnolait. Ils passaient du rock sur la stéréo. Ils chantaient en écoutant les Stones. Leur chanson : *Loving Cup*.

Leur chalet surplombait une vallée. Leur chalet était à flanc de colline. Il y avait une bouteille de mousseux, cadeau de la maison, dans le minibar. Leme l'avait débouchée. Ils l'avaient bue dans de grands verres à vin. Format seau. La classe, avait dit Antonia. Ils s'étaient déshabillés pour se baigner dans le jacuzzi. Ils avaient fait l'amour. Ils s'étaient baignés nus. Il n'y avait personne d'autre, le jacuzzi était tout à eux. Ils avaient fini leur bouteille de mousseux, s'étaient porté des toasts et avaient bu et avaient ri et avaient refait l'amour, doucement, avec un peu de circonspection, émoustillés, éméchés, souriant, amoureux, épris, passionnés… Monte Verde avait une seule rue, se souvenait Leme. Ils avaient mangé de la raclette dans leurs pulls bien chauds. Ils avaient pris une table à l'extérieur, sous des parasols chauffants. Le restaurant était plein de couples vêtus de pulls bien chauds et jouant à être en Europe, à être en Suisse, à manger de la raclette. La réalité, avait plaisanté Antonia, c'était que la température était à peu près aussi basse que dans un centre commercial de São Paulo. Il y avait tout un équipement coûteux, doudounes et écharpes, pulls chauds et bottes fourrées, qui emmitouflaient ces gens qui s'étaient offert une escapade loin de la ville. Ils étaient bien vite retournés à leur chalet, leur vin rouge et leur jacuzzi. Ils avaient placé des bûches nettoyées dans leur poêle à bois de luxe. Elles avaient grésillé et crépité. Les flammes avaient léché la vitre. Ils avaient jeté un coup d'œil au tapis doux à poil long, s'étaient souri.

Ça avait été un sacré week-end. Ils avaient marché sur des chemins boisés. Ils avaient mangé du fromage fondu dans leurs pulls bien chauds. Ils avaient déambulé entre les boutiques de chocolats, flâné, regardé les souvenirs et curiosités. Ils avaient bu de la bière au déjeuner dans de grandes chopes. Ils avaient fait l'amour sur leur tapis doux à poil long, devant leur poêle à bois. Ils avaient fait l'amour dans leur jacuzzi.

Le dimanche matin, ils étaient repartis, la première fois qu'ils rentraient chez eux ensemble. Leme avait pris le volant. Antonia somnolait, la tête sur son épaule. Elle murmurait. Il lui caressait les cheveux quand il pouvait. Ils n'avaient pas mis de musique : tout était paisible. Leme était heureux. Leme était ravi.

Ça avait été facile, finalement, de retomber amoureux, d'aimer de nouveau. Quoi qu'on en dise, songea-t-il en cet instant, les yeux tournés vers Junior, peut-être qu'il s'agissait simplement de trouver la bonne personne. Toute cette histoire de bon moment et tout le tintouin, et ce n'est pas de ta faute, c'est moi, et pour l'instant je me concentre sur le travail, et je ne suis pas prêt, et il est trop tôt, et je n'ai pas encore fait mon deuil, quand en fait, rencontrer Antonia et aimer Antonia était totalement à part, quelque chose de singulier. Antonia. *Ça y est. Je t'aime.* Il se demanda, alors, en regardant Junior, ce que Renata aurait pensé de tout cela. Il sourit. Antonia. *Ça y est. Je t'aime.* Tout était différent, maintenant.

Leme était heureux.

*

Junior avait adopté un rythme qui lui était propre. Des impératifs quasi monosyllabiques. Droite. Gauche, là. Puis droite. Gauche au feu. Il tenait son téléphone devant lui, ostensiblement, comme s'il s'était agi d'une arme. Il se concentrait sur l'écran avec le plus grand sérieux. Il tenait vaguement son arme, comme un bloc-notes. Ils avaient tourné à droite sur Paulista et descendu la Rua Augusta. Les néons scintillaient. Les bars d'étudiants bruissaient et gloussaient. Les motels faisaient leur beurre avec des femmes qui arrivaient de bars de strip-tease aux néons criards avec des types au sourire béat. Des bobos faisaient la queue devant les théâtres. Un videur furieux soulageait un touriste de son liquide. Des hommes et des femmes dévoraient des sandwichs gigantesques dans des *padarias*. Rien de particulier.

« On arrive bientôt ? » demanda Leme.

Junior le regarda de travers. Il était un peu fébrile. Nerveux, se dit Leme. Pas vraiment étonnant, étant donné qu'il se préparait à baiser son boss, un boss qui appréciait fort peu qu'on le baise, qui, de fait, était connu pour détruire la vie, voire *prendre* la vie, du moindre connard qui osait ne serait-ce *qu'envisager* de le baiser. Ouais, se dit Leme. Stressé, anxieux. Son assurance originelle et sa force tranquille étaient derrière lui ; maintenant, Junior chiait dans son froc.

« T'inquiète pas *porra*, dit Leme. Je maîtrise la situation. Ça va rouler tout seul. »

Junior grommela. « Cinq minutes, *porra*. Reprends-toi. »

Leme acquiesça. C'est parti. Foutredieu, c'est parti.

*

Au bout de la Rua Augusta, une fois qu'on a dépassé les clubs de strip borgnes et les motels-bordels, après les bars bon marché et les salles de spectacle pédantes, après les discothèques branchées et les pâtisseries ouvertes la nuit, et au-delà du parque Augusta, avec ses junkies désespérés et ses putes édentées accros au crack engagées dans leur commerce infâme, une fois que l'on est passé sous le *viaduto* Júlio de Mesquita Filho, on arrive dans un parc tranquille avec des bancs et des arbres bas, cerné par la Rua Avanhandava, qui abrite plusieurs cantines italiennes traditionnelles, dirigées par des familles qui ne posent pas trop de questions, et dont la plus connue est la famiglia Mancini. Ces restaurants sont fréquentés par les inspecteurs de la police civile et les membres de plus haut rang du commissariat du *4º Distrito Policial de Consolação*, qui flanque le parque Augusta. Alors, quand Junior avait indiqué que Leme allait devoir passer par derrière et longer discrètement la pizzeria Mancini, le spécialiste des fruits de mer Madreperola, le luxueux restaurant *Walter Mancini*, puis la cantine familiale éponyme, Leme s'était senti plutôt rassuré. Juste après la cantine familiale éponyme, il y avait un hôtel bon marché, pas beaucoup plus grand qu'une maison de poupées, et derrière, légèrement en retrait, un atelier de mécanique auto. Entre les deux, une étroite entrée de parking, fermée par une porte de garage. Junior tapota sur son téléphone, et la porte s'ouvrit. Ils la franchirent, et descendirent dans un minuscule parking souterrain, qui n'était visiblement pas utilisé par l'hôtel. Il restait juste assez de place pour, peut-être, au mieux, si on s'y prenait bien, deux autres véhicules. Les détritus étaient graisseux : des pièces détachées rouillées, des chiffons, des seaux de peinture à moitié vides. Leme supposa que c'était un lieu de stockage pour le garage auto. Il s'enfonçait presque en dessous du Museu Judaico de São Paulo. Nove de Julho grondait au-dessus. Une scène du genre dans le ventre du monstre, se dit Leme : en plein dans les entrailles de la ville.

Leme coupa le contact, éteignit les lumières. C'était lugubre, en bas. Humide. Absolument pas accueillant. On aurait dit une sorte de planque étrange.

« Où est le gosse ? » demanda Leme.

Junior indiqua du menton une embrasure de porte, dans le coin. « Il y a un bureau. »

Leme acquiesça. « Tu as pensé à ce que tu allais faire après ? »

Junior agita négativement la tête.

« Le mieux sera probablement de ne rien faire. »

Junior grommela.

« Il n'y a rien à gagner que quiconque découvre comment cela s'est passé, *entendeu ?*

– Han-han.

– Eh bien, dit Leme. Tu vas aller chercher le gosse, oui ou merde ? »

Junior ouvrit sa portière. Il agita son revolver pour indiquer à Leme qu'il devait en faire de même. Leme fit ce qu'on lui avait dit de faire. Junior fit jouer un interrupteur sur le mur, et une ampoule nue vrombit, crachota, s'alluma. Les yeux de Leme s'ajustèrent. Il avait arrêté la voiture au milieu d'une dalle de béton, s'était bien avancé. Derrière, la rampe remontait abruptement vers la rue. Devant la voiture : les détritus graisseux, et à gauche, l'embrasure de porte, sans porte. Aucune lumière ne provenait de l'espace sur lequel ouvrait l'embrasure. C'était vraiment le trou du cul du monde. À sa droite, une chaise apparemment cassée, une couverture dégueulasse. Contre la chaise, une guitare sèche en piteux état, les cordes arrachées, rompues et pendantes, le manche tordu, la caisse faussée et griffée, victime de quelque violence. Deux cordes enroulées comme des fouets. À côté, une petite pile de boîtes de conserve vides qui rouillaient doucement, saucisses-haricots, le couvercle ouvert et écarté, le contenu mangé directement dans la boîte, froid. Sale.

Junior tendit la main. « Les clés. »

Leme les lui lança. Junior les attrapa, les mit dans sa poche, d'un geste souple.

« *Então ?* demanda Leme en indiquant l'embrasure.

– Attends là.

– Je vais prendre un numéro et m'asseoir », dit Leme.

*

Ils n'étaient pas loin de Cracolândia. Il y avait eu d'autres tentatives de nettoyer un peu l'endroit, mais sans grand enthousiasme. Leme repensa à ce pauvre vieux Leandro, du cabinet juridique d'Antonia, sorti de la favela le temps d'un stage par la discrimination positive et utilisé comme intermédiaire, ce pauvre vieux Leandro qui s'était retrouvé malencontreusement projeté au milieu des magouilles des *militars* dans les rues de l'enfer, et qui, pour sa peine, avait eu la gorge tranchée chez lui. La dernière fois que Leme avait travaillé dans le Centro, c'était en 2014. Il y avait eu une vague de meurtres violents, six agressions apparemment aléatoires, deux sans-abri, une prostituée, une mère de famille qui se rendait au travail, un mendiant de métier, un joggeur pris par erreur pour un dealer : seule la prostituée avait survécu, encore qu'elle était restée entre la vie et la mort pendant des mois. Elle ne disposait évidemment d'aucune protection sociale. Quatre des victimes avaient été tuées à la hache. Trois des corps avaient été décapités. Le joggeur avait été poignardé et son corps brûlé. Ils n'avaient pas eu de mal à arrêter le tueur : un témoin avait noté le numéro de plaque d'une voiture qui fuyait apparemment la scène d'un crime, et avait prévenu la police. Ils étaient remontés jusqu'au propriétaire du véhicule, Jhonathan Lopes de Santana. Leme avait fait partie de l'équipe qui l'avait arrêté. Il s'était montré, d'après ce qu'en avait vu Leme, totalement indifférent à tout ce qu'il avait fait. Il avait choisi des sans-abri, des mendiants, des dealers et des toxicos parce que c'était « moins grave » que de tuer de bons citoyens. Il avait dit à la police qu'il aurait continué à tuer. Il avait le nombre trente-six tatoué sur la jambe : le nombre de victimes qu'il comptait faire. Il avait gravé le dessin d'une hache sur son bras, avec une aiguille et un couteau. Il n'y avait rien dans ses antécédents qui suggérait qu'il pouvait être une menace pour la société. Il n'avait pas d'explications claires quant à ses motivations, avait-il dit à la police, mais la raison était probablement qu'il regardait beaucoup de vidéos guerrières. Il avait été inspiré, avait-il dit, par les images de décapitation de l'État islamique. Leme se souvenait de ses yeux : ils étaient vides, mais déconcertés, comme s'il ne comprenait pas pourquoi il avait fait ce qu'il avait fait, mais il savait qu'il avait fait ce qu'il avait fait, et que c'était très bien. Ce n'était pas la première fois que cela arrivait, des tueurs solitaires ou des gangs qui s'en prenaient aux sans-abri et aux laissés-pour-compte, aux parasites et aux calamités d'une société décente. Ce n'étaient pas des meurtres de justiciers autoproclamés ; plutôt des expériences. Ce qui comptait, c'était la façon dont on réagissait au crime. Leme n'avait pas su comment réagir devant ce jeune homme, ce monstre. Comment réagir devant une telle chose, comment concevoir que cette absence de contrition était plus qu'une simple acceptation de ce qu'il avait fait ? L'histoire était bien connue : elle s'était étalée dans tous les médias nationaux, et même, parfois, internationaux. Si des amis ou des connaissances posaient jamais des questions à Leme à ce sujet, il répondait qu'il n'avait rien eu à voir avec cette affaire.

*

Leme attendit. Une lumière s'alluma derrière l'embrasure vide. Il entendit de légers frottements, comme si on déplaçait des meubles, ou que l'on rangeait un peu l'endroit, qu'on le rendait un peu plus présentable : un rapide *geral*. La pièce ne pouvait pas être beaucoup plus grande qu'une cellule, se dit-il. Puis : un bruit beaucoup plus fort…

La porte du parking s'ouvrit, vrombit en s'élevant et en rejoignant sa position haute. Une voiture noire aux vitres noircies s'engagea.

C'est parti.

*

La femme qui se rendait à son travail s'était levée tôt. Elle vivait avec sa fille dans une petite maison de Brás et allait travailler à pied dans le Centro, où elle était employée en tant qu'assistante administrative à la faculté de droit de l'université de São Paulo. Elle était partie tôt ce matin-là parce qu'elle voulait prendre de l'avance dans son travail afin de pouvoir rentrer plus tôt et préparer un dîner d'anniversaire pour sa fille, qui fêtait ses trente ans ce jour-là. Il était cinq heures et demie du matin quand elle avait été tuée. Elle portait des vêtements quelconques, et sa fille avait dit plus tard qu'elle préférait s'habiller ainsi afin de ne pas attirer l'attention, qu'elle se changeait une fois arrivée au bureau. Lopes de Santana avait dit à la police qu'il l'avait prise pour une prostituée qui rentrait chez elle. Cela venait de ses vêtements, avait-il expliqué : ils étaient lâches, confortables, décontractés, banals, alors que la femme qui les portait était racée et confiante. C'était la femme la plus gentille et la plus chaleureuse que l'on pouvait rencontrer, avait dit sa fille aux journalistes. C'était une situation du type mauvais endroit mauvais moment, avait dit la police à sa fille. La femme s'appelait

Maria, elle avait cinquante-neuf ans. Lopes de Santana avait haussé les épaules. Dans son esprit, c'était une pute.

*

Les portières arrière et la portière côté passager s'ouvrirent. Leme ressentit une peur soudaine, un vertige qui lui donna l'impression qu'il allait s'évanouir. Il avait déjà ressenti cela auparavant, souvent, et il savait le maîtriser. Junior apparut dans l'embrasure, arme levée. Les Gros Bras descendirent de l'arrière, un de chaque côté. Puis celui qui se trouvait du côté du véhicule le plus proche de Leme, en extirpa Ellie en la tirant par le bras. Elle avait l'air sonnée, et ne dit rien. Après cela, une paire de jambes épaisses, grasses et bottées de cuir se balança depuis le siège passager, et Carlos s'arracha à son tour du véhicule.

« Hé, hé ! » dit-il.

Leme regarda Junior. Junior haussa les épaules. « Bah, c'est comme ça, *porra ; entendeu ?* »

Leme secoua la tête. « *Vagabundo*, marmonna-t-il. *Seu caralho.* »

*

Leme connaissait Ellie depuis plus de quatre ans. Il se souvenait de la façon dont elle avait pu lui parler, en paragraphes, avec des opinions structurées, réfléchies et communiquées, avec un mélange de discernement et de compréhension, avec une forme d'autodérision quant à la façon dont elle pouvait être bordélique. Cette blague : « Dieu merci, avait-elle dit à un nouvel amant, la bite du précédent était tellement grosse que j'avais des cystites quasiment tout le temps. » Leme se souvenait de ça. Il se souvenait de sa voix. Il la regardait maintenant, muette, confuse, apeurée, et il pensait à sa voix, il pensait à sa voix pour *lui* donner de la force, pour *se* donner de la force. La force dont elle avait fait montre lorsque son amie Ana, sa meilleure amie, sa seule amie, en fait, avait disparu. *J'ai rencontré Ana à São Paulo*, la première chose qu'elle lui avait dite. *Je n'y étais pas préparée, je le sais, maintenant. Ni à elle ni à la cité. La cité s'est jetée sur moi dès mon arrivée*. Leme la regardait, maintenant. Était-elle préparée à cela ? Confuse, muette, en danger. Elle était courageuse, Ellie.

Regardez où ça l'a menée.

« Carlão, dit Leme. Ce n'est absolument pas réglo, mon vieux. »

*

Leme se souvenait d'Ellie, de ses premières impressions d'une cité à laquelle elle n'était pas préparée. *Vue d'en haut, São Paulo s'étend à l'infini*, avait-elle dit. *Des constructions denses, la poussière et la pollution suspendues au-dessus des gratte-ciel, des lumières clignotant au loin dans les nuages, des ponts jetés sur cette rivière puante. Futuriste et apocalyptique*… Leme se souvenait d'une idée, qu'il avait bien aimée. L'image : *des hélicoptères déposant des hommes d'affaires sur les toits de leurs bureaux, la tête recouverte d'un casque, leur attaché-case menotté au poignet*. Un fantasme. Elle l'avait regardé, alors, avait grimacé. *La réalité avait repris ses droits dès que mon avion avait touché le sol. La chaleur remontait des tréfonds. Trempée de sueur, j'ai eu du mal à récupérer mes bagages*, lui avait-elle dit. *Les Paulistanos parlaient fort entre eux et dans leurs téléphones, dans une langue européenne perverse, mélodieuse et sévère. Les étrangers jouaient des coudes, cuisaient dans la lumière artificielle. J'ai remarqué les manières, l'arrogance des hommes. Les attentes de femmes. De celles qui sont bien habillées, du moins. Puis la résignation pesante des visages plus sombres. Les vestes et shorts surdimensionnés. Je m'étais demandé de quelle façon j'allais pouvoir m'intégrer. Les joues roses, des plaques pâles sous mes bras. Il y avait eu quelques regards étranges, des gens qui me toisaient. Ma jupe était trop courte, pour un aéroport.*

Leme la regardait maintenant. Regarde tout le chemin parcouru, *querida*.

« Du calme, Mario, dit Carlos. C'est juste un rappel à l'ordre, *enendeu ?* Ta copine est une petite fouineuse et on sait tous ce qu'il en advient. »

Leme agita la tête et sourit – d'un air contrit. Elle était effectivement un peu trop curieuse, se dit-il.

*

Sa voix s'imposa dans les pensées de Leme. Tiens bon, se dit-il. *J'ai commencé dans une de ces résidences hôtelières,* l'entendit-il lui dire. *Le magazine avait tout arrangé, mais ils m'avaient dit aussi que je ne serais probablement pas capable de me le payer très longtemps. Ce n'était pas très encourageant. Je suis rapidement passée du grand luxe à un cinquième étage avec une plomberie précaire, et des taches permanentes sur la moquette. Mon balcon attirait les gaz d'échappement des camions qui passaient. Quand je me suis installée, j'ai essayé de m'y asseoir, le soir, et de lire en sirotant un verre de vin, mais la fumée me faisait bien vite me réfugier à l'intérieur. Et le bruit, le bruit ! Le bruit : un tonnerre bas constant percé par les klaxons de voitures et les hurlements de leurs conducteurs. La première nuit, suante de chaleur, j'avais ouvert la fenêtre de ma chambre et j'étais restée éveillée jusqu'à l'aube, étendue, à me retourner sous les draps. Je m'étais demandé, debout sous la douche électrique, terrifiée à l'idée que l'eau et les câbles dénudés allaient bien finir par réagir, la tête embrouillée par le manque de sommeil : personne ne dort donc jamais, dans cette ville ?*

Regarde où cela t'a menée, se dit Leme. *Regarde.*

*

Sa voix résonnait. *Mon premier jour au bureau, un groupe de collègues m'ont invitée à prendre un verre. Nous sommes allés dans un bar proche, appelé la* Vaca Veia, *ce qui, m'ont-ils dit, signifiait en gros la* Vieille Vache. *Je n'étais pas certaine de la façon dont je devais le prendre. Ils m'ont mise sous perfusion de caipirinha jusqu'à ce que le bar devienne un manège de visages grimaçants, de bras gesticulant sauvagement, et de rires tonitruants. Il y avait un homme sûr de lui devant les toilettes des femmes, et il m'a tendu un shot. J'ai titubé jusqu'à l'appartement avec lui, et je me suis évanouie, encore habillée. Quelques heures plus tard, je suis allée vomir dans des toilettes impeccables. J'avais dans la bouche un goût de citron vert et d'after-shave, j'avais la peau du visage en feu du frottement avec une barbe naissante. Cette première nuit, avec son mélange séduisant d'abandon et de vie professionnelle, avait été une offre d'aventure. Les visages sirupeux de mes collègues le lendemain matin, la paranoïa moite de ma gueule de bois, ne l'étaient pas.*

Cette voix clignotait, résonnait, cette voix, cette fille, cette femme, cette femme qui avait tant fait pour Leme, qui avait tant fait avec Leme, et il la regardait maintenant, et ses yeux disaient *Tiens bon, querida.* Tiens bon.

*

Leme regarda Carlos. Il fit un signe de tête en direction de Junior. « Ton gosse mérite une promotion. »

Carlos sourit. « C'est un vrai tueur, ce gars-là. »

Leme ne put que regarder tandis que les Gros Bras venaient se placer sur ses deux flancs. « Eh bien, c'est un bon acteur. Il a joué les méchants pris de remords d'une façon impeccable. *Bravo*, Junior. »

Carlos s'esclaffa. « Parfois, il faut avoir fait une petite erreur pour vraiment comprendre de quel côté de la tartine est le beurre, *sabe ?* Le jeune Junior, ici présent, est plutôt rapide à la détente.

– Comme on dit, rétorqua Leme, tu aimes ou tu te bats, *né ?*

– Quel poète !

– Han-han. »

Leme et Carlos se regardèrent. Carlos tenait fermement le bras d'Ellie. Elle était debout, mais elle était effondrée, tête basse, l'emprise de Carlos l'aidant surtout à ne pas tomber. Carlos réalisa l'inquiétude de Leme. Il sourit.

« Tu t'inquiètes pour ta petite connasse *gringa*, c'est ça ? demanda-t-il. Mec, c'est une allumée de *primeira classe*. Elle m'a tout raconté sur ses activités sexuelles illégales de l'année dernière. Ce pauvre type qu'elle s'est tapé au *Love Story*, tu vois ce que je veux dire ? Ce pauvre connard n'a rien compris à ce qui lui arrivait. Ce n'est vraiment plus une première main, mon pote. Je ne sais pas pourquoi tu t'emmerdes.

– Tu racontes n'importe quoi.

– Ne t'en prends pas au messager, fils. »

Leme vit les Gros Bras se rapprocher légèrement, leurs armes tirées mais tenues bas, pointées vers le sol. Junior s'était appuyé à l'embrasure, cool comme pas un. Leme faisait face aux deux voitures, un mur dans le dos, la chaise et la guitare à sa gauche. Carlos fit tourner Ellie et la colla contre le capot de la voiture de Junior.

« Qu'est-ce que vous lui avez fait ? demanda Leme.

– Elle va bien.

– Elle n'en a pas l'air.

– Fais-moi confiance.

– *Han.* »

Leme observa Ellie. Elle avait l'air ivre ; un peu défoncée, peut-être. Une pilule quelconque, se dit-il. Un tranquillisant, ou ce genre de chose.

« Pourquoi est-elle là, de toute façon ? »

Carlos se tourna vers Ellie et lui parla à l'oreille. « Elle a mis son nez là où il ne fallait pas, voilà pourquoi, n'est-ce pas, *querida ?* » Il se retourna vers Leme. « Elle fouinait autour de Capital SP. Je crois que tu es au courant. Des *échanges fructueux ?* On a toujours eu quelqu'un qui gardait un œil, là-bas. Elle est venue mettre le souk à la réception. Ils ont été ravis que nous nous chargions de la raccompagner et de lui faire vider les lieux.

– D'accord. »

Ellie toussa, parut vouloir sortir un peu de sa torpeur. Carlos lui tendit une bouteille d'eau. « Tiens, ma belle. Bois ça. » Il grimaça en direction de Leme. « Je te l'avais dit. Elle sera remise en un rien de temps. »

Ellie but longuement. Elle parut sortir un temps de son brouillard. Elle vit Leme. Ses yeux s'écarquillèrent. Sa poitrine enfla. Leme le ressentit, lui aussi. Ce regard, encore une fois : Tiens bon.

« Et donc, dit Carlos, nous nous retrouvons tous dans un foutu pétrin, n'est-ce pas ? »

Carlos poursuivit. « Le fait est que ce bon vieux João a bien merdé en impliquant cet Antonio. C'est lui qui a fait déraper la mécanique bien huilée d'une simple opération de nettoyage d'une paire de riches magouilleurs du *doleiro* devenus trop cupides, *sabe ?* »

Leme acquiesça. « Et donc, tu t'es arrangé pour que le

Gros João me mène au cadavre, pour me faire rentrer dans le tableau. Comme tu me l'as déjà dit auparavant, une assurance, *porra.* »

Carlos sourit, méchamment. « Je me suis retrouvé dos au mur, et tu sais foutrement bien pourquoi. »

Leme acquiesça. « L'histoire de Dents-en-or, j'imagine. »

Carlos grimaça. « Disons juste que certaines de mes activités au fil des années ont pu être remarquées.

– Et maintenant, tu te retrouves obligé de faire le ménage derrière le gratin.

– Ouais. On peut dire ça. Sauf que c'est un sacré boulot, en fait. Cette histoire de *Lava Jato* terrifie pas mal de monde, et il y a un paquet de pognon à se faire en aidant tous ces pétochards à effacer leurs traces.

– Et donc, tu es une sorte de service public.

– Pour ceux qui peuvent se permettre de se l'offrir, oui. »

Leme sourit. « Et le Gros João ?

– Tu en as vraiment quelque chose à foutre ?

– C'est moi qui ai trouvé ce pauvre connard. »

Carlos acquiesça. « Ça, c'est pratique. On peut s'en servir quand on veut. Et au bout du compte, personne n'en a rien à foutre, on ferme le dossier à notre guise.

– Et cet Antonio ? Où est-il passé ?

– Pas la moindre idée.

– Tu ne sais pas ?

– Il ressortira quand il aura faim.

– Et ce jour-là ?

– Il est impliqué, en un sens. Ces gens, chez Capital SP, sont plutôt frileux. Et ils ont des clients importants. On trouvera un accord. »

Le regard de Leme se durcit. « Quel genre d'accord ?

– Je pense qu'il y a eu suffisamment d'événements regrettables. J'imagine qu'il sera heureux de la fermer, vu ce qu'on sait sur lui. »

Leme réfléchit. Capital SP était impliqué. Leme faisait partie du tableau pour Rafael et le Gros João, si nécessaire. Leme savait tout au sujet de Dents-en-or. Leme savait également tout au sujet des incursions dans le trafic de drogue à Cracolândia, et ses magouilles immobilières subséquentes. Deux possibilités, d'après ce que Leme pouvait en dire : la première, Leme tombe pour Rafael, voire pour le Gros João, parce qu'il faudra bien un coupable. La seconde ? Eh bien, Leme connaissait l'autre option, la plus sûre, de leur point de vue, et qu'ils n'auraient aucun problème à faire fonctionner.

« Ce serait un compromis, *porra* », dit Carlos en regardant les rouages du cerveau de Leme fonctionner.

Parce qu'Ellie. Ellie était là. Ellie.

*

Leme lui avait dit, peut-être deux ans plus tôt, qu'elle devrait rentrer chez elle. Il lui avait dit qu'elle ne pourrait pas faire le travail qu'elle voulait faire et rester saine d'esprit. Regarde Silva, lui avait-il dit. C'est une épave, il a perdu tout sens de ce que pouvait être la vie, il n'arrive même plus à y penser, il n'arrive même plus à penser à ce qui aurait pu être, parce que cela s'est évanoui il y a tellement longtemps. Il n'y a plus que son article, le prochain article, et ce n'est pas une vie. Ellie avait écarté les arguments de Leme d'un geste. *Ah, vai,* avait-elle dit. Ne sois pas aussi mélodramatique. Leme avait ri. Mais il l'avait regardée droit dans les yeux, et il lui avait dit, un jour, *querida,* tu vas te dresser contre quelque chose qui est trop gros pour toi. Tu devrais rentrer chez toi avant que cela n'arrive. Sa bravade était mignonne comme tout. Leme se souvenait de tout cela. Regardez ou cela l'avait menée.

*

Carlos dévisagea Leme. Carlos fit un signe de tête en direction d'Ellie. « Nous avons trouvé un arrangement. Elle rentre chez elle.

– Ouais ?

– Il fallait que ce soit l'un de vous deux. Elle prend l'avion dans un jour ou deux. J'ai parlé à nos amis fédéraux. Il y a un problème avec son visa, *entendeu ?* Cela convient à tout le monde. Crois-moi. »

Leme acquiesça. « Sur ce point, oui. »

Carlos fit signe à Junior. Il leva son arme et la pointa sur Leme. Carlos fit signe aux Gros Bras. Ils allèrent derrière le véhicule dans lequel ils étaient arrivés, et en tirèrent une grande feuille de plastique roulée. Ils la déroulèrent. Ils y étalèrent un tapis épais. Carlos fronça les sourcils en voyant cela. Grimaça : quelle ironie.

Leme acquiesça.

*

Leme pensa à Antonia. Son visage. Ses bras. Ses bras portant leur enfant. Antonia dansant une comptine, berçant leur enfant dans ses bras.

*

Ellie regarda Leme. Elle était incapable de parler. Dans ses yeux : une compréhension. Dans ses yeux : des larmes. Elle tenta de dire quelque chose. Elle ne pouvait pas. Il vit ses yeux. Dans ses yeux, il vit ce qu'elle voulait dire. De la force. Cela lui donna de la force.

Il se tendit. Il se redressa. Il fit rouler sa tête sur son cou.

*

Leme ferma les yeux. Une larme apparut, roula le long de sa joue. Carlos dit quelque chose à l'un de ses gars, à l'un des Gros Bras. Leme ouvrit les yeux. Junior ne bougeait pas. Junior ne souriait pas. Leme acquiesça. Junior détourna la tête. Leme regarda Ellie. Il la pressa de comprendre. Ellie était comme un lapin sur les rails du métro, le train fonçant sur lui, pétrifié. Leme acquiesça. Des lèvres, il mima les mots : *Antonia. Dis-lui de ne rien changer.* Puis il prononça ces mots. Carlos agita négativement la tête. La ferme, mon pote.

*

Carlos fit signe à Junior. Junior prit le bras d'Ellie. Junior força Ellie à s'asseoir sur le siège passager de son véhicule. Il lui mit sa ceinture. Leme regarda Ellie paniquer. Elle secoua la tête. Elle pleura à gros sanglots. Elle tenta de hurler. Junior monta à côté d'elle. Junior referma les portières. Junior lui fit boire de l'eau. Le moteur gronda. Le moteur ronronna. Junior passa la marche arrière, et remonta en marche arrière.

Leme ferma les yeux. Il vit le visage d'Antonia. Le visage de Renata. Le visage d'Antonia. Leurs deux voix se répondirent. Il était aimé. Il est aimé.

*

Leme inspira…

Extinction des feux.

Post-scriptum

La présidente Dilma Rousseff fut officiellement destituée le 17 avril 2016. Elle était accusée de crime de responsabilité administrative et de maquillage des comptes publics.

L'enquête sur *Lava Jato* paralysa le gouvernement : les coalitions ne pouvaient être formées sans pots-de-vin. Les procureurs avaient suspendu les contrats de Petrobras avec tous ses principaux fournisseurs, les principales sociétés de construction et de transport du Brésil. Le pays fut confronté à une récession dévastatrice.

La confiance dans le système politique fut sapée. En 2016, une série d'immenses manifestations contre la corruption furent organisées dans plus de deux cents villes, couvrant tous les États du pays. À São Paulo, la plus grande manifestation de l'histoire de la ville rassembla plus de deux millions et demi de personnes.

Il devint rapidement évident que les manifestations ne s'adressaient pas uniquement au gouvernement, mais à la corruption de la totalité de la structure politique du pays.

En octobre 2018, le populiste d'extrême droite Jair Bolsonaro fit campagne pour se faire élire président. Il promit d'unifier le pays, de le purger des gauchistes corrompus, et de combattre le crime avec une politique impitoyable et brutale sans pitié ni compassion. Il est connu pour sa misogynie et ses opinions racistes et homophobes. Quelques semaines avant que l'élection n'ait lieu, il fut agressé et poignardé alors qu'il faisait un discours lors d'un meeting.

Il a survécu et remporté l'élection de façon écrasante.

Glossaire

Abraço(s) : accolade(s)
Acho que eu vou embora : Je crois que je vais y aller
Alegria : joie
Amarelou : ici, couard
Amigo/Amiga : ami(e)
Amorzinha : mon amour
Até mais : à plus tard
Bala perdida : balle perdue
Batendo papo : discuter, papoter, littéralement, « se taper les mentons »
Beleza : belle
Bem : bien, comme dans « tout va bien » ou intensificateur, comme dans « bien chaud »
Boca/Boca de fumo : bouche de fumée : endroit, dans la favela, où l'on vend des drogues
Cafézinho : Euphémisme pour pot-de-vin (littéralement, petit café, café sur le pouce)
Caipirinha : cocktail à base de cachaça et de citron vert
Cão de guarda : chien de garde
Cara : gars
Caralho : expression péjorative : fils de pute, tête de nœud
Certo : OK, d'accord
Chega ! : assez !
Claro : évidemment, OK, pigé
Chorinho : juste une larme (alcool) expression idiomatique signifiant un peu plus, un bonus

Coitado/Coitada : pauvre petite chose
Comando Vermelho : Commando Rouge, gang basé à Rio de Janeiro
Dedo-duro : herbe ou indic
Dinheiro : argent, pognon
Doleiro : collecteur, blanchisseur d'argent sale
E aí : Eh !
É isso aí : C'est exactement ça
Embora : ici, allons-y
Então... : et donc...
Entendeu ? : pigé, compris, etc.
Favela : favela
Fazer o que ? : Qu'est-ce que je peux y faire ?
Filho da puta : fils de pute
Foi legal : c'était génial
Frescura : littéralement, agir fraîchement, se croire supérieur
Garoto/garota : garçon/fille
Geral : ici, un nettoyage rapide
Graças a Deus : Grâce à Dieu, Dieu merci
Gringa : étrangère
Hoje : aujourd'hui
Isso mesmo : C'est exactement ça
Já era : C'est déjà fini, ça s'est déjà passé
Jeitinho : un raccourci, souvent utilisé dans le sens « pot-de-vin »
Jeito : style, méthode, façon
Luz : lumière
Mais ou menos : plus ou moins
Malandro : jeune vaurien, petit criminel
Mano : argot, « frère », équivalent à « mec »
Matar saudades : se raconter les nouvelles après avoir été longuement éloignés, littéralement « Tuer la mélancolie »
Menina : fille
Menos um : Bah, ça en fait un de moins
Meu : dans ce cas précis, « mec »
Militar : un membre de la police militaire
Muito bem : très bon, très bien
Nada : rien
Não é/Né ? : N'est-ce pas ?

Não tem problema nenhuma : aucun problème
Não tem : Je ne l'ai pas
Nas fim das contas : expression idiomatique, au bout du compte
Nem fodendo ! : Foutre non, aucune chance
Noia : crackeur, drogué paranoïque
Nossa ! : Ouah !
Obrigado/obrigada : merci
Ótimo : excellent
Padaria : pâtisserie, petit restaurant ou bar
Papo furado : conneries, idioties
Pão de Queijo : petit pain au fromage
Pão duro : avare, rapiat, littéralement : pain dur
Pão na chapa : pain frit dans du beurre
Pastel : pâtisserie frite
Pegou ? : ici, tu décolles ? (drogues)
Polícia Civil : police civile, chargée des enquêtes criminelles
Polícia militar : police militaire, chargée du maintien de l'ordre
Policial : policier
Pois é : ici, vous me dites…
Pois não ? : Puis-je vous aidez ?
Porra : littéralement, sperme ; mais utilisé comme juron passe-partout
Porteiro : portier, gardien
Pouquinho : petit montant
PCC : Premier commando de la capitale, *Primeiro Comando da Capital*, gang de São Paulo
Primeira classe : première classe
Puta : putain
Puta que pariu ! : juron, Putain j'y crois pas !
Que porra é essa ? : Qu'est-ce que c'est que ces conneries ?
Que coisa ! : incroyable !
Quem fala ? : au téléphone, « Qui est-ce ? »
Querido/Querida : terme affectueux, trésor, mon cher
Relaxa ! : relax !
Rodízio : système autorisant certaines voitures à rouler tour à tour en ville aux heures de pointe
Rouba mas faz : « Il vole, mais il fait le job » expression inspirée par un politicien corrompu, ancien maire de São Paulo

Sabe ? : Tu sais ?
Saudades : mélancolie, quand quelqu'un te manque
Segurança : agent de sécurité privé
Sem graça : littéralement, « sans grâce », gauche, maladroit
Sério : sérieusement
Tá boa ? : Ça va ?
Tá ligado ? : Tu vois ce que je veux dire ?
Tá vendo ? : Tu piges ?
Tá entendendo ? : Tu comprends ?
Taxista : chauffeur de taxi
Tou falando sério : Je suis sérieux
Tudo bem ? : Comment ça va ?
Vai com Deus : Dieu soit avec toi
Vai se foder ! : Va te faire foutre !
Vai tomar banho ! : Littéralement, « Va prendre une douche ! » jeu de mots avec « Va te faire enculer ! »
Vai tomar no cú ! : Va te faire enculer !
Vagabundo : expression péjorative, semblable à trou du cul, branleur, tête de nœud, avec une emphase particulière sur la trahison. Littéralement, vagabond
Vamos : On y va
Vamos jantar : Allons dîner
Vamos ver : Voyons…
Você : vous
Você que sabe : C'est toi qui décides, c'est toi le boss
Você tá viajando ! : expression idiomatique, « C'est ridicule ! » Littéralement, tu pédales dans la mayonnaise

Remerciements

Au K. Blundell Trust, à Piers Russell-Cobb, à Martin Fletcher, à Will Francis, à Joe Harper, à Angeline Rothermundt, à Kid Ethic, à Nicci Praça, à Rosie Stevens, à Lucy Caldwell – pour sa perspicacité et le temps qu'elle m'a consacré – et à Martha Lecauchois, pour le temps qu'elle nous a consacré à tous.

RÉALISATION : NORD COMPO À VILLENEUVE-D'ASCQ
ACHEVÉ D'IMPRIMER SUR ROTO-PAGE
PAR L'IMPRIMERIE FLOCH À MAYENNE
DÉPÔT LÉGAL : AVRIL 2025. N° 156983 (106615)
IMPRIMÉ EN FRANCE